講談社文庫

時輪の轍《わだち》

千里伝

仁木英之

講談社

時輪《じりん》の轍《わだち》　千里伝◎目次

時輪の轍　千里伝　登場人物

千里《せんり》　高《こう》家の御曹司《おんぞうし》。本名は「高駢《べん》」。千里は字《あざな》。十八歳にして五歳児の外見を持つ。

高崇文《すうぶん》　千里の祖父。高名な武将であったが引退し成都に暮らす。

高承簡《しょうかん》　千里の父。征東大将軍。父・崇文の跡を継《つ》ぎ軍を率《ひき》いる。

紅葉《こうよう》　千里の母。異類《いるい》の出身だが、承簡に惹《ひ》かれ妻となる。

麻姑《まこ》　千里が修行する弓の武宮《ぶきゅう》・丹霞洞《たんかどう》麻姑山《まこさん》を統《す》べる仙女。

竦斯《しょうし》　麻姑山の道院長。恰幅《かっぷく》の良い初老の女だが、時に巨大な家鴨《あひる》に姿を変える。

文魁之《ぶんかいし》　何かと千里を目の敵《かたき》にする麻姑山の同輩。

鄭紀昌《ていきしょう》　麻姑山での千里の弟分。

絶海《ぜつかい》　少林寺《しようりんじ》の少年僧だったが破門され、独《ひと》り〝武〟の鍛錬《たんれん》に励んでいる。
バソン　西蔵《チベット》高原（吐蕃《とばん》王国）に住む高原の民。高原一の狩人。
ピキ　バソンの妻。村一番の器量良しにして、村一番の力持ち。
玄冥《げんめい》　幼くして亡くなった、千里の双子の兄。異界で暮らしている。
共工《きようこう》　異界の王。玄冥の父。
羽眠《うみん》　鼻と口を持たない一つ目の少年。共工の息子で、玄冥の弟。
趙帰真《ちようきしん》　皇帝・武宗《ぶそう》の信頼を得る茅山《ぼうざん》の道士。
敖汕《ごうてん》　趙帰真が常に従えている大きな龍。
李徳裕《りとくゆう》　武宗に仕《つか》える宰相《さいしよう》。
仇士良《きゆうしりよう》　後宮をとりまとめる宦官《かんがん》の頭領《とうりよう》。
呂用之《りよようし》　若くして道の深奥《しんおう》に至ったという謎の少年道士。

砂漠
遼河
遼陽
営州
陰山山脈
フフホト
幽州(北京)
平壌
ソウル
恒山
オルドス
定州
瀛州
黄河
霊州
太原(晋陽)
黄河
泰山
魏州
洛陽
大運河
鳳翔
長安
汴州
嵩山少林寺
渭水
華山
陝州
揚州
煬帝陵
南京
興元府
長江
武漢
杭州
越州
風山
成都
長沙
衡山
福州
丹霞洞麻姑山
泉州
珠江
広州
N
0
500km
ハノイ

ゴビ
タリム河
ロプノール
タクラマカン砂漠
エチナ河
敦煌
酒泉
張掖
祁連山脈
チャイダム盆地
涼州
(武威)
崑崙山脈
青海
ヤッラダッゼ山
西藏《チベット》高原
吐蕃
ヒマラヤ山脈
ヤルツァンポ河
ラサ
ガンジス河
ベナレス

時《じ》輪《りん》の轍《わだち》

千里伝

序

会昌《かいしょう》二（八四二）年、夏。四川《しせん》の中心地、成都《せいと》。

棗《なつめ》と龍眼《りゅうがん》の実が盛り上げられた盆が、磨《みが》き上げられた石卓の上に置かれ、江南《こうなん》の名窯《めいよう》で焼かれた茶杯《ちゃはい》からは、優美で爽《さわ》やかな香りを含んだ湯気が揺らめいている。

芙蓉《ふよう》の花が咲き乱れ、妙《たえ》なる歌声の小鳥たちが庭を訪れているというのに庭の主は憂鬱《ゆううつ》な表情でぼんやりと座っている。豪奢《ごうしゃ》な邸宅も、贅《ぜい》を尽くした庭園も、老人の心を慰《なぐさ》めるには至らない。

庭の中央にあるあずまやに座る老人高崇文《こうすうぶん》は、第一線を退《しりぞ》いた将軍である。彼は一人弱々しいため息をつき、すっかりぬるくなった茶に手を伸ばした。

血しぶき煙《けぶ》る戦場を離れて四年、地位も名誉も得て大方の望みは果たした。

かつて大陸のはるか東北、渤海《ぼっかい》から来た一族は武勇を以《も》って大唐帝国《だいとうていこく》に仕え、その栄光の歴史を支えて来た。その血脈は今も受け継《つ》がれている。

息子の高承簡《こうしょうかん》は立派に成長して、幽州《ゆうしゅう》において剽悍《ひょうかん》な騎馬民族である突厥《とっけつ》と五分に渡り合い、多少普通の子供と違って心配させた孫の千里《せんり》も、試練を乗り越えて修行の旅へと出た。

心配することは何もない。

「あら、お義父《とう》様、背筋が丸まっておりますよ」

若く張りのある、瑞々《みずみず》しい声がその背にかかった。

「何と」

老人は大げさに身を反《そ》らす。

「直ったかな」

「ええ、十分すぎるほどに」

老人に声をかけた女性は袖《そで》でくちびるを覆う。それだけで寂しかった心に花が咲いたように気分が明るくなった。

南平郡王《なんへいぐんおう》、高崇文が息子の嫁の紅葉《こうよう》と言葉を交わしている成都は、大唐帝国西南の要衝《ようしよう》である。

当時の成都は古くからの都城である隋《ずい》大城と、それを大きく取り囲む少城という二重の城壁に守られていた。

大と少ではあるが、少城の方が大城を包み込む構造となっている。大城には官吏《かんり》や将兵が暮らし、少城には商工の民が集まって市を営んでいた。

高崇文をはじめ、歴代の西川《せいせん》（四川西部）節度使は経済の発展に努め、この頃の成都は一万戸を超える家が立ち並ぶ大都市となった。市は少城の中だけでは手狭になり、東市、東大市、南市、新北市、西市、そして最大の規模を誇る新南市と次々に数を増やして来た。それは成都を中心とする四川、当時は両川《りょうせん》と呼ばれた蜀《しょく》の豊かさを示している。

高崇文の邸宅は新南市の猥雑《わいざつ》なほどのにぎわいと、大城東に玄宗皇帝《げんそうこうてい》が建立《こんりゅう》した大《だい》慈寺《じじ》の壮大な伽藍《がらん》を共に望める、剣江《けんこう》沿いに建っている。

「大丈夫かのう」

「何がです？」

紅葉が老将に茶を注《そそ》ぐ手を止めて訊《き》き返す。

「それはもちろん、千里のことだ」

「あら、大変なお務めに当たっている夫よりも千里のご心配ですか」

と睨《にら》むふりをする。

「承簡ももちろん気にかかる。だが、あやつはもうわしが口を挟むことのないほどに良き将となった。そういうお前は千里のことが気にならんのか」

一人息子が発《た》った後も、紅葉は不思議なくらい寂しさを面《おもて》に出さなかった。

「お義父さま、千里の働き、ご覧になったでしょう？」

「ああ、それはもちろん。間近にこの目で見て、わが孫ながら凄《すさ》まじい力だと舌を巻いたものだ」

高崇文の孫高駢《こうべん》――字《あざな》は千里――は年齢が成年に達しても、五歳児にしか見えない身体を持っている。その異様な姿が世間に出ることを恐れ、高崇文はこれまで孫を公《おおやけ》に表に出してこなかった。

だが一族が巻き込まれた天下の危機に際し、千里は二つの〃人〃の血を受け継ぐ者として、大きな役割を担った。二つの〃人〃とは、遥か昔、天地を二分する大戦に勝利して残ることを許された者たちと、そうでない者たちのことだ。

千里は西王母《せいおうぼ》の意を受けて、天地のあらゆるものを繋《つな》ぐ力を持つ秘宝、「五嶽真形図《ごがくしんぎょうず》」の器としてこの世に生を授かった。

少林寺《しょうりんじ》の武僧絶海《ぜっかい》、吐蕃《とばん》の狩人バソン、そして茅山《ぼうざん》の道士《どうし》である趙帰真《ちょうきしん》と共に天下を巡り、最後はもう一つの〃人〃を統《す》べる古《いにしえ》の王と堂々対決し、天と天の間に広がる無限の虚空《こくう》へと押し戻したのであった。

「よもや千里にあのような不可思議な力があるとはなあ」

皇帝武宗《ぶそう》を守るために長安《ちょうあん》へと赴《おもむ》いていた高崇文も、その時の光景を思い出して嘆息《たんそく》する。彼ですら見たことのない、巨大な力を持った人と怪物たちの激突であった。

「だが紅葉よ、あの一件の後、千里はひどく腕を落としたではないか」

「落としたのではありません。自然に戻ったのでございます」

千里の叔父で師にあたる高霞寓《こうかぐう》は、未曾有《みぞう》の危機に臨んで厳しい修行を彼に課した。長足《ちょうそく》の進歩を見せた千里の技量は高崇文たちの想像をはるかに上回り、弓術の究極奥義《おうぎ》すらも身につけて見せた。

「それにしてももったいないのう」

千里が異世界の王、共工《きょうこう》に放ったのは〝不射之射《ふしゃのしゃ》〟であった。

高崇文ほどの武人であっても、目にしたことのない究極の弓技。それを孫が使いこなした光景は、彼に大きな喜びをもたらした。武門としての高家はこれからもさらに大きく勢威《せいい》を伸ばすことを確信できたからだ。

それが、である。

「もう出来ないと言うではないか」

と祖父は落胆《らくたん》する。あの技さえあれば天下に敵はないというのに、今ではそこらの武人よりも多少頭の抜き出た射手《しゃしゅ》、と言える程度である。

「あまりに大き過ぎる力は、身を滅ぼします」

紅葉は冷静だった。

「千里の内側には私たちですら見抜けなかった大きな歪《ゆが》みがあり、多くの方に迷惑をかけてしまいました」

「確かにな」

苦笑する高崇文は、真面目な紅葉の顔を見て慌てて表情を改めた。

「あの後、私たちがどれほど頭を下げることになったか、お義父さまもご存じでしょう？」

「そうだったそうだった」

髯《ひげ》をしごいて高崇文は笑う。

祖父からすれば、孫のやんちゃも元気がいいですむが、母ともなるとそうもいかない。千里は武宮《ぶきゅう》の師範格を侮辱《ぶじょく》した上に腕までへし折っているのである。正体が明らかになった以上、いくら南平郡王の孫といえども知らぬふりは出来ない。

それ以降、紅葉はそれまでの甘い母の顔をかなぐり捨てて千里に厳しく接している。武宮に修行に出た息子から手紙が来ても、返事も送らない。

「まあ武人が子供に負けること自体、修行が足りないのだがな」

高崇文は上目づかいに嫁を見ながら、孫を弁護しようと試みる。

「千里はいずれ何万もの軍勢を率《ひき》いることになる身です。腕が劣っていようが相手を蔑《ないがし》ろにするようでは、結局己の身も誤ることになるのではありませんか」

「そう！　紅葉の言う通りじゃ！　すまん！」

高崇文は紅葉の冷ややかな言葉に両手を挙げて降参する。紅葉は表情を緩《ゆる》め、義父の茶杯に熱い茶を注いだ。

「あの騒動の後、千里から〝不射之射〟がもう使えないと聞いた時、私は胸を撫《な》で下ろしました。身に余る力が去り、そして己より強い仲間に恵まれたことで、千里はこれから変わっていくはずです。それを期待して武宮へと修行に出したのでありましょう？」

しっかり者の美しい横顔に一瞬、寂《さび》しさがよぎったのを見た高崇文は、慰めを口に出しかけてやめた。

「ああ、そうだ。今の千里であれば、真の武人となって帰って来てくれるであろうよ。それを楽しみにしようではないか」

義父の心づかいと言葉に紅葉はにっこりと微笑《ほほえ》み、老将は茶杯に口を付けてあちち、とおどけて見せるのであった。

第一章　武宮《ぶきゆう》麻姑山《まこさん》

一

都からも四川《しせん》からも遠く離れた嶺南《れいなん》地方。

大陸南部最大の貿易港の広州《こうしゆう》をその中心とするが、広州から一歩離れれば山がちで人影もまばらな僻地《へきち》となる。

嶺南とは越城嶺《えつじようれい》、都龐嶺《とほうれい》、萌渚嶺《ほうしよれい》、騎田嶺《きでんれい》、大庾嶺《だいゆれい》の南を指し、広西《こうせい》、広東《カントン》のほぼ全域、江西《こうせい》、湖南《こなん》の一部を含む広大な地域だ。

古くから異民族が多く住み、山深い一帯は唐朝《とうちよう》の支配下にあるとはいうものの、原始の森が山を覆《おお》って村落すらまばらだ。

数多《あまた》の武の伝説が、緑濃き山々の中に脈々と息づいていた。その一つ、丹霞《たんか》洞麻姑《どうまこ》山《さん》こそ、千里《せんり》の修行の場となっている武宮《ぶきゆう》である。

大陸全土に散らばる武の聖地には神界、仙界から授けられた武の秘術が納められ、鍛錬《たんれん》によって得た力を以《も》って天下に名を上げようとする若者が多く集う。

麻姑山は湖南の中心都市、長沙《ちようさ》の街から遥か南、健脚《けんきやく》の男でも二旬《じゆん》はかかる奥地にあり、般若河《はんにやが》という岩肌を滑《すべ》り落ちる激流によって外界とは隔《へだ》てられている。山道は細く険《けわ》しく、山裾《やますそ》に近付くことすら容易ではないが、王朝各地から修行を願う者が訪れていた。

未明の深い闇に包まれた山中を、一人の少年が走っている。

木の肌を蹴り、岩角をその足掛かりとして、速度が緩《ゆる》むことはない。

一本の木が倒れ、一つの岩が砕け散る。一足、彼が歩《ほ》を進める度《たび》にそのあまりの速度は無数の幻身《げんしん》すら生み、そして一つへと収束していく。

そんな彼の後ろを白き光が追う。彼の足跡に、影に、突き立つ羽根は鋼《はがね》の鏃《やじり》のごとき音を発して風を裂《さ》く。だが、全てを捉えて放さない大地ですら、彼を捕《とら》えることは難しい。見る者にそう思わせるほどの速さだった。

少年の耳に乾いた木板《もくばん》を叩き合わせるような音が響く。彼は知っている。それは苛《いら》立《だ》ちの証《あかし》だ。人の姿を捨て、真の力を以って彼を捕えようとする決意の証だ。

彼は走りながら心気を凝らす。

百会《ひやくえ》から丹田《たんでん》、全ての経絡《けいらく》に流れる内なる力を観想する。

内なる力の流れに呼びかける。

今少しの間、金剛の強さを伴《とも》なって繋がりを深めよ。

漲《みなぎ》りが全身に溢《あふ》れ、一段の速さが閃光《せんこう》を伴なって少年を覆いかけた。

その時である。

「あいて！」

夏の早朝、まだ鶏《とり》も鳴かない夜明け前に、麻姑山を震《ふる》わす叫びが響いた。木が数本倒れる音と、勝ち誇ったような雄たけびがそこに続く。

倒れている少年の頭の上には白く巨大な拳《こぶし》が勝ち誇ったように揺れている。その拳の主は暫《しばら》く姿を現さない。立ち上がりかけた少年の頭を白い拳がもう一度こづき、続いて現れた黄色の水かきが彼を押さえつけた。

「ようやく捕まえたよこのくそ坊主《ぼうず》。こざかしい術を使おうったって百億万年と十日は早いってんだ。速度をちょいと増したところであたしには敵《かな》わないさ」

野太い女性の声が、木立《こだち》の間に響く。

「ちょ、ちょっとつまみ食いしただけだろ！」

「お山じゃそんなこと許されないって知ってるはずだわよね」

巨大な家鴨《あひる》の影が、倒れた木立の中で胸を張って立っている。そしてその水かきの下でもがいている少年の名を高駢《こうべん》、字《あざな》を千里という。成都《せいと》の南平郡王《なんへいぐんおう》高崇文《すうぶん》の孫にして、征東大将軍《せいとうたいしょうぐん》高承簡《しょうかん》と異類の姫君、紅葉《こうよう》の間に生まれた子である。

「くそ、無礼者《ぶれいもの》め」

千里はばたばたともがくが、巨大な家鴨は水かきを動かす気配もなく、身動きを封じてしまう。

「山の外じゃどこの坊っちゃんだか知らないけどね。あんたのような未熟者があたしの目を盗んで食べ物をちょろまかそうなんて許されないのさ。それに千里、あたしに見つかったことを感謝しな。もし麻姑さまに見つかろうものなら、首ねじ切られて南海の果てまで投げ飛ばされるわよ」

家鴨はかちかちとくちばしを鳴らすと、霞《かすみ》をまとって人へと姿を変えた。恰幅《かっぷく》の良い初老の女である。臙脂《えんじ》の首巻きに白い前掛け姿は豊かな体軀《たいく》を強調し、力士もかくやというほどに勇ましい。彼女は泥棒猫を捕まえたかのように千里の首根っこを摑《つか》むと、意気揚々《いきようよう》と山の頂《いただき》へと戻って行く。

「まったく、あんたと文魁之《ぶんかいし》の食い意地の汚いことと言ったらないわね」

ぶつぶつとつぶやきつつ、竦斯《しょうし》は己の巨体で切り拓いた森の中の道を登る。

「魁之のやつ、ほんと食いしんぼうですよね」

先ほどとは打って変わって、揉み手をせんばかりの猫なで声で千里があいの手を入れる。あんたが言うんじゃないよ、と竦斯は千里の頭をはたいた。

「だって、俺たちは激しい鍛錬を積んでるんですよ？　喰《く》わなきゃ体に毒です」

「それはどの修行者も同じだよ。食いものが少なくて不満だってんなら、今すぐ山を下りな。動けるだけの餌《えさ》はやってるんだ。この山は三日血戦が続く戦場で戦い続け、国と人々を守る勇士を育てるところなんだからね」

千里は竦斯の厳しい言葉にひゅっと首をすくめた。そして秘《ひそ》かにでっぷりと太った初老の女の顔を見上げ、

「ねえ、竦斯のおばさん」

と甘えた声をかけた。

「道院長《どういんちょう》と呼びな」

竦斯の声は厳しいままである。

「道院長さま、首が痛い」

「そりゃそうさ。あたしが摑《つか》んでるんだ」

「ぼくのような未熟者がつまみ食いなんてして、本当にごめんなさい」

騙《だま》されないわよ、とばかりに顔をしかめて竦斯は千里の小さな体を差し上げた。

「反省するくらいならやめときな」

「はい、これからは二度と致しません」

「その言葉を聞くのも何度目かね」

千里はそれに答えず白目を剝《む》いた。

「このまま道院長さまに首を摑まれていたら、息が詰まって……死んで……しまう」

見る間に千里の顔は青ざめ、首がかくりと前に落ちる。

「ほい、これはやりすぎた」

竦斯《しょうし》が慌《あわ》てて手の力を緩めるなり、千里は脱兎《だっと》のごとく駆け出し、木立《こだち》の中に姿を消した。山の風紀《ふうき》を司《つかさど》る仙女は地団駄《じだんだ》を踏み、それが全山の目覚しとなった。

二

山の朝食はごく質素《しっそ》なものだ。乳を発酵させて固まらせた酪《らく》と、卵が一つ落とされた粥《かゆ》が大ぶりの丼《どんぶり》になみなみ一杯。それだけである。食べざかり育ちざかりの少年たちが集まる武宮では、食べ物を巡っての争いが絶えない。

武宮の食事は質素だが、四方から集まった武門の子息あてに、差し入れがしばしば届く。多くは衣服の類であったが、まれに食べ物がひそまされている場合があった。菓子であったり干し肉であったり漬物であったり、山で口にすることが難しい豊かな味覚が山に入った時、激しい争いがひそやかにまき起こる。

「大将、どこ行ってたんだよ」

びく、と肩を一度震わせて千里が振り向く。

「相変わらず後ろを取るのだけは上手《うま》いな」

えへへ、と少年は細い目をさらに細めて照れ臭そうに笑った。

山の風紀を一手に司る家鴨の精霊、竦斯の手から逃れて一息ついている彼に声をかけて来たのは、千里と同じ房《ぼう》に暮らしている一の子分である鄭紀昌《ていきしょう》だ。小柄ではあるが丸々と太り、既にその手には塩漬け肉の小さな塊《かたまり》が一つ摑まれていた。親分がつい先ほどせしめてきた荷物の中から好物を抜き取ったのだ。

「大将も食うかい」

と差し出す。

「手を拭《ふ》け。ばかやろう」

千里はそう言いつつ、腰の小刀を閃《ひらめ》かせて一片を切り取ると口の中に放りこんだ。一晩中山の中を走り回って渇《かわ》き切った喉《のど》に塩辛い豚肉が貼りつく。

「み、水、水、早く持ってこい」

胸をどんどん叩く千里に慌てた鄭《てい》紀昌が盥《たらい》に汲《く》んで来た水を、千里は一気に飲み干した。

「お前、主君に水を呑《の》ませるのに盥を持ってくる奴があるか！」

ともう一度はたく。

「だってよぅ、大将、水を沢山飲みたそうだったからさ」

と両指をこすり合わせて上目づかいをする。

「まあいいや。で、これは魁之《かいし》の親父が送って来た荷物に違いないんだな」

「ああ、間違いない。奴あてに来た手紙にそう書いてあったよ」

「そういうところだけは役に立つな」

「大将と美味《うま》いもん食いたいからねえ」

二人は顔を見合わせてへへへと笑い合った。

鄭《てい》紀昌は江北《こうほく》の刺史《しし》、鄭英世《えいせい》の三男である。武宮に来たのは千里より二年早い。はじめは体の小さな千里を侮って金銭をたかろうとしたが、あっさりと締められてその軍門に降《くだ》ったのだ。

小柄で呑気な男で、技の習得が人並み外れて遅いために武宮での成績は良くない。だが気配を消すことだけは巧《たく》みであった。その腕と千里への忠誠心を見込まれ、右腕となって獲物の行方を探る務めを果たしていた。

「魁之《かいし》の野郎、しょっちゅう里から物もらいやがって。それを子分どもにばらまいてでかい面《つら》していやがるんだ」

千里はそれが面白くない。

ただ、千里もその不満を実家にぶつけることは出来なかった。

彼は世間だけでなく、両親も祖父も騙《だま》していた。

可愛らしい五歳児の外見の中で、精神だけが歪《いびつ》に成長していた。そして、己の中にある人並み外れた武力を誇示《こじ》することに、喜びを覚える人間となっていたのである。

共工《きょうこう》と五嶽真形図《ごがくしんぎょうず》を争う一件の中で、彼は肉親以外にも己をはるかに超える力を持つ者がいることを知る。吐蕃《とばん》の狩人や少林寺《しょうりんじ》の武僧には、心ならずも何度も助けられた。

その内に、彼の中に以前と違う何かが生まれていた。それは気恥ずかしくて疎《うと》ましくて、でもどこか大切なものへと育っていった。

「大将にはどんな子分がいたんだい」

と鄭紀昌に訊かれた時、千里はバソンと絶海《ぜっかい》のことを子分だと説明していた。

「ぼくが何度もやばいところを助けてやったんだ」

そう言うたびに、妙に胸のあたりがそわそわしたが、子分の前で自分が助けられていましたとも言えない。

（どうせこいつがバソンたちに会うこともないよな。ぼくだって次にいつ会えるかわからないんだし。会いたくもないけどさ）

千里はそんなことを考えつつ、あくまでも異民族や武僧を子分にしていたと自慢気に語っていたのだ。

だが実際はいささか違った。父母は千里の働きを認め、見抜けなかった自分たちを責めた上で、千里を厳しく叱った。

何より、これまで笑顔以外の顔を息子に見せたことのなかった母の紅葉が、氷のごとく厳しい一面を千里に見せるようになっていたのだ。武宮に来て以来、母から差し入れが届くどころか、手紙すら一通も届いていない。千里からはしきりに手紙を書いて送ってはいるが、返信もない。これが何より徹《こた》えていた。

「大将どうしたの？　考え込んじゃって」

「何でもないよ」

弟分の頭を意味なくはたき、千里は立ち上がる。

「ま、魁之のお宝をありがたくいただきに行くか」

「そうだね。俺たちの組は大将と俺を含めて十人もいないから、少しのお宝でも長持ちするよ」

見た目は年上に見える弟分は嬉しそうな顔をして頷《うなず》いた。武宮は六歳から十八歳までの少年が集まっている。千里の年齢は武宮で修行するにはやや上に過ぎているが、その外見と高崇文の伝手《つて》で入ることを許された。そんな千里を見る鄭紀昌の表情は、この小さな親分が好きで仕方がない、といった風情《ふぜい》である。

麻姑山の鍛錬は厳しく、長い。

山には仙人である麻姑を筆頭に、数人の師範がいる。だが師範に教えてもらえるようになるには、最低でも半年間は雑用をこなさなければならない。

千里は山に入って二月《ふたつき》足らず。本来であれば雑用に追いまくられている時期である。だが彼はたちまち一群の少年たちを屈服させ、己の雑用をやらせていた。

「そのかわりぼくが魁之《かいし》の野郎から身の安全も差し入れも守ってやる」

というのが子分にする時の約束だった。

粗末な生活を強いられる武宮での生活において、郷里からの品々は何よりも貴重だ。だが力に優れた者たちは、徒党を組んで弱き者から奪い取る。千里は己の力を見せつけて部下にする代わりに、彼らの荷物も守っているのだ。

武力で修行者たちを従わせているのは、千里だけではない。山には何人もの頭目《とうもく》がいて、それぞれが組を作って張り合っていた。その中でも最も勢威を張っているのが、文魁之が率いる天狐《てんこ》組である。

「あいつら、俺たちのことを目の敵《かたき》にしてやがります」

鄭紀昌は武門の出のわりには喧嘩《けんか》が苦手である。だからこそ、気配を消す術《すべ》が上手いとも言えた。他の面々も、どの組からも誘われない連中から適当にみつくろって子分にしているため、飛び抜けて強い者はいない。

従って、子分が絡《から》まれたとなると千里一人が奮闘することになっているのだ。

この日の鍛錬は徒手《としゅ》での格闘であった。千里はその並み外れた腕力と素早さで仲間達を圧倒し、息を切らすこともなく房に帰ってきた。目の前に座っている一の子分の顔はあざだらけである。

「お前らもっと鍛《きた》えろよ」

そうはっぱをかけることもあるが、

「いいじゃん、大将が強いんだから。そのうち麻姑さまにすっげえ技を教えてもらえるかも知れないよ」

とのんびりしたものである。そしてこれは千里も計算の外だったのだが、弟分になると誓《ちか》った者の全てが、途方《とほう》もない大食らいばかりだった。

千里が竦斯の目を盗んで山の奥深くにある食糧庫に忍びこんだり、他の修行者の差し入れを盗んだりを繰り返しているのは、弟分たちの尊敬と忠誠を繋ぎ止めておくためでもある。面倒臭く思いつつ、千里はまめに務めを果たしていた。

「魁之の奴、里からの喰い物が半分に減っていたらさぞびっくりするだろうな」

ぺろりと千里が舌なめずりする横で、鄭紀昌の腹が派手に鳴った。

「お前、ついてこなくていいよ。いくら気配が消せても腹が鳴ったら台無しだ」

「大丈夫だって。遠くから掩護《えんご》するからさ。いざとなったら……」

弓を射るしぐさをする。

「いや、だめだ。いくらなんでもあの掟《おきて》を破るのはまずい」

丹霞洞麻姑山は弓の武宮である。

羽を広げ、胸を張った鷲《わし》のような形をした独立峰であり、斜面のなだらかな羽にあたる部分に修行場、天にそびえる急峻《きゅうしゅん》な岩峰に、山の主である仙人、麻姑が住んでいる。

ここは、十里離れた場所から針の穴を射貫《いぬ》く無双の射手を育て上げる武の聖地だ。従って、修行する者が守るべき規則も当然ある。その内でも、もっとも重要なものが、

『私闘に弓弩《きゅうど》を用いるべからず』

という一項であった。

武の修行場だけあって、礼に則《のっと》って戦いを挑むこと自体は許されていた。これは山を統《す》べる仙人麻姑の方針で、談判破裂すれば暴力に訴えてもよいとされている。

しかし、弓弩を修練する山だけに、弓弩は神聖なものとされていた。この山で学ぶ者は全て大小いずれかの弓を身につけることを義務付けられている。しかし師範の許した時以外にみだりに使ってはならないのだ。

その掟を破った者は、仙人麻姑から強烈な罰を下されることとなっている。まだ山に入って間もない千里は罰を受けた者を見たことはない。しかし二年いる鄭紀昌は、その者の末路を目撃していた。

「大将、あれはやばいよ。どんな恐ろしいものを見せられたのか知らんが、完全に頭にきちまってた」

「で、そいつどうなったんだ」

「房の隅でぼんやりして修行にも出ず、気付いたら家族の者が迎えに来て山を下りていった」

「だったら尚更《なおさら》止めておけ」

「でも俺は大将を守るためだったら掟を破ったっていいんだぜ」

ありがたいような迷惑なような、子分の熱情である。鄭紀昌は喧嘩《けんか》はそれほど強くない割に、恐ろしいほどに打たれ強いところがあり、天狐組の連中に叩きのめされても詫《わ》びを口にしたことすらなかった。

「ともかく掟を破ることは許さん、いいな」

鄭紀昌は両手のひらを振って、理解したことを示した。

千里は一人、わずかな午睡《ごすい》を取った後、昼過ぎの静かな山の中を走りぬけていく。竦斯が千里や魁之を追いかけて倒した木立の跡が、丁度道のようになっていて走りやすい。

昼食後の修行者たちは午睡をすることになっていた。午前の激しい鍛錬は少年たちのほとんどを眠りに引き込み、夕刻前の鍛錬に向けて英気を養わせている。

だが千里や魁之ら力が有り余っている一部の者たちは、秘かにぶつかり合ってはその気を散じているのである。今日の相手は人ではなく物だ。それだけに、千里もいつもの喧嘩に向かうよりは気楽に構えていた。

(待ってろよ腹ぺこども)

千里は子分のために奔走している自分に、ちょっとした喜びめいたものを感じて内心首を捻《ひね》ったが、すぐに頭から振り落として目の前の獲物に集中した。

山に運ばれてくる差し入れの品をちょろまかすのは得意中の得意だ。

狭隘《きょうあい》な渓谷を越え、さらに急峻な山道を越えない限り麻姑山にはたどり着けない。川筋や山の鞍部《あんぶ》には茶屋が設けられ、山で数年修行に励んだ若者たちが見張りを兼ねてそこに詰めている。

荷を運んできた者たちは、屈強《くっきょう》な男に出迎えられて山賊《さんぞく》の脅威《きょうい》がないと知ると、気を緩める。そこを狙うのである。

ただ、山に近すぎると出迎えに来た魁之たちに出くわす危険があり、山から遠すぎると、今度はかっさらった荷を持って帰るのに苦労する。千里は山の麓《ふもと》にある川岸の茶屋を狙った。

木立に囲まれて身を隠しやすいのに加え、牛馬は河原の一ヵ所に集められ荷を漁《あさ》りやすい。このような時、千里の人並み外れて小さな肉体は実に役だった。

一行は茶をすすり、車座になってあと少しになった旅路を振り返っているようだ。よく日焼けした髭面《ひげづら》の男が多く、旅の苦難を物語っている。そんな彼らを横目に見ながら、千里は荷を調べ始める。

小刀をそっと差し入れ、引き抜いて匂いを嗅《か》げば何が入っているのか大抵わかった。これも経験である。

（おほ、あるある。肉、菓子、味噌、酒まであるぞ）

荷運びたちの様子に変化はない。

彼は一つ目の荷を馬から外し始めた。この時がもっとも神経を使う。馬が暴れては元も子もないし、もちろん人目についてもいけない。荷を縛っている紐《ひも》をぷつりと切って、一つ安堵《あんど》のため息を漏《も》らした時、誰かが千里の肩を摑んだ。

「よう、手伝ってくれるのかい」

（魁之か……）

荷物に気を取られ、仇敵《きゅうてき》に背後を取られた。千里は慌てたがそんな素振《そぶ》りも見せずゆっくりと振り返る。

「一人分にしちゃあ多すぎると思ってよ。腐る前に喰うのを手伝ってやろうと思ったのよ」

「だからくすねようってのか。天下に名の聞こえた高家の御曹司《おんぞうし》にしちゃあ、やることがけちくさくねえか」

「待ち伏せするような奴に言われたかないよ」

言うなり距離をとった千里は、周りをぐるりと囲まれていることに気付いた。荷運びの人間たちが顔を拭《ふ》き、髯《ひげ》をむしり取る。そこには魁之の一党が居並んでいた。

「罠《わな》にかけやがったな」

「変装も見抜けないで戦場で勝てるかよ」

「戦場では見抜いてやらぁ！」

千里は喚《わめ》くなり、一方に血路《けつろ》を開こうと突進する。

そうなればあとは壮絶な殴り合いである。武宮の師範格を打ち倒すほどの力を持った千里である。一対一では負けない自信があった。

だが相手も武宮で有数のつわものの集まりだ。文魁之は天狐組を結成するにあたり、修行者の中でも選り抜きの腕利きばかりをその武力と財力で屈服させ、構成員に加えているという。武宮の腕利きとは、すなわち一騎当千の武人を意味する。噂では、麻姑直々《じきじき》に技の伝授を受けた者もいるという話だ。

たとえ千里であっても、一撃で倒せるようなやわな相手ではない。倒されるにしても、必ず千里になんらかの打撃を与えたり疲労を与えて、次の相手へと繋げて行った。

十数人を何とか打ち倒しても、最後に待ちかまえているのが、首領の文魁之である。

「お疲れのようだな」

「ああ、粗食だからな」

「同感だ」

同じ粗食なら、動いていない方が元気なのが道理である。千里の肩は上下していたが、魁之は口元に笑みさえ浮かべていた。

「今日こそはこの山でどちらが強いか思い知らせてやる」

「お前相手ならこれくらい不利でちょうどいいよ」

千里は強がるが、足元が若干ふらついている。

麻姑山での修行は、弓弩の術だけではない。射手といえども乱戦をくぐらなければならないことはある。だから組み打ちの鍛錬も相当に行う。その中でも魁之の組み打ちは、専門でやっている者よりも素晴らしいと師範に称《たた》えられるほどに強かった。

「行くぜ」

魁之は距離を詰め、千里に摑みかかろうとする。その足元に飛び込んだ千里は膝《ひざ》を取り、ひっくり返そうと一気に押し込んだ。だが魁之の巨体は動かない。踏ん張られ、頭の上から強烈なひじ打ちを喰らって、一瞬千里の意識が飛んだ。

次の瞬間、反対に組伏せられた千里の上から、岩のような拳《こぶし》が飛んできた。

「降参しないと顔の形変えちまうぞ」

一発ごとに目の前の光景が色を変えるほどの衝撃だ。

「負ける……かよ」

腰を撥《は》ね上げて馬乗りになっている魁之を振り落とそうとするが、魁之も巧《たく》みに重心を動かして体勢を変えさせない。こつこつと殴《なぐ》られているうちに、千里の気持ちが折れて来た。それを見越したように、

「ほら、降参しろ。俺の子分になると誓えば許してやる」

と魁之が上から誘ってくる。

「誰が貴様の子分になるか！」

唾《つば》を吐きかけると返礼に強烈な拳が鼻先に叩きつけられた。

「ああ、そうかよ。己の弱さを認めることも大切なんだぜ」

一際大きく拳を振りかぶった魁之が、不意に頭を押さえてうずくまった。何も考えず、ただ体が動くままに千里は魁之の下から這《は》い出て、その顎先《あごさき》に頭突きをかます。残っていた魁之の手下どもが怒号を上げ、千里に殺到しようとする。だがその連中も次々と何かに殴りつけられたように地に倒れ伏した。

その足元には鏃の代わりに小石を結《ゆ》わえつけた矢が落ちている。

（ばかやろう）

千里はその矢を放ったのが誰かすぐにわかったが、まずは一発やり返さないと気が

済まない。呻《うめ》き声をあげてうずくまる魁之の髪をひきずり上げた所で、

「双方そこまで」

と静かな、そして凛《りん》とした声が響いた。

千里はごくりと唾《つば》を呑み、ゆっくりと魁之の体から手を離す。魁之の手下たちはすでに平伏し、ぶるぶると震えている。魁之からも先ほどまでのふてぶてしい表情は消えていた。

もちろん、千里もその声の主を知っていた。

(山に帰って来ていたのか)

仙界と地上を自由に往来する力を持った仙人。

その力は神にも等しく、その武はあらゆる勇士を凌駕《りょうが》する。千里や魁之がどれほど強いといきがっても、その力の前にはひれ伏すしかない。

「麻姑大娘々《だいじょうじょう》のご降臨を心からお迎えします」

頭をさすりながら魁之が大声で挨拶《あいさつ》を述べる。千里も平伏し、それに続く。こうなっては喧嘩をしている場合ではない。

「元気なことだ」

山の主は若い女の姿をしていた。

絢爛《けんらん》な彩鳥《さいちょう》たちが舞う衣を身にまとい、長く黒い髪は高々と結われ霊鳥の嘴《くちばし》のか

んざしで留《と》められている。きりりとつり上がった目尻と高く通った鼻筋は、岩稜《がんりょう》を住《すみ》処《か》とする猛禽《もうきん》の顔を思わせた。

「どちらが仕掛けた」

「ぼくです」

麻姑の問いに答える際に逡巡《しゅんじゅん》は不要である。天空より全てを見通す目、天眼《てんがん》を持つと言われ、いつわりごとをしても見破られ、言い訳も一切通らない。ただ事実を述べ、裁《さば》きを待つ他ない。

「顔を上げよ」

言われて顔を上げた千里は思わず声を上げた。麻姑はその手に、鄭紀昌の足首をつかんで逆さにぶら下げていた。

麻姑は大柄である。一丈はありそうな巨軀《きょく》からは二人の若者を押しつぶすような威厳があふれ出ていた。

「掟は知っているな」

私闘で弓を使うことは厳しく禁じられている。千里は内心舌打ちしたくなる思いだった。鄭紀昌はもっとも破ってはならない禁忌《きんき》を犯してしまった。

千里は踏み越えると危ない一線を見極めるのがうまい、と自分で思っていた。仮面をかぶり続けてきた者だけがわかる境界があるのだが、ぼんやりと育ってきた鄭紀昌にはわからなかったようだ。

弟分の顔は既に腫《は》れあがっていた。山を統べる者からきつい罰《ばつ》を下されたことは、見て取れた。この後に待ちかまえているのは、山からの放逐《ほうちく》である。

武人として武宮へ修行に訪れた者が、恥じるべきことが二つある。一つは自ら逃げること。そしてもう一つは、掟を破って放逐されることである。どのように高い家柄であろうと、権勢を誇ろうと、その武人が尊敬を受けることは決してない。

千里は意識を半《なか》ば失って、山の主に吊り下げられている弟分を見つめた。

勝手に掟を破りやがって。

何度も心の中で舌打ちをする。

「この者を山から……」

と麻姑が言いかけた時、千里はお待ちを、と仙人の言葉を遮《さえぎ》った。

「何か」

「紀昌はぼくのために掟を破りました」

「真《まこと》か。誰かに命じて掟を破らせたのであれば、その命を下した者により重い罰を与えねばならぬ」

命じたのではない。こいつが勝手にやったことだ。それは事実として、述べなければならない。だが真実を言えば、鄭紀昌は山を追われる。

「どうした」

「ぼ、僕が命じました」

「いつわりは更なる罪を重ねることになる。本当のことを申せ」

麻姑の言葉は重く、冷たい。千里の脳裏には、父や母の顔がよぎった。折角《せっかく》武宮に修行に出してくれたのに、これではより失望させるだけだ。下腹を握り潰《つぶ》されるような圧力の下で、千里はそれでも懸命に声を張った。

「ぼくが命じて、魁之たちを射させました！　紀昌に罪はありません。戦陣では主と誓った者の命を聞く者に罪をかぶせてはならぬはず。主であるぼくが全ての責めを負います」

一気にまくし立てながら、横から魁之がばかにしたような目で見ていることに気付く。麻姑が近づき、千里の右頰を二度、左頰を一度張ると、宙へ投げあげて落とした。

「……追って沙汰《さた》を下す」

麻姑は鄭紀昌も地面に落とすと、袖を翻《ひるがえ》す。きらめく羽毛が空に舞い、陽光を受けて輝いた。その後ろ姿に拝礼し、姿が消えたことを確認した文魁之は、

「千里、お前はもう終わりだ。山から消えて、武門の嘲《あざけ》りを浴び続けるんだな」

手下共々はやし立てると、意気揚々《ようよう》と房へと帰って行った。修行の途中で山を下り

ることは恥である。個人の恥ではない。一門の恥となるのである。

「大将……」

意識を取り戻した鄭紀昌は、すまなそうに俯《うつむ》く。

「俺が勝手なことをしたばっかりに。でも、俺は大将を守りたくてさ。だから大将が
俺をかばってくれて嬉しかったよ」

今にも殴られるのではないかと鄭紀昌は首をすくめた。だが千里は怒らなかった。

「お前の気持ちはわかってるよ。しかしまったく余計なことしやがって」

そうは言うものの、千里の声は明るかった。

「大将、大丈夫かい？」

さほど落ち込んでいる様子もない千里を見て、鄭紀昌は不安げだった。

「紀昌、ありがとう」

と千里が礼を述べるのに至って、紀昌は大将がいよいよ山を追われる落胆のあまり
気がふれたのだと思った。

「心配すんな。ぼくは正気だ。紀昌、ぼくはしばらくお前たちの前から姿を消す」

「しばらく、って帰って来られるのかよ。私闘で弓を使ったのだから、山から出て行
かなくちゃならないんだろ」

「お前が掟を破っちまったのは事実だし、その罪をぼくがかぶることも納得の上だ。

いずれ麻姑さまから処分が出されるだろう。だがそれは、今すぐじゃない。麻姑さまも追って沙汰《さた》を下すと言っていた」

「そりゃ、そうだけど……」

「ぼくには行かなきゃならない場所が出来たみたいだ。そこから帰るまで、お前は弟分たちをしっかり守って欲しい」

「そんな切ないこと言うなよ、大将」

鄭紀昌はぐすぐすと泣き出す。

「だからしばらくって言ってるだろ。すぐにまた会えるさ」

「約束してくれよ」

「ぼくは嘘はつくが約束は破らない」

そして千里は、鄭紀昌を先に房へと帰す。じっとその場に立ち尽くしていた千里は、ぼんやりしていたわけではない。宙を舞っている羽毛の群れを眺《なが》めていた。

麻姑が姿を消してから既に時間が経っている。山肌を撫《な》でる風も微《かす》かだ。だが仙女の羽根はゆらゆらりと宙に浮かんだまま地へと落ちてはいなかった。千里は周囲の気配を探りつつ、動かない。

逡巡《しゅんじゅん》し、何度も立ち止りながら房へと帰って行った鄭紀昌の気配が遠くへと去った時、その羽根は大地に呼ばれたかのごとく、地へと舞い落ちる。

まるで雪原に残された足跡のように、麻姑の羽は一本の道を指し示していた。

麻姑は山の主であるが、その居所は誰も知らない。若者たちを教えるために姿を現すことは多々あるが、その屋敷を訪れることを許された者はいない。

だが千里は叱責《しっせき》されながら、その怒りの圧力の中に違う気配を感じた。それは謎かけに似た、不思議な気配だった。

(麻姑さまはぼくを呼んでいた……)

外面は夜叉《やしゃ》のように怒っていたが、内面は師として教導すべき事あり、と千里に呼びかけているような気がした。麻姑が師として教えたいこと、それは、

(新たな技だろうか……)

仙人から直接伝授される技にどれほどの威力があるか、想像するだけで肌が粟立《あわだ》ってくる。千里は己が出した答えに賭《か》けてみることにした。もしこのまま罰を受けるのであっても、その裏に何か意図があるのであれば、ぜひにも乗ってみたくなったのである。

三

弓の絶技《ぜつぎ》を全て知ると伝えられる仙人、麻姑。

その力の全てを見た者はいない。千里は麻姑の知る技の神髄《しんずい》の中に自分がつかみかけた境地があると考えていた。それを見切った時、自分が失った弓の奥義、〝不射之射《ふしゃのしゃ》〟を取り戻せるかもしれない。

彼は恐怖と高揚を共に抱いて、羽根の後を追う。

麻姑山は道を外れるとさらに傾斜がきつく、鍛えた武人でも自由に歩くことは困難だ。だが千里は軽々と山肌を駆け抜けていく。羽根を追うほどに、その痕跡《こんせき》は薄まりつつあった。

最後は飛ぶように走って、ついに羽根が尽きるところまで来た。

「これは……」

目の前に立ちはだかる岩壁を見上げて、千里は進路を見失う。山の北面にある断崖の下で、羽根は終わっていた。千里は崖の下を何度か往復し、再び元の場所へと戻ってくる。羽根が尽きた以上、この上に麻姑の住処があるに違いない。

そう考えた千里は、慎重に崖を登り始めた。岩はたやすく剝《は》がれ、千里の軽い体を支えることも難しい。四肢のうち三つを足掛かりと手掛かりとし、残りの一つで次の一歩を探る。

そして崖の中腹、やや傾斜が緩《ゆる》くなっているところに、今にも崖から落ちそうな巨大な盾岩《たていわ》があった。のしかかるようなその岩を駆け上がることは、さすがに出来そうにもない。

大きさは千里の身の丈の十倍ほどはあり、不用意に力を加えようものなら簡単に崩《くず》れて押しつぶされそうである。だがそこで彼は足を止めた。

頬《ほお》に痛みがよみがえる。

（麻姑さまはぼくの右頬を二回、左頬を一回叩き、そして宙へ投げ上げた……）

盾岩を右から二回、左から一回、慎重に叩いてみる。

軋《きし》みを上げて岩がわずかに傾く。盾岩は一つの大岩のようで、実は細長い巨岩が寄《よせ》木細工《ぎざいく》のごとく組み合わさっている。その組み合わさり方が絶妙で、堅牢《けんろう》な独立峰のように遠目からは見えていたのだ。

盾岩がわずかにずれ、再び軋みを上げて止まる。

その奥にごく細い道が見えた。だが道は別の岩に阻《はば》まれてすぐに行き止まりとなる。その岩は大きくせり出し、上まで登りきるのは不可能に見えた。

（〝投げ上げ〟るんだ！）

千里は数歩後ろに下がり、猛然と走りだす。そして崖に手足をかけ、猿のように一気に岩の上端まで駆け上る。岩肌は垂直に見えて、実はそうではない。千里の速さは、大地が引きずり降ろそうとする力を上回っていた。

千里は確信に満ちた表情で膝《ひざ》をたわめると、大きく跳躍《ちょうやく》し、自らの脚力で体を〝投げ上げ〟た。体を捻《ひね》って地を見れば、立ちはだかっていた岩の裏側にわずかな隙間がある。そこへと体を捻り入れる。

着地した場所で、彼はある物を拾った。

これまでと色の違う、朱色の色鮮やかな羽毛である。彼は己の直感に満足した。岩の裏側には掃《は》き清められた洞門《どうもん》があり、門の両側には小さな灯《あか》りが揺らめいている。彼が門の前に立つと、門がわずかに開いていることに気付いた。

正解だ、と快哉《かいさい》を叫びたくなったが、我慢した。

そっと千里は体を滑り込ませる。

洞門の中は薄暗い。

千里は暗くて狭い場所が苦手だが、何とか呼吸を整えて、目を凝《こ》らす。中は暗黒ではなく、わずかな光が満ちていた。その光の源《みなもと》は灯りではなく、なんと羽毛である。

洞門の中には、香《こう》でも焚《た》いてあるのか芳《かぐわ》しい匂いで満ちていた。その香りに惹《ひ》かれるように、千里は歩を進める。洞門の両側には美しい浮彫《うきぼり》が施され、中には彩色されているものもある。

だが千里は浮彫を見るよりも、その奥で待っている者に早く会いたかった。

いくつもの曲がり角を越え、そして行き止まりへと至る。千里は自信を持って、壁の片隅を押す。すると岩がぐるりと回って、千里を奥へと導いた。

急に視界が明るくなり、千里は思わず目を庇《かば》う。外から燦々《さんさん》と陽光が降り注ぐ岩の上に設《しつら》えられた小亭《しょうてい》の中で、一人の女性が端然《たんぜん》と茶を楽しんでいる。

「何用だ」

猛禽《もうきん》のように鋭い横顔を見せつつ、麻姑は詰問《きつもん》する。

「麻姑さまのお教えを拝聴しに参りました」

「お前のような未熟者にわが部屋へ入ることを許した覚えはない」

「心身に内外の二面あり、そして言葉にも語となって現れるものと精となって内に潜むものありと聞きます」

「ふん……、賢《さか》しらな。どこぞの猿神《さるがみ》もそのようなことを申しておったが」

麻姑は苦笑を浮かべたが、出て行けとは言わなかった。逆に近くに来いと千里を手招きする。彼は麻姑の足元に跪《ひざまず》いた。

「何故、鄭紀昌をかばった。かの者が矢を放ったのはお前の命ではあるまい」

千里を見ないまま、麻姑は厳しい口調で問うた。

「いえ、あれは……」

「お前たちの騒動を空から見ていたことに気付かないようでは、皆まだまだ未熟だのう」

と言われては千里も言い返すことが出来ない。

「紀昌もあそこで本当の鏃《やじり》を使っていたのなら、間違いなくその場で放逐だったのだが、相手の命を奪わない心づかいをしていた。だから罪一等を減じようと考えていたのだ」

「麻姑さまの大慈《だいじ》大悲《だいひ》に心より感謝申し上げます」

三拝して千里は礼を述べる。

「さあ、問いに答えよ。何故庇《かば》った？　そして何故私に偽《いつわ》りを申した」

麻姑は千里に顔を向け、問うた。

「それは……」

ここで、弟分を守るためだと言えば格好いいのだろう、と千里は考えた。だが、それだけではなかった。自分も守りたかったし、鄭紀昌のせいにもしてしまいたかった。母を失望させるとわかっていることもしたくなかった。なのに庇ってしまった。

「己を慕《した》う者を守るためか？」

「どう、だったんでしょうか……」

改めて問われてみると自信が持てない。

「私に良い印象を与えたいという打算のためか？」

「そう、なのでしょうか……」

普段の自分であれば絶対にそんなことを考えたはずだが、その時は余裕がなかった。

麻姑に顔を向けられるだけで、千里は平伏せざるを得ない。頭上から大岩を押しつけられているような迫力が、この美しい仙女にはある。

「正直言って、わかりません」

頭の上で、ふっと小さく笑う声が聞こえた。

「お前の話は山に来る前から聞いていた。先の一件、仙界でも大きな話題となった」

とはいうものの、山に来てから麻姑は千里を一切特別扱いしなかった。共工《きょうこう》と戦ったことや、不射之射を放ったこともまるで聞いてもいないかのように振舞《ふるま》っていた。第一、麻姑自らが新入りの修行者に声をかけることなどまずない。

「千里、お前の心は実に歪《ゆが》んだものである。親を欺《あざむ》き、武の鍛錬場へちょっかいを出しては叩きのめしていたらしいではないか」

「は、その通りです……」

「どんなひねた少年が来るかと思っていたら、やはりいたずら三昧《ざんまい》だったな。暴力で子分を作り、魁之ら徒党を組んでいる連中と争う。食糧庫に押し入っては竦斯を困らせ、人への差し入れは盗む。そして私にすら嘘をつく」

千里は体中から冷や汗が噴《ふ》き出すのを止められない。食糧庫のことはともかくとして、全ての悪行が麻姑に筒抜《つつぬ》けであったとは。

「だが以前よりはその歪みが多少はましになりつつあるようだ。己を大切にしてくれる者を大切にすることは、人倫の基本。そこが出来ていない者に、物事の奥義など極められるはずもない」

麻姑は長く美しい指で懐《ふところ》から小さな弓を取り出し、千里に手ずから与えた。

「大きな力は人を惹きつける。特に、本人が操りきれない力がその内側にある時は、その力をわが物にしようとする禍々《まがまが》しき者たちが集まってくる。そうなっては世の災《さい》厄《やく》となるのだ」

麻姑は、自らの身辺の世話をするという名目で、近くに侍《はべ》るよう命じた。

「その心根、叩きなおしてやるから覚悟するがよい。私がよいというまで、山の仲間に会いに行くことはまかりならぬ」

平伏する千里に釘を刺すように麻姑は続けた。

「ただし、私が課す修行についてこられない場合には、手足の腱《けん》を全て切って弓や兵器を扱えないようにし、さらにその魂魄《こんぱく》を悪しき者に利用されないよう、この山中に深く封じることになる」

と恐ろしいことを言うので千里は青ざめる。

「そんな顔をするな」

麻姑は精悍《せいかん》な顔をわずかに和《やわ》らげた。

「私の傍《そば》で術を学べることを許された者など、数百年に一人しか出ないのだ。喜んでも良いのだぞ。ま、前回の内弟子は途中で気が狂って自ら死を選んだがな」

ふふふ、と含み笑いした仙人の顔は、一転して悪鬼の女王のように恐ろしく見えた。

四

乾き切った風の中に、無数のつむじ風が行き来している。

地平線の南と北には雪をかぶった高い峰が天地を画して延々と続き、西の彼方には荒涼《こうりょう》とした岩の山塊《さんかい》が出陣を待つ巨人の群れのごとくにうずくまっている。東は果てしのない平原が靄《もや》の中に消えていた。

初めて見る高原の光景に、絶海《ぜっかい》は驚きと喜びに打ち震える思いだ。

(このような所でバソンさんは育ったのか)

その強さの秘密を垣間見たような気もする。

少林寺の武僧であった絶海は千里たちとの冒険の後、旅を続けている。師と仰《あお》いだ道士の趙帰真《ちょうきしん》は都の喧騒《けんそう》に身をうずめ、千里は武宮へと修行に出て、バソンは妻の待つ高原へと帰った。

それぞれが目的を見つける中で、絶海は〝武〟というものの真髄《しんずい》を追ってさまよう決意をしていたのだ。天下を巡《めぐ》り、己より優れた武芸者に教えを請《こ》いながら、自分なりの〝武〟というものを探し求めようと考えていた。

だが、絶海がこれと思う師にはなかなか巡り合えなかった。

（あの時の趙帰真さまを凌駕《りょうが》する力を持つ、もしくは持つ可能性のある者……）

絶海が内心持っている師の条件であった。

都で共工と対峙《たいじ》した時の己の境地、バソンの天衣無縫《てんいむほう》な強さ、そして千里の秘められていた力……。趙帰真の導きによって、それまでの自分とは比べ物にならないほどの力を手に入れたが、風船がしぼむように消えてしまった。

だが一度達した境地であれば、再びたどり着けるはずだ、という確信だけはあった。ただ、あの境地に達するには、師もそれなりの力を持っていないと道を誤る。

もしかして師は身近な所にいるのかもしれない。

それが絶海が最近達した結論である。趙帰真であれば一番良いのだが、今の道士が目指す方向と己が求めるものはあまりに違う。寺にはまだ戻る気にはなれない。戻ればば師と弟子に迷惑をかけてしまうだろう。

少林寺はどの武宮とも親しい関係である以上、武宮で技を磨くのも気が進まなかった。そこで思い起こしたのが、バソンであった。

初めて会った時から、その強さは群を抜いていた。一つ一つの技は確かに洗練されてはいないにしろ、あれほどの透明で巨大な気迫と勝ちに向かう心身の強靱《きょうじん》さは、少林寺でも見たことのないものだった。

バソンに弟子にしてくれ、と頼んでも断られると絶海は思っていた。

だがそれで良い。近くにいて生活を共にしているだけで、学べることは無限にあるだろう。ついでに高原のつわものたちとも語り合い、拳《こぶし》を交えてその強さを感じたいとも願っていた。中原《ちゅうげん》で修行するのとはまた違った成果があるはずなのだ。

チャイダム盆地に入って遊牧民の天幕《てんまく》（テント）を訪ねると、見も知らぬ人間だというのに中に招き入れて牦牛《ヤク》の乳や茶をふるまってくれる。出される肉を食うことは出来なかったが、麦焦《むぎこ》がしと嶺羊《ひつじ》の乳だけで腹は充分に膨《ふく》れた。

この高原で、バソンを知らない者はいなかった。そして誰もが、バソンのことを話す時は目を輝かせる。それほどに狩人、戦士として名を馳《は》せていた。

高原に道はなかったものの、バソンを良く知る人たちの導きもあり、絶海は迷うことなくバソンの暮らす村へとたどり着いた。絶海が向かうという高原の噂話は既に村へと届いていたようで、村長らしき立派な風采《ふうさい》をした男が数人の伴《とも》を連れて、出迎えに来てくれていた。

「あなたがバソンの戦友でいらっしゃる漢人《かんじん》か。ようこそいらっしゃった」

四十過ぎとも見える精悍《せいかん》な男は、屈強そうな大きな体を馬上服《ばじょうふく》に包み、抱きかかえんばかりに絶海を歓迎した。

「絶海と申します」

合掌《がっしょう》し、丁寧に挨拶をする。村長たちは口々に歓迎の言葉を述べるが、その表情は今一つ冴《さ》えない。そして、真っ先に飛び出してくるはずのバソン本人の姿がなかった。

「どうかされたのですか」

「いや、折角《せっかく》バソンを訪ねて来てくれたのは嬉しいのだが……」

その時、村長たちの背後から慟哭《どうこく》の声が聞こえて来た。絶海が思わず首を竦《すく》めるほどの激しい泣き声を上げて、若い娘が一人のたうちまわっている。

「いかん、ピキを落ち着かせるんだ」

村長の伴をしていた若い男が二人、駆《か》けて行くと娘を押さえ込もうとする。だが娘は怪力《かいりき》を発揮して、男たちを投げ飛ばした。

「あの娘は？」

「バソンの妻であるピキだ」

「バソンに何があったのです？」

「昨日の朝のことだ」

いつものように朝食の支度をしようとしていたピキは夫の寝床が空《から》になっていることに気付いた。用でも足しているのだろう、と湯を沸《わ》かして待っていたが帰って来ない。日が頭の上に来て、西の山の端に消えても戻って来なかった。愛馬も繋《つな》がれたま。だが命の次に大切にしている二叉槍《にしやそう》と弓は主と共に姿を消していた。

妻に無断で狩りに出ることなどあり得ない。ピキは村の者に頼んで四方を捜してもらった。近隣の村もバソンの姿がないと聞いて捜索隊を出す。

「何せあいつはこのあたりの英雄だ。ドンレを退治し、獣の群れを連れて来てくれたのだからな」

「ドンレ？」

「人や家畜にとりついて操《あやつ》る妖怪のことだ。お前たちは唐土《とうど》でその親玉と戦って来たのだろう？　そうバソンから聞いているが」

「ええ、まあそうです」

きっと共工とその眷属《けんぞく》のことなのだろう、と絶海は頷く。

「ドンレの王に勝ち、高原の神に褒美《ほうび》としておびただしい獣をいただいてきた。元々バソンは年若いながらチャイダムで並ぶ者なき狩人であったが、この一件でさらなる英雄となったのだ」

村長は誇らしげに胸を張る。

「だが、バソンが何より大切にしているのはあのピキ。愛妻を置いて姿を消すなどありえん。それにしてもわしらの予想を超えていたのがピキの取り乱しっぷりだ」

村長の指す方では、ピキが屈強な吐蕃《とばん》の男たちを相手に大立ち回りを演じていた。その勢いは男たちが五人がかりでも止められないほどになっていた。

「いかん、わしも行かねば。危険だから客人はここで待っていてくれ」

そう言うと、村長も駆けて行く。半狂乱のピキは村長の説得にも耳を貸さず、摑みかかる。一際逞《ひときわたくま》しい体つきの村長はさすがに五分に渡り合っていたが、そのうち投げ飛ばされて天幕を一つ破壊した。

絶海は見ていられず、村に入ってピキへと近づいて行く。

ピキは目の前にいる者を叩きのめさないと気が済まないとばかりに、絶海に向かっても手を振り上げる。しかし絶海は、その張り手を寸前で見切ると間合いに踏み込み、その首筋にそっと手を添えた。

絶海の心に、ピキの内側に渦巻く驚きと悲しみ、そして混乱が映し出される。

その源へと、絶海は己の心を繫いだ。

「大丈夫……」

どのような困難に遭遇しても、そう簡単に負ける人間ではない。絶海はピキの見て来たバソンと、自分が見て来たバソンを重ね合わせる。

「大丈夫、なの？」

徐々に混乱を治め、正気を取り戻したピキが座り込み、幼児のように無防備で怯《おび》えた目で絶海を見上げる。

「ええ。彼はあなたの夫だ。信じましょう」

「そ、そうよね……」

「そして私の無二にして最強の友。必ずや戻ってきます。まずは落ち着いて、バソンさんの行方を追う策を練りましょう」

ピキは周囲を見て、悲鳴を上げて顔を覆《おお》った。男たちが地面にめり込み、村長に至っては頭から天幕に突っ込んでいる。

「誰がやったの？」

「あなたですよ」

あらやだ、と頰《ほお》を染めてピキは自分の天幕へと駆け込む。起き上がって来た男たちは絶海のもとへと集まり、その術を称《たた》えた。

「さすがはバソンの戦友。素晴らしいな」

村長は頭の木くずなどを払って絶海の肩を叩く。

絶海の力も、共工との決戦の後随分と落ちた。各所の武芸者と手合わせしても、千里たちと旅をしていた時のような力の漲《みなぎ》りを感じない。勝てるようにはなったが、負けることも多かった。

(疲れが残っているのか、それとも元に戻っただけなのか……)

どちらなのかはわからない。千里とバソンの力も下がっていることは感じていた。

だが絶海には、目の前の相手と内を繋ぐ力が残されている。

「ピキさんに話を聞いてもいいですか」

「ああ、頼む。我々ではまた投げ飛ばされるかも知れんからな。バソンを捜すにあたって必要なことがあれば何でも言ってくれ。人も馬も何でも出す」

及び腰でそう言うと、村長たちは壊した天幕の修理に取り掛かった。

絶海が息を整えて天幕の中に入ると、大人しくしていればまだ少女とも見えるバソンの妻が決まり悪そうに俯いていた。

「その、ごめんなさい」

ぺこりと頭を下げる。

「いえ、いいのです。愛する夫がいきなり姿を消せば、取り乱すのも不思議ではない。むしろ、お二人の絆《きずな》がわかって微笑《ほほえ》ましかったですよ」

絶海の言葉にピキは頬を赤らめた。

「もしバソンが普通に狩りに出たんだったら、いくらでも待てるんだよ。これまでだってずっとそうしてきたし。でも、その、昨日はあたしたちにとってとても良い日で……」

と早口でまくしたてた。

「良い日？」

「え、ええ。子を生《な》すのに本当に良い日だって占いばばさまに言われていたからあたしも楽しみにしていたのに」

とピキが言ったものだから今度は絶海が赤面《せきめん》する破目《はめ》になった。絶海は言葉を失った自分に慌て、急いでここに来た用件を告げた。

「バソンに弟子入り？」

ピキはしばらくきょとんとしていたが、けらけらと笑い出した。

「あの人が誰かの先生になるなんて、想像出来ないわ」

「先生というか、あの強さの秘密を知りたいのです。そして可能であれば、その一端を私のものにしたい」

「世の中には変わった人がいるのね。バソンが言っていた通りだわ」

ピキによると、バソンは妻に唐土での冒険を繰り返し話したらしい。

「よっぽど楽しかったんでしょうね。あたしがちょっとやきもち焼くくらい、絶海さんや千里くんって子のことを言ってたよ」

絶海が来るという噂《うわさ》が高原の風に乗って来た時、それは喜んでいたという。

「だからあたしも、バソンが自分の意思でどこかに行ったとは思えないの」

「バソンが姿を消した後、何か変わったことがありませんでしたか」

「ちょっと待ってね」

ピキはバソンの寝どこを引っくり返したり部屋を歩き回って、異常の痕跡が残っていないか捜し始めた。

絶海はピキのそんな様子を眺めているうちに、一つ頭に思い浮かんだことがあった。千里の両親が共工たちの手によってさらわれた事件である。

バソンほどのつわものを、何の痕跡も残さず連れ去ることが出来るとすれば、異界の〝人〟の仕業《しわざ》であると考えるのが自然だ。

(やはりあの時、決着をつけなかったことが災いとなっているのか……)

千里は不射之射の理合《りあい》をあの瞬間会得していた。その力をもってすれば共工を滅ぼすことが出来たかもしれない。だが千里は、異界の王に対して時間の猶予《ゆうよ》を求めたのだ。

絶海は釈尊《しゃくそん》の教えにある、種で差別してはならないという教えを強く信じる者である。それでも、共存の方法を探そうとすることには、危惧《きぐ》を抱かずにはいられなかった。

（かと言って、あの時の私にはどうしようも出来なかった……）

事態を打開できる力を持つ者に委《ゆだ》ねたのだ。

（次は私が何とかしたいものだ）

そのための力を手に入れたいと願いつつ旅に出ている。

「絶海さん」

ピキが目の前に立ち、何かを差し出している。

「これは……」

それはおそろしく大きな雪の結晶に見えた。かつて絶海は、真冬の嵩山《すうざん》を駆けている時に、しばしば雪に見舞われた。吹雪の時は、雪は矢玉のように激しく絶海に打ちつけ、風穏《おだ》やかな朝の雪は、ごくゆっくりと降り積もる。

ふと立ち止まって、雪を手のひらで受け止めたことがある。

寺で一番美しい回廊の彫刻よりも精細な造形に、絶海はしばし見入ったものだ。雲の中で、目に見えないほどに小さな諸仏諸神《しょぶつしょしん》がこの結晶を彫り上げているさまを思い浮かべ、微笑ましく思ったことを憶《おぼ》えている。

しかし、その時の結晶はごく小さいものだった。指先のさらに半分もなく、そして指に乗ってすぐに溶けて水となった。なのに、ピキが差し出したそれは、絶海の手のひらほどもあった。

そして暖かい天幕の中でも、ピキや絶海の手のひらの上でも溶ける気配はなかった。ひんやりとはしているが、雪の冷たさではない。

「バソンの枕の下から出て来た」

「見覚えはありますか」

「ない。これは雪に似てるけど、雪じゃないね」

絶海はこれに何らかの意思があるのかと内側を覗《のぞ》こうとしてみた。しかし石や木の内側を見た時のように、何もない。これ自体が生きているというわけではなさそうであった。

彼はその雪形を持って村の者にも訊《たず》ねて回ったものの、村長や占いばばも含めて、これが雪の結晶に似ている以上のことはわからなかった。

（こうなっては趙帰真さまに訊いてみるほかあるまい）

絶海がその旨をピキに告げると、彼女もこくりと頷いた。

「絶海さん、バソンを助けて。あの人がいないとあたし……」

大きな瞳に涙を一杯に溜《た》める少女を見て、絶海も胸がきゅっと詰まった。

「必ず、バソンさんを連れ帰ってきますから」

絶海はすぐさま、チャイダムを後にした。

五

千里が鄭紀昌たちの前から姿を消してから数旬、温暖な嶺南地方にも秋の気配が忍び寄りつつあった。山の上ではわずかに木々が紅葉を始めている。

麻姑山の若者たちは、千里がいなくなったことでその縄張りの奪い合いを始めていた。鄭紀昌は千里に命じられた通り、その帰りを信じて弟分たちをまとめようと懸命だった。

だが喧嘩では文魁之どころか他の頭目《とうもく》にも敵わない。たちまち叩きのめされて、他の弟分もついには誰かの部下として、千里を大将と仰《あお》がないことを誓わされた。

「死んでもお前らの手下になんかなるか！」

鄭紀昌は頑張ったものの、一人ではどうしようもない。たちまち一方の副将から最底辺へと立場は転落した。誰も彼に話しかけず、誰かが彼に嫌がらせをする。食事には砂を入れられ、弓の弦《つる》は切られた。服には虫を仕込まれ、部屋には蛇《へび》がまかれた。だがそれでも、鄭紀昌は諦《あきら》めない。

「大将が帰ってきたらおぼえていろ」

そう呟《つぶや》き続けた。

そんな弟分の様子を、千里もこっそり遠くから見ており、知らないわけではなかった。だが助けには行けない。

「私に偽《いつわ》りを言った罰だ。行くことはかなわぬ」

と麻姑が命じていたからである。

内弟子となった千里は麻姑の洞門にほど近い小さな石窟《せっくつ》を与えられ、一日の大半を修行と師のための雑用に費やしていた。

「今、お前がやるべきことはここで己《おのれ》を磨くことだ」

麻姑は苛立《いらだ》つ千里に雑用をさせる他に、一つの課題を与えていた。

その課題とは、麻姑に与えられた小さな弓の弦《つる》を一度でも引く、というごく簡単なものだった。だが流石《さすが》に仙人が与えるだけあって、ただの弓ではない。連日どれだけ引き絞《しぼ》ろうとしても、弦はびくとも動かなかった。

内なる力と外なる力。

バソンや絶海たちとの旅で会得した、己の中にある二つの力だ。これを使いこなすことで体内に眠っている真の力を発揮することが出来る。だが己の内外を繋いで力を出そうとすればするほど吸い取られていくようで、全く手ごたえがなかった。

「ま、麻姑さま、まったく動きません」

この日も一日、ただひたすら弓を引き続けて、ついに一度も成功しなかった。成功するどころか、相変わらず微動だにしない。汗だくになった千里は膝《ひざ》をついて息を整える。

「そんなことは見ればわかる」

「ではどうすればこの弓が引けるのか、手掛かりだけでも」

「ならぬ」

麻姑は一日中、千里を前に立たせては同じことを続けさせた。

「子分を助けたいのであれば、早く引けるようになれ」

「引けるようになれば房に戻っていいんですか？」

「矢を番《つが》える、狙いを定める、矢を放つ、と出来て初めて一挙動であろうが」

「そりゃそうですけど……」

これまでどれほど鍛錬しようと、千里は筋肉が痛むということがなかった。だが麻姑の小弓を一日引いていると、全身が熱を持つほどに体が疲れた。

せめて見本を、と千里が懇願《こんがん》する。

「よかろう」

麻姑は立ち上がり、千里から小弓を受け取る。

そして目を閉じて心気を凝らすと、弓はたちまち麻姑と同じく一丈ほどの巨大なものへと変化した。そして軽々と引き、どこから出したのか光の矢を番えて天へと放つ。

雲を切り裂いて天空へと消えた矢は、いつまで経っても落ちてくることはなかった。

「これでわかったか」

「さっぱりわかりません」

「ではわかるまで引き続けろ。引こうとして引くにあらず。射ようとして射るにあらず。戦いにあって戦わず。勝利の中にあって勝たず。心身がその境地に至れば易々《やすやす》とこの弓を引けることが出来よう。心、水の静かなること敗北の中にあって敗れず。心、鏡の如《ごと》くあれば、いかなる敵を前にしても恐れることはない。お前に足りないのは、常時その心を持つことだ。この弓は無《む》に拠《よ》るが故にあらゆる有《ゆう》を射貫くことが出来る。不射之射には及ばぬまでも、天下に隠れなき名弓であるぞ」

麻姑は満足げに矢の消えた大空を見上げているが、千里は暗澹《あんたん》とするばかりだ。やはりわからない、とがっくりとうなだれる彼に向かい、

「たそがれている場合ではない。風呂の用意、それに茶の用意をしろ」

と厳しい声で命じる。

麻姑はともかく水の好きな仙人で、沐浴《もくよく》を何度もする。そのための水は断崖にはなく、麓《ふもと》の清流から汲んで来なければならない。早朝から夕刻まで、びくとも動かない

弓と奮闘して疲れ切ってからの水汲みは、もちろん一度では済まないわけで、さすがの千里も音《ね》を上げていた。

「どうした。諦めるか」

心が折れそうになる頃を見計《みはか》らって、麻姑は優しげな声をかけてくる。しかしその度に、千里は声を張り上げて諦めませんと答えるのであった。

一ヵ月が経ち、二ヵ月が経った。麻姑山の麓まで紅葉が下りて葉が散り切っても、弓は相変わらず動かず、千里が房に帰ることも許されない。何度も麻姑の目を盗もうと考えたが、麻姑から何かを学び取るまでは、と我慢《がまん》した。

仙人直伝の弓を操ることさえ出来れば、不射之射が使えなくなっても文魁之などに後れを取るはずがないのだ。

そしてこの日も、千里は重い体を引きずって水汲みに励んでいる。

「ああしんど、っていてて！　休んでませんよ！　働いてます！」

桶《おけ》を下ろして腰を叩こうとした千里は何かに追い立てられるように、桶をひっつかんで走り出す。小さな羽根が常に千里の後を追いまわし、手を抜こうとすると尻を刺すのだ。

麻姑の大柄な体を入れる浴槽《よくそう》は大きく、千里が一度に汲み上げる水の量は少ない。そして時間がかかると苛立って羽根を飛ばしていびってくるのが麻姑という仙人である。仙女が飛ばす羽根の先端は尖《とが》っており、刺されるとやたらと痛い。

「何だ……」

ふいに千里は、羽根ではない別の何かが飛んでくる気配を感じた。恐ろしく速いその気配は、まっすぐに千里目がけて飛んでくる。

「おわっ、麻姑さまやり過ぎですっ」

鋭利な薄刃が飛んで来て、桶を真っ二つに切り裂く。千里は桶を放り出してうずくまるしかない。何本か木が倒れる音と共に、かつん、と乾いた音がしてその刃物が岩に突き立った。

千里は水のことも尻に刺さる羽根のことも忘れて、岩へと駆け寄る。するとそこには、手のひらの大きさほどの、雪の結晶が刺さっていた。一度指でつついてから慎重に抜き取った。水桶を放り出して駆け込んで来た千里を見て、

「私は水を汲んで来いと命じたはずだ」

と不機嫌だった麻姑も、千里が差し出したものを目にして顔色を変えた。

「これをどこで拾った」

「今さっき、川のほとりで。飛んできたんです」

「飛んできただと？」

麻姑は鋭い目つきをさらに険しくして、その結晶をためつすがめつしている。

「あの、麻姑さま、それ何なんですか」

「これか。これは本来ならお前たちの目にも、私の目にも見えるはずのないものだ」

「見えるはずのないものが、どうしてここにあるんです？」

「さあな」

麻姑は答えずその結晶を袂《たもと》の中に仕舞うとそっぽを向いて考え込み、残りの水を汲んで来いと千里に命じた。

日が暮れて、山は少しずつ夜の冷気の中へと沈んでいく。水汲みが終わり、夕食を食べ終わってからも眠りはしなかった。下男用の石窟から這《は》い出て、崖の縁《ふち》に立つ。秋の澄んだ空気の中で、半月が東の空から顔を出そうとしている。千里は意を決したように一つ頷《うなず》くと、崖《がけ》を駆け下りた。初めて登った時には垂直にも見えた断崖が、もう平地の道を行くがごとくに思える。

千里が動き出したのは、誰かが呼んでいるような気がしたからである。その声ははじめ聞き覚えのない小さな声で、鍛錬と雑事で疲れ果てている千里は無視して寝ていた。だがその声は執拗《しつよう》で、千里を繰り返し誘うのである。

崖を下りきったところにある水汲み場で耳を凝らす。雪形の結晶はここに風を切って飛んできた。その方向を千里は憶えている。誰かが自分を狙って放った物なのだとしたら、何か痕跡が残っているかもしれない。

千里は呼吸を静め、辺りを警戒しながら、音のする方へと歩き始めた。

しばらく進んだところで、千里は異様な音に気付いた。ぎし、と岩をこするような音がする。千里のこめかみに汗が一筋垂れる。

何かいる。

千里も山にいて半年、既に人と獣の気配の区別くらいはつく。だが千里がどれほど気配を探っても、判然《はんぜん》としない。さらに近づく。小さな音はいまやふいごを吹くような音へと変化していた。どこかの街で鍛冶屋《かじや》の前を通った時、似たような音がした。

馬車が暴走するのに似た音がして思わず身を竦《すく》める。そんな千里に何かが近づいてきて、風音と共に通り過ぎて行った。

その風音が過ぎた後も、金属か岩盤をこすり合わせる音と激しい音が続いている。千里は修行者たちの間でまことしやかに囁《ささや》かれている山の怪物を頭に思い浮かべては振り払う。音がしなくなった後、何かがどさりと落ちる音がして、再び山を静寂が包んだ。

腰の小刀《しょうとう》を抜き、気配を消して音のしていた方に近付いていく。

闇の中、低い木立にめり込むようにして、何かがうずくまっている。恐ろしい音を立てている化物を前に、彼はそっと小刀を構えた。音を立てずに握り、わずかに膝をたわめる。

近づいても動く気配がない相手が眠っているのではないか、と千里は考え始めた。呼吸は深く、そして規則正しい。彼が近づいても変わる気配がない。

千里はついに音の源《みなもと》をつきとめると、一気に跳躍《ちょうやく》した。

不意打ちの勝敗は一瞬で決まる。急所を突くか、組伏せられるかだ。千里は空中から標的を見下ろす。漆黒《しっこく》の肌を持つ、人に近い容姿を持つ妖怪のようだ。

急降下してそののど元に刃を突き立てようとした時、不意にその妖怪は寝返りを打った。それを見て千里は慌てて小刀を放り投げたが体は止まらず、その音の源に頭から激突した。

ふいごのような音は止まり、千里は頭をさすって立ち上がる。

ぶつかられた相手も、とろんとした顔で体を起こし、千里を見ていた。全身を黒く薄い道服で覆《おお》っている。

「誰?」

先に口を開いたのは千里ではない。その声は少女のものだった。声は顔つきと同じく幼く眠たげで、何故か千里が答えをためらう程に甘かった。耳が出るほどに短く切りそろえられた髪がさらりと動いて、太陽の下で干した布団《ふとん》のような香ばしい匂いがした。

薄青色の大きな瞳に捉えられ、千里はわけもなく胸が高鳴る。

「おまえ、女？」

「女、知っている。しかし女ではない」

「じゃあなんだ」

「空翼《くうよく》」

変わった名前だ、と千里は思った。空、という字を姓にしている者など、千里の知り合いにはいない。だが異民族には変わった姓名の人間がいることを千里は知っていたから、きっとこの娘もその類《たぐい》なのだろうと考えた。

「おい娘、ここは女が入っていい場所じゃないんだ」

「女ではない。空翼」

少女はいやいやをするように首を振る。自分がぶつかったせいで頭がおかしくなったのかと千里は心配になるが、それより少女と共にいるところなどを麻姑に見られたら大騒動だ。だが不思議なことに、仙人が起きだしてくる気配はない。

(麻姑さまが気付いていない。寝ているのか山にいないのか……)

と首を捻る。仙人である麻姑も眠る。すさまじく寝相《ねぞう》が悪く、鼾《いびき》も激しい。だが気《け》配《はい》を読む力は流石に一級品で、以前千里が寝顔にいたずらしようと一歩近づいた瞬間、山が崩れるかと思うほど折檻《せっかん》されたものだ。

仙人が起きだして来た気配はないものの油断はならない。

「わかったわかった空翼ちゃん。とにかく山を出ろ」

だが空翼は激しく頭《かぶり》を振って拒んだ。担《かつ》いで山から出すしかないか、と千里が近づくと、少女は両手で地面を掴み、這って逃げようとした。

「足、怪我《けが》してるじゃないか。これ、ぼくがぶつかったせい？」

「違う。ここに出て来た時に、足を忘れてきた。急いでくっつけたら動かなくなった」

と訳のわからないことを言う。

「仕方ない。麻姑さまに言ってどうするか判断を仰《あお》ごう」

「会いたくない。私はお前に用がある」

「そうなの？」

「多分」

「多分？」

「わかれ」

「わかるか！」

ずれた会話に戸惑った千里は、空翼と名乗る少女をとりあえず自分の住処《すみか》に連れて行こうと背中を向けた。

「おぶって行ってやる。乗れ」

千里の背中にひんやりとした感覚が広がる。人の温かさではない。雪の塊《かたまり》でも背負ったような冷たさだ。冷たさと柔らかさと、干し草に似た香りが鼻腔《びこう》をくすぐった。手のひらに、力の抜けた腿《もも》の感触が伝わって、思わず手を離しそうになる。気を紛《まぎ》らわせようと、慌てて口を開く。

「お前があの雪形を撃《う》ったのか？」

「何のこと？」

背中の上で空翼は首を傾《かし》げる。

「違うならいいんだ」

何とか気を落ち着かせ、崖をいつも以上に早く駆け上がると、素早く自分の窟《いわや》の扉を閉めた。麻姑のいる洞の奥は静まりかえり、やはり仙人が起きだして来た気配はない。

「こそこそしてる」

「誰のためにやってると思ってるんだ」

「眠い」

「ああ、もう、勝手にしろ」

こてんと横になった空翼は千里が耳を押さえるような鼾《いびき》と歯ぎしりを立てて眠り始める。慌てて口を押さえ、頭をはたいて叩き起こした。

「寝ているのに」

空翼は不満そうである。千里は声を荒らげそうになるところを懸命に抑え、この山の主について懇切《こんせつ》に説明してやった。

「……と、ことほどさように麻姑さまは恐ろしいんだ。だからここにいたかったら静かにしていろ。わかったな」

「別に麻姑なんて怖くないけど」

恐れを知らぬ口の利き方に千里は青ざめる。

「お前は怖くなくてもぼくは怖いんだ！」

「あ、そう」

それだけ答えると再び眠りに落ちた少女は、今度は静かだった。出来るんなら最初からそうしろ、と千里はまた腹を立てる。だが早々に眠りに落ちた少女の顔を見て、千里は怒鳴《どな》りかけた口をつぐむ。

だらりと手足を伸ばして眠る少女の裾《すそ》が割れて、ふくらはぎがわずかに露《あら》わになっている。短い髪が流れて見える白いうなじから、芳しい日向《ひなた》の香りが馥郁《ふくいく》として、千里はごくりと唾《つば》を呑んだ。己の中に高まる異様な何かをむりやり鎮《しず》め、千里は少女に毛布をかけてやる。

これまでに嗅《か》いだことのない、甘ったるい香りがした。先ほどの太陽の匂いとはまた違う、熟す前の桃のような芳香《ほうこう》が千里の鼓動《こどう》を速めた。薄桃色のくちびるから白い歯がわずかにこぼれ、頰にかかる髪に、千里は手を伸ばしかける。

歯を食いしばって得体《えたい》の知れない衝動に耐えた千里は、窟を飛び出て訳もなく何度も崖を往復した。

六

空翼を窟で保護した翌朝、千里が麻姑の洞に顔を出すと、麻姑の姿はなかった。しばらくして優美な羽音と共に仙人は千里の前に降り立ち、何も言わず部屋に入っていく。どこかへ出かけていたらしいが、どこへ行っていたとは言わなかった。これはいつものことである。

千里は雑用をこなしに、仙人の部屋へと赴《おもむ》く。崖の縁に立って筆を舐《な》めていた麻姑は、いつもより機嫌が悪いように、千里には思えた。

山は女人《にょにん》禁制。その禁を破ったことがばれているのではないかと千里は内心ひやひやしている。だが麻姑に心の壁を破られない術を、彼は摑みつつあった。破られないために、空《くう》にすること。うまくいっているかはわからないが、どういうわけか麻姑が空翼の存在に気が付いていない以上、隠し続けなければならなかった。

麻姑は天眼《てんげん》を持つ。

起こっている事象を全て見通すことは出来るが、内心を読むことは苦手らしい。そう彼はふんでいた。心を読んでいるように見えるのは、表層に現れる人の筋骨の動きや言葉の震えなどからだと推測していたのだ。

そうであれば隠すことは可能だ。

「弓を引け」

麻姑の指示はそっけない。

そして今日も千里は、修行を始める。動かない小弓を引き続けている。汗だくになっている千里を眺めながら、麻姑は生《なま》あくびを繰り返した。

「千里、止《や》めよ」

は、と千里は弓を置いて膝をつく。

「よく眠れたか」

「ま、まあよく寝ました」

実はほとんど寝ていない。空翼はその美しい顔に似合わず、眠りに落ちるなり凄まじいいびきをかく。それだけではなく、岩がぶつかるような歯ぎしりまでするのである。いっとき静かになっても、また繰り返される。それをひっぱたいたり蹴っ飛ばして止めているうち、朝が来てしまった。麻姑が出かけていて命拾いした。

「食事は摂《と》っているか」

「もちろんです」

麻姑は雑事をほぼ全て千里にさせるが、どういうわけか炊事《すいじ》はさせない。麻姑の喰う物は、人間にとって激しい毒であると彼女本人から告げられていた。麻姑が自分の食事をしている間、千里は修行の合間に自炊して食事を摂っている。

空翼の分を作るのも同じことだ、と思っていたら意外と面倒臭い。

空翼は新鮮な魚が好きらしく、早朝から魚が食べたいと呪文のように繰り返した。千里は漁自体は苦手ではないので、食べきれなかった魚は干して朝食の菜《さい》にしている。だがこの娘は干物《ひもの》ではいやだとぬかすのである。

「何で朝から水浴びをしなきゃならないんだ」

とぶつくさ言いつつも、数尾の魚を銛《もり》で突いて、焼いて喰わせる。空翼は腹一杯になるなりにこりと笑い、また眠ってしまったのである。くれぐれも静かに眠るように念を押し、麻姑用の水がめに押し込んで、千里は麻姑の部屋を訪れていた。

「山の気がおかしい」

いつも以上の汗を垂《た》らしている千里を見ずに麻姑は呟く。

「何か気付いたことはないか」

「いえ、特に」

麻姑は考えに沈み、その違和感の正体を探っているようであった。その矛先《ほこさき》が自分に向かないよう、千里は心を無にしようと懸命に弓を引き始める。

（おや……）

いつも動かない弓弦に、わずかに手ごたえがあった。さらに引こうとし力を込める。すると弦はまた元に戻って動かなくなる。ふと気付くと、麻姑が鋭い目つきで千里を見つめていた。

「一歩進んだようだな」

千里は頭を垂れて教えに感謝する。とは言うものの、どうして弦がわずかに動いてくれたのかはわからない。

「無の心から発して有の的に至る道が見えたか……」

麻姑は袂《たもと》から雪形を取り出し、指先で弄《もてあそ》びながら考え込んでいる。

そこへ、千里も聞き覚えのある声が響いてきた。修行者を統括する麻姑の臣下、道院長の竦斯がだみ声で挨拶を述べている。

「入れ」

と麻姑が声をかけると、竦斯はどすどすと洞の奥へと入ってくる。そして千里を見るなりにやりと笑い、

「鍛えていただいているようだね」

と頷いた。麻姑が用向きを訊ねる。

「脱走者が出ました」

「ほう、久しぶりだな。誰か」

「鄭紀昌ほか数名です」

その名を聞いて、千里は肩を震わせた。

「根性のないことだ。掟を破るような奴はいずれ山から消えることになる」

「全くです」

二人は鼻で笑う。武宮で脱走者が出るのは珍しいことではない。武門の名を汚さないように、ほとんどの者は試練《しれん》に耐えきって卒業して行く。だが一部の若者は心の弱さに負けて山から姿を消す。本人も一族も武門の間で嘲笑《ちょうしょう》されることよりも、一時の苦難から逃げることを選んでしまうのだ。

だが竦斯の口から出た名の少年は、そんな人間ではない。

千里は弓をしまい、膝をついた。

「恐れながら申し上げます」

「どうした」

鄭紀昌がどれほど信義に厚く、また根性があるか、言葉を尽くして述べ立てた。

「だがそれは、お前の思いこみに満ちた鄭紀昌の人となりであろう。どれほどお前が思い出の中の弟分を大切にしようと、山から逃げたと言う事実は消えない」

麻姑は竦斯に命じ、三日後に親元に連絡せよと命じる。逃亡者の家族は顔を隠すようにして山を訪れ、そして生活の痕跡を徹底的に消し去って行く。

「あいつはそんな奴じゃありません！」

「痴《し》れ者《もの》、誰に口を利《き》いている」

竦斯が怒り、巨大な水かきを発して千里を踏みつけようとした。ひらりと飛んで避《よ》けた千里は麻姑の前に平伏する。

「鄭紀昌が逃亡したと結論を出す前に私に時間をいただけませんか」

「猶予《ゆうよ》も何も、姿を消して三日は同じ房の者が捜すという掟になっている。お前は鄭紀昌と同じ房に住み、それはまだ取り消されておらぬ」

千里はぱっと表情を輝かせる。

「だが忘れるな。お前は私闘において弓弩《きゆうど》を使ってはならぬという最大の掟を破らせ、我が下で修行するよう命じられた身。山の仲間に顔を晒《さら》すことはならぬ。もし誰かに見つかれば、今度こそ放逐《ほうちく》である」

麻姑の声は厳しかったが、千里は心から喜んだ。

自分が捜《さが》せば弟分は見つけられるはず、そう彼は信じていたのである。

「三日の間、修行には来なくてよい。その代わり、三日経てば容赦《ようしゃ》なく鄭紀昌を逃亡者として全山に布告する。わかったな」

千里は三拝するなり、洞を飛び出して行った。

（もし本当に山を抜けているのだとしたら……）

何だと言うのだ。たとえ一人になったって平気だ。あいつらは足手まといにしかならないほどの力しかないではないか。そう思おうとするのに、千里は麻姑の前に平伏して捜しに行くことを願った自分が不思議でならない。

「くっそ！」

何に対して悪態をついているのかわからないまま、千里は麻姑山の周囲を捜して回る。共に暮らしていた房や鍛練場だけでなく、沐浴《もくよく》場や厨房の棚の中まで捜し回った。人目につかないよう秘《ひそ》かに、しかし懸命に。

遠くには行っていない。近くに紀昌の気配がするような、そんな錯覚《さっかく》に千里は捉われたまま、瞬《また》く間に二日目の夜となった。

手掛かりは全く摑めない。だが、千里の心配事はそれだけではなかった。

「お腹すいた」

空翼が箸《はし》で皿を叩いて千里に食事をねだる。

「いまそれどころじゃないんだって」

「ご飯」

「ああ、もう。ちょっと待ってろ」

千里は魚が好きな空翼のために川へと下り、数匹銛《もり》でつくと火をおこして焼いてやる。その間に米も炊き、茶の用意までしてやるのだ。

「うまかった」

満腹するなりころりと横になって寝息を立てる少女に苛立つ千里だったが、その寝顔を見ていると、何も言えなくなる自分が不思議でならなかった。

(ぼくがもし怒ってこいつが窟《いわや》から出て行きでもしたら、麻姑さまに見つかって山から追い出されるかもしれない。だから匿《かくま》ってやってるんだ)

そう自分に言い訳して空翼の世話を焼いたり、寝顔を眺めている時は心がわずかに安らいだものの、時間は待ってくれないのだ。この日も、山中を懸命に捜索したものの、やはり何の収穫もなかった。

(あと一日か……)

麻姑の前での鍛錬とはまた違った疲れを引きずって窟に帰る。扉を開け、千里は悲鳴を上げそうなほどに驚いた。

僧形《そうぎょう》の男がのんびりとした風情《ふぜい》で空翼と茶をすすっていたからである。

「ぜ、絶海？」

「や、千里さま。お邪魔しております」

きれいに頭を剃《そ》り上げた若き僧侶が、新しく茶を淹《い》れて千里に手渡した。空翼もにこにこしながら、絶海が手土産《てみやげ》に持って来たらしい黄色い黍《きび》菓子を頬張っている。

「お前、いつの間に」

「山の周囲を飛び回っている千里さまの気配がわかりましたから、こちらのことも気付くかと思っていたのですが」

「全然」

「それだけ別のことに気を取られていたのですね」

絶海は既に麻姑への挨拶は済ませたという。

「よく何も言われなかったな。というかよく麻姑さまの房にたどり着いたもんだ」

「武の修行者で、共工の一件で共に戦った者であります、と挨拶しましたら自由にしていけとのお許しをいただけたもので」

山のからくりは意外なほどあっけなくわかったという。山に流れる微細な気の流れに己を繋ぐことに成功したのだと言う。

「腕を上げたんじゃないの」

「勝ったり負けたりです」

と絶海は苦笑した。

千里はそこであることを思い出し、さらに慌てた。空翼のことを麻姑に告げたか、つっかえながら問いただす。

「麻姑さまに告げてはだめだと空翼さんに口止めされていましたので、言いませんでしたよ。武宮にこのような少女、しかも仙人ですら気配が掴めない者がいること自体、何か事情があることくらいわかります」

「ああ、良かった」

絶海はにこにこしながら千里を見ている。

「な、何だよ」

「千里さま、随分《ずいぶん》と雰囲気が変わられましたね」

「別に変ってなんかいない」

ふん、と鼻の穴を広げて千里は腕を組んだ。

「久しぶりに会ったのに、久闊《きゅうかつ》を叙《じょ》してくれないのですね」

「久しぶりも何も、一年も経ってないだろ。で、どうしたんだよ」

絶海が淹れてくれた茶をすすりながら、主《あるじ》づらをする千里を、空翼は興味深げに見ていた。その視線に気付いた千里は、

「こいつは以前、ぼくの弟分だったんだ」

と胸を張る。しかし絶海は穏やかな口調で、違います、と否定した。

「違うと言ってる」

空翼が付け足す。千里はじたばたと手足を振り回して怒りを表明した。

「こいつはちょっと頭が弱いんだよ」

「おまえの方が頭弱そう」

「何ィ？」

と少女に飛びかかりそうな千里の襟《えり》を絶海が摑んで引き止める。

「相手が誰であろうが血の気の多いところは相変わらずですね。そろそろ用件を聞いて下さい」

さらに絡《から》もうとした千里だったが、絶海の表情が真剣なのを見て椅子に座りなおした。

「どうしたんだ？」

「バソンさんがいなくなりました」

千里は、はん、と馬鹿にしたように笑った。

「狩人が家を空けるのは当たり前のことだろう」

絶海はチャイダムを訪れた際の顚末《てんまつ》をあまさず語った。つまらなそうなふりをして聞いていた千里だったが、雪形がバソンの枕の下から出て来たくだりで身を乗り出した。

「本当か」

絶海が懐《ふところ》から取り出した雪形を手に取って、千里は息を呑む。それは千里が水汲みをしている時、危うく頭を飛ばされそうになった兵器と全く同じものだった。

「空翼、これ何かわかるか？」

「わからない」

「だろうな」

「だったら訊くな」

摑み合いを始める二人を引き剝《は》がし、絶海は話を続ける。

「バソンさんが行方不明になったと知った私は、手掛かりを求めて長安《ちょうあん》へ走りました。道士さまなら何か摑んでいらっしゃるかも知れないと考えたのです。ですが……」

都の気配はこれまでと一変していたという。

「どう変わっていたんだ」

「都全体、いや、都のような人の集まる場所にいたからこそ感じたのかも知れませんが……」

絶海は己の中の言葉を探るように頰に手を当てて考え込んだ。

「どうにも窮屈《きゅうくつ》な気配を感じたのです」

「そりゃあれだけお役人があつまる国の首府なんだから、窮屈だろうよ」

千里には絶海の感じた窮屈さが理解できず、首を捻《ひね》る。

「それとはちょっと違うのですが……。ともかく、私は道士さまの屋敷を訪れました。しかしその周囲は物々《ものもの》しい気配に包まれ、多くの兵が取り囲んでいました」

「兵が？　あのおっちゃん何かしたのか」

「焦《あせ》った私は迂闊《うかつ》にも官兵の指揮官に訊ねようとして、断られてしまいました」

そしてその直後から、誰かに見られている気配を感じたという。

「きなくさいな」

「ええ。いつぞやのことを思い出します」

共工がこの世界に手を出して来た時も、人がいなくなったり人が魔物になったりと、奇怪なことが起こった。あの時は宦官《かんがん》の仇士良《きゅうしりょう》やら大臣の李徳裕《りとくゆう》なども絡んで、千里たちも大変な目にあった。

「もう少し時間をくれと共工に頼んだのに……」

「別に同意を得たわけではありませんからね。不射之射で無理やり押し戻しただけですから」

かつて同じ天地に暮らしていたもう一つの〝人〟を統べている古《いにしえ》の王、共工。彼が眷属《けんぞく》を率いて千里たちの暮らす天地に来襲して来たが、千里は時期尚早《しょうそう》と考えた。だが共工たちに残された時間は少なく、千里も彼らを助ける新たな方策を見つけられないままだ。

「だが羽眠《うみん》はきっとわかってくれている。父上に接し、母上の話を聞いた者たちだってこちらの天地の人間が敵ばかりではないと理解しているはずだ」

「羽眠？」

「あちらの小天地で仲良くなった共工の子だ。言ってなかったか」

「それどころではありませんでしたからね。ともかく、親が子の言葉を聞くとは限りませんし、共工は王として悠長《ゆうちょう》なことはしていられない、と判断した可能性がありま す」

千里は落胆のため息をつく。

「ぼくが育ち、こちらの天地の人々を納得させるだけの力を身につければ、あの人たちも救えると思って修行しているのに……」

じれったそうな千里の言葉を、絶海は優しい顔つきで聞いていた。

「以前は得体の知れない化物《ばけもの》に見えましたが、今はそうではないのでしょう？　千里さまがそこまで思い入れを持てる相手であれば、私たちこちらの人々も受け入れられるはず。ともかく、共工たちが再びこちらに手をかけてきているのであれば、趙帰真さまとバソンさんの力は不可欠でしょう」

「麻姑さまにも頼んでみるか。弓の技なら天下に並ぶ者なきと言われているから、お力を借りることが出来たら百人力だ」

「そうでしょうね。この山に満ちる武の気配、ただ事ではありません」

「嵩山《すうざん》と比べてどうなんだ？」

「武宮はそれぞれに武の達人が住んで若者たちを導いています。それぞれ独自の武があり、一概《いちがい》に優劣をつけることはできないでしょう」

「ま、そうなんだけどさ。しかし空翼の足が治らないことにはな」

立てるようにはなったものの、山から出すには不安が大きい。

「なあ絶海、この娘を連れて山を下りてくれないか。さすがに女人禁制の山に女の子をずっと置いておくわけにはいかない」

すると空翼は不意ににじり寄って来ると、千里の袖《そで》をぎゅっと握《にぎ》った。

「な、何だよ」

ふわりと漂《ただよ》ってくる陽光の香りにたじろぎながら、空翼の方に顔を向けた。

「この人ではだめ」

「へ？」

千里と絶海は顔を見合わせる。

「だ、だよな。ぼくの方がいい男だし」

冗談《じょうだん》めかすが、顔が熱くなっていくのは止められない。

「坊主の方がいい男。でも私の役に立つのはお前」

と言ったものだから千里はまた顔を真っ赤にして怒る。

「私より役に立つと言われているのですからいいじゃないですか」

「何か腹が立つんだよな、いちいち。あ、そうだ！　肝心《かんじん》なことを訊くのを忘れていた」

かりかりしていた千里ははっと手を打ち、絶海に鄭紀昌を見なかったか訊ねる。風体を聞いた絶海だったが、そのような若者は見なかったと首を傾げる。

「そうか。街道筋を歩いて行ったわけじゃないのかも知れない。でもあと一日で見つけないと、あいつは逃亡者の烙印《らくいん》を押されてしまう」

事情を聞いた絶海は、一緒に鄭紀昌を探しましょうと千里に提案した。

二人はその夜、寝ずに鄭紀昌の行方を捜した。しかし、人の気配と自分を繋ぐ力を持つ絶海を以ってしてもその手掛かりすら拾えない。

山に戻って顔を見られてはならぬと厳命されている千里の代わりに、絶海が房に戻って調べて来たが、やはり痕跡すらなかった。

「普通なら人は気配の跡を残すはずなのですが」

「なあ、これバソンの時と……」

「同じです」

同じだとすれば、発見は絶望的であった。

やがて夜が明け、日が昇《のぼ》り、そして暮れた。約束の三日が過ぎたのである。竦斯《しょうし》が掲示の許可をもらうために麻姑の洞へと飛来する。そして麻姑の前で、大きな木板に逃亡者として鄭紀昌の名を刻んだ。

千里は自分の肩が震えだすのを止められない。

「千里さま」

「……こっち見るな」

俯《うつむ》いた千里の顔の下に、ぽたぽたと涙が垂れる。麻姑は名を確認し、頷《うなず》く。竦斯は気の毒そうな顔を千里に向けたが、黙って洞から出て行くと、道院へと帰った。

「千里、お前は最後まで鄭紀昌を信じた。それで充分だ。今は別れになるかもしれないが、いずれお前の気持ちは彼に通じることだろう」

麻姑はそう慰め、奥の居室へと入っていく。諦めきれない千里はしばらく膝をついて泣いていたが、やがて涙も涸《か》れた。絶海に促されて立ち上がったその時である。

洞の扉が激しい音を立てて開き、竦斯が戻って来た。その目は何か信じられないものを目にしたかのように見開かれている。

「どうした？」

気配を察して洞から顔を出した麻姑が訊ねると、竦斯は荒い息をつきながら、

「か、帰って来ました」

「誰が？」

「鄭紀昌です。い、いえ、正確には鄭紀昌と名乗る人物です」

麻姑は怪訝《けげん》そうに眉をひそめた。

「お前は道院長として、修行者の顔を見知っているのではないのか」

「もちろんです。でもあたしの知っている鄭紀昌は青年。ですが帰って来た鄭紀昌と名乗る男は老人でした」

「まさか……」

麻姑は一瞬呆然《ぼうぜん》としたが、きっと目を吊り上げて腹心を睨《にら》みつける。

「三日前に姿を消した人間が、老人になって帰ってくることはなかろう。この世界には三日を一生とする生き物もいる。だが人はそういうものではない」

「よく存じ上げております。しかし神仙の術では人の命を三日に縮めることも……」

「出来るが鄭紀昌を老人にする意味がどこにある。この山にいる限り、神仙が入り込んで修行者にちょっかいを出せば、必ず私の知る所となろう」

「仰《おお》せのとおりでございます」

「その老人、たわごとを申しておるのかそうでないのか、私が直々《じきじき》に詮議《せんぎ》する」

麻姑は竦斯に、その老人を連れて来るように命じた。

二人が話している間、千里はずっと共工たちのことを考えていた。かつてはこちらの人々を操ろうとしていた彼らが、今度は老いを操る力を何らかの方法で手に入れたのだとしたら、危険極《きわ》まりないことだ。

「千里、絶海、どう思うか」

と仙人に訊《き》かれて、千里は思うところを述べた。

「もし共工たちの仕業であれば大事です。麻姑さまの力もお貸しいただけませんか」

同意してくれるものと思った仙人は、はっきりと拒絶した。

「お前たちはかわいい弟子だ。この山にいる限り外の誰かに手は出させん。だがな、私たち神仙にとっては、この天地を統べる者が誰であろうと構わんのだ。それぞれの神仙が老君《ろうくん》にそれぞれ託された聖地を守る。それだけだ」

意外なほどの冷たい言葉に、千里は落胆した。

「どうしてもですか」

「どうしても私を使いたいのであれば、私が動かざるを得ない理由を持ってくるのだな」

この天地を支配するのがどちらの人でも良い、という仙人の麻姑を納得させる理屈が見つからず、千里と絶海は黙りこむ。

「麻姑さま」

千里は食い下がる。やはり仙人の言葉は二重の意図《いと》を含んでいると感じていた。ただ拒《こば》んでいるだけではない。千里の言葉に含まれた意図は、麻姑にも通じた。

「もし私が考えている通りなら、共工がこの天地に手を出してくるよりも事は厄介《やっかい》だぞ」

「どういうことでしょうか？」

千里の問いに麻姑が答えようか逡巡している間に、竦斯が一人の老人の手を引いてやって来た。

老人の背は曲がり、目は地を見ている。頭は禿《は》げ上がってわずかに残った頭髪も白く乾いている。貧弱な髯《ひげ》は胸の前に垂れ、微《かす》かに震《ふる》えていた。

「ご老人」

麻姑はその姿を見て一度瞑目《めいもく》し、やがて瞼《まぶた》を開いてゆっくりと言葉をかけた。その声を聞き、老人は懸命に背を伸ばして膝《ひざ》をつき、左の拳を右の手のひらにつけて礼をしようとした。

「やはりお主……、鄭紀昌か」

そう問われて、老人は顔を上げて涙を流す。その目は白く濁《にご》り、光を失っているように見えた。

「その声は、麻姑さまでございますか」

「ああ、そうだ。わたしの声がわかるか」

「どれほどお会いしたかったことか。俺は鄭紀昌でございます」

片膝をついている体勢に耐えられないのか、危うく倒れそうになる。千里は駆け寄ってその体を支えた。

老人がふと千里に顔を向ける。

「も、もしや……」

震える手で千里の肩を摑み、何かを確かめるように何度も触《ふ》れた。そして落涙して平伏する。

「俺の命の灯が消える前に、大将に会えるとは。これでいつ死んでもいい。大将、俺はこんな有様《ありさま》になっても、一人で組を守りましたよ」

「よくやった。さすがはぼくの一の子分だよ」

千里はもう疑っていなかった。同じ房に暮らした子分の気配を忘れるわけがなかった。老人の背中を優しくさすり、どういった経緯で老人になったのか訊ねる。

「もうはるか昔の事とてはっきりとは思い出せませんが、突然車のようなものに乗せられてまばゆい光が明滅する虚空《こくう》へと放り出され、永遠とも思える時間を彷徨《さまよ》った末に、気付けばお山の麓《ふもと》に倒れていたのです」

そう言って泣き崩れる。

千里はその言葉と、老人の中に残る微かな気配に、この山でもっとも親しかった弟分を確かに感じ取った。そして時を置かずに侵攻して来た異界の王に激しい怒りを覚える。よりにもよって、一の子分を老人へと変えて輝かしい時間を奪った。許されることではない。

「麻姑さま、お願いがございます」

千里は怒りを抑え、老人の体を支えたまま、山の主に向き合う。

「鄭紀昌をはじめ、ここ数日で姿を消した者を逃亡者とすること、いましばらくお待ちいただけませんか。私にはこの老人が嘘を言っているようには思えません」

「それは私も同じだ。この老人の持つ気配、確かに鄭紀昌そのものだ。肉親が逃げた紀昌をかばって芝居《しばい》をしているのかとも考えたがそうではなさそうだ。だが」

麻姑は続ける。

「だが数日前まで若者であった者がこのような姿になるなどありえん。ことの真相が明らかになるまで、鄭紀昌を逃亡者とすることは保留とする。この老人は竦斯が保護し、養生《ようじょう》させてやれ」

と命じた。

竦斯が老人を連れて行こうとする間際、紀昌が何かに気付いて懐をまさぐった。そしてある物を千里に差し出す。

「俺が麓に倒れていた時、足元に落ちていた物です。俺がこうなってしまった手掛かりになるかと思って、持って来ました」

千里と絶海、そして麻姑は顔を見合わせる。

「どうやらこれが、一連の人が消えたり、山に老人が来たり、という事件に繋がっているのは間違いなさそうだな」

麻姑は手元の、千里が水汲み場で拾った一枚をしばらく見つめていた。

「時の狂い、か……」

「何かご存じなのですか」

「かつて私が聞いた老君の教えの中にはこうあった」

時の流れは、人間や神仙でさえも容易に覗くことの出来ない場所にある。

大河のようであり、大河が無数の水滴によって形を成しているのに似ている。時の大河を極限まで小さく分けることが出来れば、その者は時の実相《じっそう》を目にすることが出来るであろう。

「麻姑さまはそれを目にされたのですか？」

「いや、時は我らと共にありながら、我らから無限に遠く離れた所にあるという。どれほど望んでも、私には見ることは出来なかったよ」

苛立った口調で千里の問いに答えた麻姑は、その雪形を彼に放り投げる。手のひらで受け止めた千里に対し、この雪形の正体を探って来るように命じた。

「ともかく、山を乱す者は許しておけん。見つけ次第《しだい》、私がきつい罰を下してやろう」

獰猛《どうもう》な猛禽《もうきん》の気配を振りまいて、仙人は洞の奥へと姿を消した。

第二章　再会

一

麻姑《まこ》がどれほど怒ろうとも、バソンが帰ってくるわけでも鄭紀昌《ていきしょう》がもとの若者姿に戻るわけでもない。

「共工《きょうこう》の天地に行って話をつけるわけにはいかないのですか」

「前行った時は、共工その人に飲み込まれて行ったからな。どうやって行くかなんて皆目見当もつかない」

結局良い方策も見つからず、千里《せんり》と絶海《ぜつかい》はじりじりと時間を過ごすことになった。唯一の心の慰めが空翼《くうよく》になっていることに千里は驚いていた。絶海にも決して言わないが、どれほど考え事に沈んでも、大の字になって安らかな寝息を立てる彼女を見ると、気分が安らぐのだ。しかし修行の場では、どうにも身が入らず、麻姑に叱《しか》られてばかりである。それは仙人も同じで、千里を見ているようでぼんやりと考え込んでいることが多かった。

「あの、麻姑さま」

老いた鄭紀昌が山に戻って来て五日ほど経った昼過ぎのこと、麻姑があまりに気の抜けた顔をしているので、千里はそっと近づいて声をかけてみた。

「おおう」

鳩《はと》が飛び立つような声を仙人が上げたので、千里の方が目を丸くして驚く。

「ああ、びっくりした」

と麻姑が言ったので千里はさらにびっくりした。仙人が驚くことなどないと思っていたからである。

「驚くこともある。仙人は全てを悟った仏陀《ぶつだ》でもなければ、虚空と一体となった老君《ろうくん》でもないからな。で、どうした」

麻姑は千里の修行の手を止めさせて、向かいの席に座らせた。これまでになかったことである。

「いつもなら私の対面に弟子を座らせることはない。これは心の平静を失っていた私への罰。そして私が普段張り巡らしている壁を気付かれず越えて来たお前への褒美《ほうび》だ」

私に触れることが出来たら、ここに茶菓子が加わるのだがな、と麻姑は目を細める。千里は麻姑のそんな表情を見るのも初めてだった。

「生ける者、神仙や人の修行には三つの段階がある」

麻姑はそんな話を始めた。

「第一の段階ではそれぞれがなすべき事を探し、探し当て、そのために懸命に努力する。まさに千里やこの山で励む者、そして山を下りて俗界で戦う者たちがそれにあたる。第二はやるべき事を成し遂《と》げ、雑念去って心静かに森羅万象《しんらばんしょう》を見通す力を持った者。これは私のような下位の神仙があたる」

麻姑の話を千里はじっと聞いている。

「そして第三の段階は、その見通す力や術力すら全て己から除《のぞ》き去り、まさに天地と一体となってあらゆる感情、感覚から解き放たれている状態となった者。もっとも弱き者に見えてもっとも強き者。世界を覆《おお》う者。これは上位の神仙、仏陀でないとたどり着けない境地だ」

そして、と千里を見つめる。

「お前が共工に対して撃った不射之射《ふしゃのしゃ》は、その第三の境地を会得《えとく》していないと本来使えないはずなのだ」

「ということは麻姑さまも？」

「私はこれでも弓を極めたというのが売りの仙人だからな。不射之射に似た技を使うことが出来る。私は山にいて、お前の技を見ていたが、あれは私が行う不射之射とは違う。だが私自身が真の不射之射を使えない以上、それが正しいのかどうかわからない」

千里は大きな目を見開いて麻姑を見つめ、彼女が何を伝えようとしているのか考え続けている。

「もし本当の不射之射をお前が使っていたのであれば、お前の魂魄《こんぱく》は何があっても揺らがない境地にあるはずだ。であるのに、お前の心は無様《ぶざま》なくらいに揺れ動く」

かすかに顔をしかめた千里を見て、麻姑は微笑《ほほえ》む。

「ほら、私がこう言うだけで、お前の心の温度は容易に上がり、そして下がる。それでは本来不射之射など撃てないのだよ」

は、と千里は頭を下げる。

「私たち仙人は、人間とは違う原理で動く。神仙の長である老君の命と、己の興味に従っている。何かに対して興味を持つ、ということは仙人でも知らないことや心動かされることが世に残っていることを示す。そしてこれだ」

麻姑は懐《ふところ》から千里から取り上げていた二枚の雪形を取り出した。

「先日は時の狂い、と仰《おっしゃ》っていましたが」

「そう。私はこの正体を推測することは出来た。だが私ごときには見えてはならないものなのだ。つまり推測が誤っているのか、なにがしかの法則が狂っているのか……」

その正体を教えてくれるよう、千里は懇願《こんがん》した。

「ううむ……」

麻姑は再び迷いを見せた。

「ともかく理解の範疇《はんちゅう》を超えた何事かが起ころうとしている。共工のことはまだ理解できた。共工も所詮《しょせん》、われらと同じ階梯《かいてい》にいる者。だがこの雪形にまつわる変事は想像するくらいしか出来ぬ」

「これが鄭紀昌をあんな風にした下手人《げしゅにん》の手がかりになるんですよね？」

「だとしたら厄介だぞ」

と麻姑は眺めていた雪形を千里に手渡した。

「しかし、お前ならたどり着けるかも知れんな。万に一つの可能性ではあるが」

麻姑は千里を見つめた。

「私は雷光より速い矢を放ち、また疾風《しっぷう》よりも速く飛ぶことも出来る。だがこの雪形を残した者に追いつくことは出来ない。仙人として直《す》ぐ魂《たましい》を持ち、また持つように修行して来た者がいかに強い力を持とうと不可能なのだ」

仙人の術力は強大で、人がどのように修行しても達するのは難しい境地だと麻姑は言う。

「だがこの天地には我々神仙とは別種の力がある。それが、お前が生まれ持っている

〝歪《ゆが》み〟が持つ力だ。本来であれば人が持ちえないはずの〝歪み〟、そこに手掛かりがあるような気もするのだが、どう扱うべきか私にもまだわからん」

「麻姑さまにわからないことがぼくにわかるはずないです」

千里は肩を落とす。

「その通りだ。しかしお前の中にある得体の知れない〝歪み〟と言うなれば善悪吉凶の振り幅が、何かを導《みちび》き出すような気もするのだ」

麻姑は、私とて座《ざ》して待つわけではないぞ、と付け加える。

「わからぬことはわかる者に訊けばよい。私はこれから老君にことの次第を報告し、方策を授かって来るつもりだ。もっともあのお方がおいそれと答えを下さるとも思えんがな」

苦笑いを浮かべた麻姑が手を伸ばし、千里の頭に置いた。

「お前は弱く、未熟だ。人を傷つけ、人を侮《あなど》り、他人を不快にする一方で、人を守り、人を尊び、他人を惹《ひ》きつける。そして内に秘めた力もまた然《しか》り。突如として私の視界を超えるほどの力を見せることもあれば、その辺りの童《わらわ》と変わらぬほどに弱々しい時もある。私が蓬萊《ほうらい》に行っている間、この雪形をお前に託す。お前はお前で見事その謎を解き、友を救ってみよ」

そう命じた。

千里は勇躍《ゆうやく》して立ち上がる。駆け出そうとする弟子を麻姑は呼びとめた。

「世界には知らない事が無限にある。知らぬ事を知るには多くの感情が伴う。それは喜びであったり、苦しみであったり、時にはお前自身の存在を変えるほどの衝撃を与えるかもしれない。だが忘れるな。全ては常無し。そこに囚《とら》われてはならぬ。囚われては心を流されるぞ」

しばらく首を傾げていた千里であったが、

「貴重なご教示に感謝いたします！」

と礼を述べて走り去った。

「まだまだ己を理解してはおらんのだろうなぁ」

麻姑はため息をつき、すっかり冷めてしまった茶をすすった。

二

窟《いわや》へと帰った千里は、絶海と空翼に雪形を見せた。

「これで三枚、ですか」

絶海は慎重な手つきで怪異の足跡に触れた。鄭紀昌が持っていたもの、空翼が現れる直前に千里が拾ったもの、そして絶海がピキから託《たく》されたものだ。どれも見た目は美しい雪の結晶の形をしていて、違いはわからない。

「各地で姿を消したり老人になった変事を聞いて回れば、あと数枚は出てくるのかも知れんが、多く集めて益《えき》があるのかもわからない」

空翼が手を伸ばし、三枚の雪形を投げ上げてはお手玉のように遊び始める。

「おい危ないぞ。手を切ってしまう」

千里が奪おうとしても後ろに隠してしまった。

「お前なぁ。足悪いんだからじっとしてろ」

すると空翼はしばらく考えた後、千里を手招きした。近づいた千里の手首を摑《つか》んだ。彼女はその腕にいきなりかみつく。驚いた千里が振り払って空翼を見ると、先ほどまで立てなかった空翼が立ち上がっていた。

「ちょっと歪《ゆが》みをもらった」

「はあ？」

二人が驚いていると、空翼は楽しげに笑って走り回った。

「ったく」

「そんなにあの子が気になりますか？」

え？　と千里は絶海が逆に狼狽《ろうばい》するほど無防備《むぼうび》な表情になった。

「千里さまがあまりにもあの子を目で追っているものですから」

そんなことあるか、と言いつつもやはり千里の視線は少女から離れることはなかった。背中のあたりがむず痒《がゆ》くなった絶海は慌てて話題を変える。

「ともかく今は変事の正体を解明するためにも、被害に遭《あ》ったバソンさんたちを捜さなくてはなりません」

「あいつなんていなくても平気だよ」

ぷっと千里は頰《ほお》を膨《ふく》らませる。だが絶海からピキの様子を聞き、膨らませた頰をやや元に戻した。

「……そりゃ仕方ねえな。捜してやるか」

渋々《しぶしぶ》、という表情をことさらに作って、バソンを捜すことに同意した。

「彼がいれば大きな戦力になります。道士さまにも何者かの手が伸びている以上、我ら三人が再び一つとなって事に当たることが肝要でしょう」

ぼく一人で充分だけどね、といつもの如《ごと》く憎まれ口を叩いた千里だったが、それ以上は言わなかった。しばらく腕組みして顔をしかめていたが、ぱっと表情を輝かせて手を打つ。

「それなら、さらったと思《おぼ》しき連中に直接訊けばいいんだ。なんでこんな簡単なことを鄭紀昌の時に思いついてやれなかったのやら」

「共工たちと？　しかし彼らは遠く離れた小天地《しょうてんち》にいるのですよね」

絶海の問いに、千里は自分の胸を指差す。

「共工たちの小天地から帰って来ることが出来たのは、絶海とバソンが呼んでくれたことと、羽眠《うみん》が魂魄《こんぱく》の欠片《かけら》を分けてくれたからなんだ」

「魂魄は本来であれば不可分の一。分けるなどということが出来るのでしょうか」

絶海が頬に手を当てて考え込む。

「理屈はわからないが、羽眠にはそういう術が使えるようなんだ。ぼくの魂魄が羽眠と繋がっているのは間違いない。あの日からぼくはいつもあの子の存在を感じている」

千里の顔に不快さがないのが、絶海には不思議だった。これも変化と呼べるのかもしれない、と考える。

「だから連絡を取ることは出来ると思う」

「なるほどあちらに直接訊けるのであれば、それに越したことはありません。最初は出来るだけ穏やかにいった方がいい」

こちらの戦力は少なくとも半減しているのだ。

あたりに静寂が訪れる。

絶海は息を呑んで千里を見つめ、異界の王子と交信する様《さま》を見逃すまいとしている。千里はただ黙って座っていて、絶海の顔をじっと見据《みす》えている。

「何やってるの？」

　雪形での遊びに飽きて二人を眺めていた空翼が声をかけた。

「え？　千里さまが共工の子と交信を終えるのを待っているのです」

「ぼくは絶海が何かいい手を考え出してくれるのを待っていた」

　二人は顔を見合わせ、ぱちくりと目をしばたたかせる。その様子を見ていた空翼はくすくすと笑いだした。

「言っていただかないと考えも出ませんよ！」

　絶海が苦情を言うと、

「だってお前、他人の内外を繫《つな》いでどうこうっていう術使えるって言ったじゃないか」

　と千里も言い返す。

「私たちの連携もまだまだですね……」

　と絶海はため息をつくが、他人の力も借りようとする千里が新鮮ではあった。

「千里さまは繫がりがあることは感じられるが、それを使って意思を通じさせることは出来ない、ということですね」

「うん」

「千里さまと羽眠くんは同じ魂魄を共有してはいるものの、とてつもなく遠い距離にある。うまく相手を導けるかどうか……」

「でもそうするしかないだろ？」

「確かに」

ではやってみます、と絶海は千里の額《ひたい》に触れる。

長い睫毛《まつげ》の下から一度絶海を見上げ、千里は瞼《まぶた》を下ろした。絶海はわずかに躊躇《ためら》いを覚えた。かつては厳しく他人を拒《こば》むところのあった千里の魂《たましい》に己を繋ぐことは、絶海にもある種の覚悟が必要だった。

だが千里は再び目を開けると、

「大丈夫だよ」

と絶海の不安を見透《みす》かしたように言った。

(男子三日会わざれば刮目《かつもく》して見るべしとはよく言ったものだ。変わっていることを喜んでいたのは私自身のはずなのに、過去の千里さまの姿に惑《まど》わされる。未熟なものだ)

呼吸を整え、心を平静に保つ。絶海の精神が千里の内側へと飛び込み、その色彩の中に包まれていく。光の量が眩《まぶ》しすぎて、かえって見る者を不快にしかねない。

これが千里の魂魄の特徴だった。

(前と同じ……、でも違う)

外に現れる全ては内に蔵するものの投影である。

それは絶海が趙帰真《ちょうきしん》に教えられたことの一つだ。千里の外見に変化はないものの、他人に対する接し方は以前とは確かに違ってきている。そして千里の内側に飛び込んだ絶海も、以前よりはその魂に触《ふ》れやすくなっていることを知る。

千里の魂には形が無かった。小さいと見れば大きく、尖《とが》っていると見れば丸い。その一部分、わずかに色が違うところがある。

そこに触れた絶海の前に、見たことのない光景が広がった。

初めは、チャイダムの高原に似ていると思った。四方を山に囲まれ、草原が一面に広がり、集落が点在してその中央に小さな城が建っている。

だがチャイダムの刃物のように鋭い峰《みね》とは違い、四方の峰々は里山の丸さを持つのみで、草原の緑もチャイダムより濃い。そして何より、草原のあちこちで草を食《は》む獣も、また土を耕《たがや》している人々も、絶海の知識にはない異形《いぎょう》の者たちであった。

(何だここは。妖《あやかし》の世界か)

絶海は言葉を失う。だが千里の様子を思い出し、心を落ち着けてその様を眺める。

よくよく見てみれば、畦《あぜ》で遊ぶ子供たちの明るさも、市でまどろむ野菜売りののどかさも、彼の知る人のものに何ら変わるところはない。その営みは穏やかで、いつまでも見ていたくなるほどであった。

（これを見て来たのか。なるほど、千里さまが変わるわけだ）

絶海は千里が見て来たものを正確には知らなかった。ただ、千里が共工の一件で、相手の滅亡を望まず共存を願ったのには大きな理由があると考えていた。その理由の一端《いったん》を見たような気がした。

「君は誰？」

ふいに絶海に話しかけて来た者がいる。絶海はその声の主を捜し、千里の魂魄が繫がっている方へと飛んだ。

小さな城の城壁の上に、一人の少年が立っている。その姿を見て、絶海もさすがに息を呑んだ。少年の姿をしてはいるが、その顔には大きな瞳が一つあるだけである。

「あなたが羽眠さんですか」

絶海の意識は、羽眠の前に降り立つ。

「その声、確か向こうから千里を呼んだ人だね」

「あの時のわれらの声、届いていたのですか」

「だからこそ、千里は帰ることが出来たんだよ」

羽眠の瞳が嬉しそうにひゅっと細まる。

「千里の友達に会えるなんて嬉しい。ぜひお父様や玄冥《げんめい》兄さんたちに紹介したいけど、やめといた方がいいかな。まだそちらの天地を諦《あきら》めきってないんだ……」

今度は悲しげにその瞳が俯《うつむ》いた。

「お構《かま》い下さるな。私もあなたに訊きたいことがあって来たのです」

絶海からことのあらましを聞くと、

「そっちでも同じことが起こっているんだね」

と呟《つぶや》いた。そして羽眠は、懐《ふところ》から雪形を出す。それは絶海たちの手元にあるものと寸分違《たが》わない、手のひらほどもある美しい雪の結晶であった。

「これは……！」

固唾《かたず》を呑んだ絶海は思わず手を伸ばす。羽眠はその手に雪形を持たせた。絶海はやはり、色も形もないその内側しか見えない。

「誰かが突然消えて、年老いたり若くなったりして帰って来るんだ。帰って来ない人もいるよ」

「そうです。私たちはあなた方の王、共工の仕業かと思っていました」

「お父様たちはそちらの仕業だと思っているけどね」

羽眠は城壁にもたれてため息をつく。

「悪いことが起きれば、敵だと思っている人たちのせいにしちゃうんだ」

「何とも、困ったことですね」

と話しながら、絶海はいつしかこの異界の少年に共感を覚えている自分に気付いた。

「だって根っこは同じなんだもの。共感だって反発だってするよ。だからどうにかしたいんだけど」

突然、会話が断たれるほどの地響《じひび》きがして、絶海は少年を護《まも》ろうと抱きしめる。しばらくすると、地響きは収まった。

「大丈夫だよ。山崩れが起きているだけだから」

絶海の腕の中で羽眠は冷静に言った。

「山崩れ？」

「うん。お父様の力で保っているこの小天地、君たちの天地を奪おうとして無理をしたからね。ちょっと天地の寿命が縮まっちゃった」

絶海は何と言葉をかけて良いかわからず、少年の体をゆっくりと放して黙り込む。そして訊ねた。

「怖くないのですか」

「前は怖くなかったんだよ」

羽眠は雪形を城壁から下に落とす。すると、澄んだ音を残して地面にぶつかり、そして跳《は》ね返って羽眠の手の中へ戻った。

「みんな一緒に死んでしまうんなら、仕方がないと思ってた。でも、千里と出会って、あちらの世界がここよりはるかに大きいことを知って、住んでいる人たちも千里や高承簡《こうしょうかん》さんみたいな人がいるって知ってから、怖くなった」

「諦めていたことに、望みが出来たから……」

「そう。だからお父様もお兄様たちも躍起《やっき》になってるんだと思う。千里の天地を奪おうとしたり、図の力を我がものにしようとしたり……。あのね、これは誰にも言わない、千里の友だちの絶海だから言うんだけど」

ぼくは皆で消えてもいいと思っている、と絶海が呼吸を忘れるような恐ろしいことを言った。

「もともと戦いに負けて虚空に飛ばされて死んでしまう運命だったんだ。あのまま消えてしまえば、君たちの天地に迷惑をかけることもなかった」

「そんな切ないことを……」

こんな少年に言わせてはならない。絶海はおぼろげな記憶の向こうから、かつて自分が修行していた教えの一部を引っ張り出して来た。

「生きることは苦しいことなのだと釈尊《しゃくそん》は説きます。そしてその苦しみの因《もと》を見つけ、その苦しみを滅し、そして苦しみなどそもそもない世界に、人は住むことが出来ると教えておられます」

「でもそれを実現できた人は、ほとんどいない。ぼく達の苦しみの因《いん》も、滅《めっ》する方法もわかっているけど、それをすれば誰かを苦しめてしまう」

「だからこそ、千里さまは考えようとされている。己の力を使い、二つの〝人〟が共に暮らす世界を模索しておいでです。私は今、羽眠くんに出会い、こちらの人を知りました。私も力を尽くしますから、しばらく辛抱《しんぼう》して下さい」

羽眠はぱっと瞳を輝かせたが、急に、

「逃げて！」

と叫んだ。

絶海は全身を禍々《まがまが》しい気配にわしづかみにされるような圧迫感を覚えた。肌が粟立《あわだ》ち、何もしていないのに筋骨が強張《こわば》っていく。その圧力に抗《あらが》おうとする彼の前に、何かが形をとろうとしていた。

羽眠が何かに弾《はじ》き飛ばされるように倒れ、そして絶海の前に大柄な影が立ちふさがる。絶海は地を蹴り、千里の魂魄から延びる細い光を手掛かりに飛んだ。

後ろでは羽眠がその影に飛び付き、引き止めている間にも絶海は懸命に飛ぶ。だがやがて少年を振り払った影は、強大な怒りと憎しみの気をまとい、後を追って来た。

遠くに千里の魂《たましい》が放つ強烈な白い光が見える。絶海は全気力を振り絞り、そこ目がけて速度を上げる。

長く水の中に顔をつけている時に似た苦しさにもがく。後ろからは凶悪な気配が追いすがって来ていた。己の体がその牙《きば》に捕われそうな恐怖に思わず目を閉じる。

白い光の向こうから小さな手が伸びてきて、絶海は必死の面持《おもも》ちでそれを摑んだ。

強烈な力で引っ張り上げられ、視界が白い光に満たされる。

そうして意識が元の世界に戻った時には全身から汗が噴き出していた。朦朧《もうろう》として
いた頭が少しずつ明らかとなり、自分を見上げていたはずの千里を、今は自分が見上
げていることに気付いた。

「大丈夫か？」

千里の額《ひたい》から、一滴の汗が絶海の頬に落ちる。

「え、ええ。何とか話を聞いてきましたよ。彼が言うには……」

羽眠との出会いを語ろうとした刹那《せつな》、轟音《ごうおん》が鳴り響いた。

三

「何だ！」

轟音を耳にした千里と絶海が窟《いわや》を飛び出す。

「お前、見つかったらだめなんだろう」

と空翼に言われて足を止めた千里は、口惜しげに舌打ちする。

崖を飛んで音のした方へと近づく。修行者の房が立ち並ぶ一角が、騒然とした空気に包まれていた。

絶海は羽眠の天地から逃れた時、猛追して来た気配を感じていた。体を嚙《か》みちぎられそうな、獰猛《どうもう》で凶悪な気があたりに渦巻いている。耳鳴りを感じるほどの威圧感に、思わず彼の足は竦《すく》んだ。

それでも相手の正体を確かめねばならぬ。絶海は木立の間からそっと顔を出して様子をうかがった。

竦斯《しょうし》が一人の男と向き合っている。全身を包帯で包み、その上に華麗な甲冑《かっちゅう》を身に着けた男と対峙《たいじ》していた。竦斯の背後では多くの若者が倒れてうめき声を上げている。

「よくもかわいい子供たちを傷つけてくれたね。許さないよ!」

巨大な家鴨《あひる》へと姿を変えた竦斯は、白い羽を大きく広げ、無数の羽根を放つ。その一つ一つが青い光を放つ鏃《やじり》となって、男へと殺到した。

だが男は武器も出さず、盾《たて》も構えず、ただゆらりと一歩前へ出たのみだ。羽根の鏃は男の背後に建っていた房を粉々に破壊する。

「あれは……」

男の体捌《たいさば》きは、かつて絶海が趙帰真に教わった技に似ていた。

矢を放つ者と己を繋ぎ、その間に身を置いて攻撃を避ける術である。だが竦斯の羽根は、州兵が放つような適当な鏃ではなかった。どれもが急所を正確に狙っていたし、その速度も絶海の意識で捉えられる類のものではなかった。

「お前のような未熟者に用はない」

竦斯に向けられる男の声は暗く、そして冷たい。

(あの気配……)

記憶の中に刻み込まれている。異界の王子。千里によく似た風貌《ふうぼう》の男だったはずだ。

共工の長子として育てられた千里の双子の兄、玄冥《げんめい》であることに間違いはなかった。だが、その姿は千里とは大きくかけ離れていた。かつて同じく小柄だった体は七尺を超えるような長身となり、その骨格も武人らしくごつごつとしたものになっている。

(あちらでは時間の流れが違うと言うのか……いや違う、まさか!)

絶海は羽眠が持っていた雪形を懐から取り出す。あちらでも同じことが起こっていた。その被害者が玄冥なのか……!

目の前では竦斯と玄冥がにらみ合っている。

「武宮を舐《な》めていると怪我ではすまないよ」

「くだらん」

竦斯の目が怒りで真っ赤に染まっている。竦斯は再び羽根の嵐を放ち、そして己の巨大な二枚の羽すら空に放った。二枚の巨大な羽は断頭台の斧《おの》となって玄冥に殺到する。

鋭い羽根の嵐と巨大な羽に挟撃《きょうげき》されて、玄冥の体は一時絶海の視界から消えた。轟《ごう》音《おん》と土ぼこりがたち、竦斯に守られていた若者たちは快哉《かいさい》を上げる。

だが竦斯も、そして秘《ひそ》かに見ていた絶海も、険《けわ》しい表情を崩さない。

「この山、お前よりもましな遣《つか》い手がいるだろう。そのあたりに転がっている雑魚《ざこ》どもの命は助けてやるから、そいつらを出せ」

体に喰い込んだように見えた巨大な羽を片手で軽々と抜くと、ばりばりと握《にぎ》り潰した。

「くそ、あんたどこの物の怪《け》だい」

竦斯は口惜しげにくちばしを鳴らして呻《うめ》く。

「妖怪に物の怪呼ばわりされる筋合いはない。さあ、死ぬか、大将を出すかどちらか答えを出せ。俺は苛立《いらだ》っているんだ」

竦斯はくちびるを叩《たた》き鳴らし、口惜しさを表明する。

「あたしもお山の子供たちを任されている身。そう簡単にお前のようなやつの言うなりにはなれないね」

新たな羽が生え、再び玄冥に狙いを定める。だが絶海はその前に出て、押しとどめた。

「お客人に助けられるほど麻姑山は落ちぶれちゃいないよ」

「手を出すつもりはありません。ですが無用な争いは避けるべきです」

絶海は正対して、改めてこの男が玄冥であることと、以前とは比べ物にならない力を秘めていることを思い知る。

「お前」

玄冥の目がすうと細められる。

「あの時の」

「ええ、いつぞやぶりです。先ほどはお城にまでお邪魔しておきながらご挨拶もせず失礼致しました」

そう言いながら竦斯たちを下がらせようと指を振る。竦斯は無念そうにもう一度くちばしを鳴らし、傷ついた修行者たちを胸に抱き、残りの者を羽で守りながら避難して行く。

「羽眠のやつが千里と繋がりを持ったことを摑《つか》んで、何とかこちらへの道筋を得ようと絞《しぼ》り上げていたんだが、なかなか言うことを聞かなくてな。そちらから来てくれるとは手間が省《はぶ》けた」

「玄冥さん、聞いて下さい」

絶海は懸命に、事の経緯を話す。

「お前たちが悠長に遊んでいる間にも、わが天地は滅《ほろ》びに至る道を走っているのだ」

「わかっています」

「何がわかると言うのか！」

絶海は玄冥の言葉の中に、切羽詰《せっぱつ》まった焦《あせ》りを感じていた。

「次はそうはいかん」

「ではあなたは、これから一人でこの天地の人々を滅ぼして回ると言うのですか。誰もいなくなった天地にあなただけが残って何をなすことができましょう。共工さまは、あなた達をこちらに送り込む力を失っているのでしょう」

玄冥はぐっと絶海を睨《にら》んで答えなかった。

「俺はこの騒ぎの元を知っている」

くぐもるような声で玄冥は言った。

「元を？　本当ですか」

「わが父共工はこの騒ぎの渦《うず》に巻き込まれ、その中心へと足を踏み入れ、騒ぎの正体を摑みかけた」

「それは……」

「父はその時確かに見た。時の足跡を見たと言って眠りに就《つ》いた。しかしそれはただの眠りではない」

内と外が引き剝《は》がされることによる死の眠りだった。

「人は一般に、内なる精神と外なる肉体が完全に引き剝がされ、双方が働きを止めて元に戻れなくなった状態を死と呼ぶ」

「じゃあ戻れなくなった精神と肉体はどうなるんですか」

「肉体は朽《く》ち果てて土へと還《かえ》り、精神は拠《よ》り所を失って空へと還る。それだけのことだ」

絶海の問いに、玄冥は知らないのかと言わんばかりの口調で答える。

「だがわが父はその二つを意志の力で操《あやつ》ることが出来る。肉体の働きを死の一歩前の状態に自ら押しこみ、内なる精神に全ての力を託して騒ぎの元凶を追おうとした。だが相手は思った以上の強敵だった」

共工は死こそ免《まぬか》れたものの、精神を囚《とら》われ、起きることのない眠りに就くことになってしまった。

「そして助けに入った俺も逆に引きずり込まれて時の袋小路に閉じ込められてしまった。それがこのありさまだ」

すっかり育った太い腕を軽く振って見せる。

「一つお聞きしたいのですが」

絶海は疑問に思っていたことを口にした。年齢を重ねたように見える者は、実際の時を過ごしているのか気になったのである。

「少なくとも数年は経ったと言いきれる」

玄冥は腕をまくり、隆々《りゅうりゅう》とした腕に刻まれた六本の線を見せた。一年に一本、刻んで来たのだと言った。

「そこは昼も夜もない世界だった。ただ車輪が回る音だけが聞こえていた」

さすがは共工が長子として育てただけあって脱出の方策を探しながらひたすらに鍛《たん》錬《れん》を重ねていたのだという。そしてある時、止《や》むことのない車の音が一瞬止まった。

玄冥は好機と捉え、閉じ込められた空間に突撃し、破り出ることに成功した。

「そして戻った時、手掛かりを見つけた」

「それがあの雪形か……」

「父は眠りに落ちてしまう前、この騒ぎの元凶には対《つい》になる者がいると示唆《しさ》していた。それ以上のことは、父が眠りに就いてしまったためにわからない。ともかく、騒ぎの足跡をたどればその元にたどりつくのが道理だ。そして羽眠に持たせていた雪形にお前が喰いついてきたというわけだ」

「私たちとしても、玄冥さんが既に相手の正体を摑んでいるのであれば協力します」

「貴様らの手伝いなど邪魔なだけだ。千里はどこだ」

「千里さまに用があるのですか」

「なければ訊《き》かぬ」

玄冥は周囲の気配を探り、地を蹴って姿を消す。絶海も嫌な胸騒《むなさわ》ぎを覚えて慌《あわ》てて後を追う。その速さに絶海は舌を巻いた。速いだけではない。山が隠している仙人の庵《いおり》への道筋すら、その速度の中で見切るのである。絶海は初めて山を訪れた時、一度立ち止まって考えなければならなかった。

(以前より速く、より柔らかい身のこなし。強さの要諦《ようてい》をさらに身に付けたのか)

たちまち絶海は後《おく》れをとり、彼が追いついた時には既に千里と玄冥が窟《いわや》の前でにらみ合っていた。千里は窟をかばうように立っている。

「お前が隠している者を出せ」

と低い声で玄冥が千里に迫る。

「何の話かわからないな」

とぼける千里の前で、玄冥はすらりと剣を抜いた。刃に蛇《へび》が巻き付いた、禍々《まがまが》しい姿をしている。絶海はその猛毒を帯びた気配に肌が粟立《あわだ》った。

(本物の蛇ではない。玄冥の気があのような形をとっているのだ。あの気配、おそらく毒を以って相手を倒すものだろう。対して千里さまは……）

剣も槍も持っていない。この山の特色である弓すら構えず、玄冥に対していた。

「千里さま、備えませんと！」

「わかってるよ。備えたくても何も使えないんだ」

弓の聖地である麻姑山で戦うとすれば、弓弩《きゅうど》か体術である。剣や槍《やり》は技を歪《ゆが》めるものとして禁じられていた。

「麻姑山誉《ほま》れの弓はどうされたのです」

「これ？」

千里は懐から小さな弓を取り出した。手のひらに収まるような小さな弓だ。

「ふざけている場合ではないですよ！」

「ふざけてないんだって！」

千里はその弓を絶海に放って寄越《よこ》した。引いてみろ、と言われて弦《つる》を引くがびくともしない。なるほど、確かにこれでは玄冥との手合わせには役に立たない。

「お、男なら拳《こぶし》でやり合おうぜ」

「あほか」

千里の言葉に玄冥はぷっと唾《つば》を吐き捨て、乗って来なかった。

剣を捨てるどころか、柄《つか》を握り直した玄冥は切っ先をまっすぐ千里に向け、地響きを上げて間合いを詰める。地に亀裂が走り、木々の葉が揺れ落ちるほどの踏み込みを危うく避ける。

「こっちは丸腰《まるごし》だぞ卑怯者《ひきようもの》！」

千里は喚《わめ》きながら逃げ惑《まど》うが、玄冥は容赦《ようしや》なく追いまくる。

「どうした。以前の威勢はどこへ行った！」

絶海から見ても、千里の体捌きは以前に倍して速くなっていた。だが成長した玄冥の速度はそれをさらに上回っている。体格だけで見れば小回りのききそうなのは千里なのに、玄冥は確実に追い詰めていく。しかし千里も圧力をかけられつつも、何とか窟の前を守り続けている。

「つまらん。数年時の扉の中に閉じ込められて鍛錬を積み、貴様をぶちのめすことだけを考えていたというのに、これでは張り合いも何もないな」

千里の短い手足では玄冥の間合いに入ることも出来ない。ついに千里の喉元《のどもと》に切っ先が突きつけられた。

「余裕見せやがって」

追いつめられた虎児のように千里は牙を剝《む》く。

「かかって来い」

玄冥は手のひらで挑発《ちようはつ》する。だが、

「体はでかくなったみたいだが、頭の中はガキのままだろ？」

千里は口で挑発し返した。

そのため剣の柄で叩きのめされることになったが、地面に頭から突っ込んだ千里を見て、絶海はかえって安心した。変わらない憎まれ口もまだ残っている。

あと、玄冥の動きにも胸を撫《な》で下ろしていたのである。

(本気で殺す気はなさそうだ)

だが、千里が守ろうとしている者を引きずり出そうとする気迫《きはく》は本物のようだ。頑丈《がんじょう》な千里のことだから、どれだけ殴《なぐ》られようと死ぬことはなさそうではあった。しかしあまりにも一方的な展開に、絶海も加勢に入ろうと随心棍《ずいしんこん》を剣へと変える。

(私のここ最近の修練が、玄冥にどれだけ通じるか)

千里を蹴飛ばすことに飽きたらしい玄冥が絶海の気配に気付いて振り向き、にやりと笑う。

「半端《はんぱ》ものが一人増えたところでどうにもならんぞ」

「鍛錬していたのはあなただけではない」

「お前は内と外の歪みを正せたのか」

「それは我が力と技に訊いて下さい！」

二人の剣が火花を上げてぶつかり合う。

「力はましになったか。だが内外の繋がりはどうかな」

満足そうな玄冥を慌てさせようと、絶海は初めから全力でかかる。だが、十数合打ち合わせただけで剣を飛ばされる。慌てて元の姿に戻った随心棍《ずいしんこん》を呼ぶが、その前に切っ先が喉元に擬《ぎ》されていた。毒の気に満ちた蛇が牙《きば》を剝く。

刃に巻きついた蛇が絶海を襲う。気合いと共にその頭を両断するも、断たれた頭はたちまち二つとなって咆哮《ほうこう》を上げた。危うく毒牙にかかりそうになる絶海の体を、千里が体当たりで撥《は》ね飛ばす。

双剣となった随心棍が双頭の蛇と渡り合う。玄冥は腕組みをしたまま、それを眺めているのみであった。その様をしばらく見ていた彼は失望したように鼻を鳴らし、

「お前の力試しに付き合っている暇はない。騒ぎの元凶、もらって行くぞ」

と言うや剣を一振りする。たちまち双頭の蛇は九頭龍《くずりゅう》となって絶海を屠《ほふ》ろうと殺到する。そこに千里が大喝《だいかつ》と共に礫《つぶて》を放ち、毒龍の勢いを逸《そ》らせる。礫を嚙み砕いた毒龍の爪撃《そうげき》に怯《ひる》んでいる千里たちをしり目に玄冥は窟に入り、その中にいる少女を担《かつ》いで出てくる、はずだった。

だが窟内から聞こえて来たのは怒号《どごう》と、扉を壊して転がり出て来た玄冥の呻《うめ》きだった。

「千里さま、あの空翼という少女、それほどの遣い手だったとは」

絶海は目を瞠《みは》り、驚く。

そんな気配はしなかった。だが転がり出て来た玄冥に続いて出て来た者の姿を見て、千里も絶海もぽかんと口を開けてしまった。

「何であいつがいるんだ……」

「さあ……」

千里と絶海も目の前の光景に顔を見合わせ、呆然《ぼうぜん》と立ち尽くすばかりであった。

窟の中から現れ、玄冥を前に何の怯《おび》えも気負いも見せない男の姿がそこにあった。

牙を光らせた雪豹《ゆきひょう》の腰巻に、柔らかでありながら堅牢な牦牛《ヤク》の皮衣、そして巨大な穂先を持つ二叉の大槍……。

「バソンさん！」

そこには吐蕃《とばん》の狩人が腰に手を当てて立っていた。それは間違いなく、絶海が探し回っていた友に違いなかったが、微妙に彼が知る姿とは異なっていた。

身の丈は玄冥よりさらに大きく、岩峰のように鍛え上げた肉体は褐色《かっしょく》に輝いている。顎《あご》周りを豪快な髯《ひげ》が取り巻いてはいるが、そのくるくると大きな瞳は少年の頃のままであった。

「なんだなんだ。やっと出て来られたと思ったら懐《なつ》かしい面々が並んでるじゃんか」

バソンは玄冥に構わず、絶海と千里に抱きつく。

「ああ、もう、うっとおしい！」

千里はじたばたと逃れようとするが、バソンの腕力は千里を放さない。

「貴様……」

玄冥が埃《ほこり》を払って立ち上がり、バソンを睨みつけた。

「お前、共工んとこのチビじゃねえか。随分《ずいぶん》大きくなったなあ」

同じく抱きつこうと近づいて、玄冥に剣先で止められる。

「触《ふ》れるな汚らわしい」

「そりゃ確かに、あの不思議な車に乗っけられてさらわれてからは水も浴びてないけどよ」

と袖《そで》の匂いを嗅《か》ぐ。

「そういうことじゃない」

「でもお前だって清く正しいとは言えないぜ。年端《としは》もいかない女の子に手をかけようなんて、ちょっと感心しないな」

「必要だからやってるんだ。貴様にとやかく言われる筋合いはない」

絶海は安堵《あんど》しつつ、バソンに対してはあからさまな苛立ちを見せる玄冥を興味深く見ていた。その表情が、バソンと付き合いの浅い時の千里にそっくりだったからである。

「ともかく、邪魔をするならお前も叩きのめす」

「高原の男は売られた喧嘩《けんか》を断るほど了見《りょうけん》が狭くないぜ」

バソンは二叉槍を軽々と振り回した。

巨大な得物《えもの》が高い風音を立て、その速さは以前とは比べ物にならない。

「おいらも暇だったから鍛えていたんだよな。ちょうどいい腕試しの相手が見つかって嬉しいもんだ」

玄冥の瞳に怒りの炎が燃え上がる。

「舐《な》めるなよ！」

「かわいい娘《こ》しか舐めないことにしてるんでね」

笑みを含んでバソンは玄冥の剣を受け止める。千里や絶海を相手にしていた時よりも数段激しい斬撃《ざんげき》がバソンを襲う。

「お前も修行してたみたいじゃねえか」

あくまでも嬉しそうなバソンである。

「やかましい！」

玄冥の攻撃を受けるだけで、バソンからは攻《せ》めない。玄冥の打ち込みは相手の反撃を許さないほどの厳しさを帯びているが、絶海がバソンの表情を見る限り余裕は消えていない。

「なあ玄冥」

激闘の途中だというのに、バソンはのんびりと玄冥に声をかけた。

「お前、あっちに何年いた？」

「答える必要はない」

絶海が横から六年です、と代わりに答える。玄冥は絶海を睨みつけたが、すぐにバソンに視線を戻す。

（バソンさんの圧力に押されている）

玄冥の背中がわずかに前のめりになっている。強敵を前にした猫のような身構えだ。対してバソンは獲物を捉えようとする獅子《しし》のように堂々と胸を張って立つ。

（この勝負、既に見えた）

だが怖いのは、玄冥がむきになることであった。

殺す気で向かえば、バソンもそれに応《こた》えるだろう。絶海は羽眠のいじらしい姿を思い出して、彼が兄のように慕《した》う玄冥を傷つけないで納得させたいと考える。そんな絶海の方を見て、バソンがにこりと笑った。

「やーめた」

バソンは槍を地面に突き刺して腕組みをする。

「おめえ、前の喧嘩の続きをしに来たわけじゃねえだろ」

「さあな」

警戒したように、玄冥は足を止めた。

「まったく、弟と同じで頭の弱いところがあるんだな。何でわざわざこっちまで出張《でば》って来たか、そのわけを思い出せってこと」

「何故知っている！」

「あんたの親父さんを見かけたぜ。違う車に乗せられているみたいだったが、遠くにちらりと見えた。おいらと同じ厄介事《やっかいごと》に巻き込まれたってことなんだろ。違うかい」

口元を歪めた玄冥だったが、千里をちらりと見て剣を鞘《さや》に収める。

「よし、いい子だ。俺の方が二年ほど長くあっちにいたから、言うこと聞いておいて正解だぜ。もしお前が九年あちらにいたら、俺も勝てたかどうかわからねえ」

と言ったので絶海は慄然《りつぜん》とした。

(バソンさんは八年も孤独の中で己を鍛え続けて、あの明るさを失わなかったのか。なんという肝《きも》の太さだ)

バソンの後ろから、空翼が出て来た。それを見て千里は悲鳴に似た声を上げた。

「何で出てくるんだよ！」

「私に用がありそうだから」

「お前、ぼくが必死になって守っていたのがわからないのか！」

空翼は千里の言葉を無視し、玄冥を見ていた。

「今回用があるのは、そこの娘だけだ。貴様らのことなど、本当はどうだっていい」

玄冥の言い方が負け惜しみのように聞こえて、絶海は思わず噴《ふ》き出しそうになる。

だが千里は笑わず、不服そうではありながら何も口を挟まなかった。

「どうして空翼が今回の騒ぎに関係があるってわかるんだ。証拠でもあるのかよ」

玄冥は絶海に、羽眠から預かっている雪形を出せと命じた。絶海はためらいつつ、玄冥に手渡すと、玄冥は空翼に向かってかざして見せた。

「そろそろ正体を現したらどうだ」

だが空翼は首を傾《かし》げたまま、何か変化を起こしているわけでもなさそうだった。

「正体って何？」

空翼はわからない、と表情を変えずに問いかける。玄冥はこの少女が何かを知っているると信じて疑っていないようであった。

「貴様が手放した時の輪を転がしたまま、天地がめちゃくちゃになるのを見ているつもりか」

「私のせいじゃない」

「途方もない気配が二つもいきなり現れたと思ったらえらいことになっておるな」

上空に一羽の雲雀《ひばり》が飛んでいた。千里と絶海は我に返り、しまったという顔をする。麻姑がいつの間にか顚末《てんまつ》を見ていたらしい。

「そこの娘、人の気配も神仙《しんせん》の気配も、妖異《ようい》の気配すらせぬ。何者だ」

「何者でもない」

空翼はそう繰り返した。

「千里の狭い窟では話もしにくかろう。わが部屋に来るがよい。玄冥とやら、お前は来るか」

用心深そうに雲雀《ひばり》を見上げていた玄冥はゆっくりと頷《うなず》く。麻姑はその後もしばらく空翼を見つめていたが、やがて洞の奥へと飛び去る。一同はそれぞれ視線を交わし合い、連れだって麻姑の部屋へと移った。

四

麻姑山の裏手、緑に覆《おお》われた表からは見えない断崖の上部にわずかに突き出た岩棚がある。天気の良い日は温かい日差しと山の涼しい風を満喫でき、山で最高の場所だ。その奥に設《しつら》えられた仙人の部屋にはほのかに明るい灯明《とうみょう》が八方に灯《とも》されていて、温かい光を発している。

麻姑、竦斯、千里、絶海、バソン、玄冥、そして空翼は円卓について押し黙っている。めいめいの前に置かれた茶杯からは既に湯気も消えていた。

「仙人さんよ、わかりやすく説明してくれないかな」

バソンが頭をばりばりとかきむしりながら助けを求める。

「それを言うなら、お前が時の落とし穴から抜け出してきた理屈をわかるように話してくれ。お前の言っていることはめちゃくちゃだ」

「なんでよ。俺はあったことをそのまま言ってるんじゃねえか」

麻姑の言葉にバソンはくちびるを尖《とが》らせる。

「何言ってんだよ。ごろごろ、バーン、ドドーン、シーンって説明になってないんだよ」

千里が口を挟む。

それぞれが持ち寄った、今回の騒動の断片は、各人をさらに混乱させることになった。その中でももっとも大きな情報を握っていたのは、玄冥である。

彼は共工が見て来たものを聞き、自らも異常に巻き込まれているだけに、その話にもより熱がこもっていた。

「共工は時の足跡に踏み込んだ、というがどうしてそれがわかる」

麻姑は首を捻《ひね》る。

「わが父は神仙の中でもかなりの力を持っている。時を操ることが出来るのは、この世界の創造主しか叶《かな》わないはずだが、その流れを見た」

「創造主って、西王母《せいおうぼ》さまとかそういう？」

「いや、西王母や東王公《とうおうこう》は、あくまでもこの〝天地〟を創ったに過ぎない」

千里の疑問に麻姑が注釈を加える。絶海たちにも、神の上の神など想像もつかない。

「ともかく、わが父は時の足跡に落ち、時の車に乗せられてしまった際に、その足跡の主を追った。本来であれば、時がそれ自体で動き回ることなど、あってはならないことなのに」

バソンと千里の頭の上には小鳥が舞い始める。

「これを知っているな」

麻姑が懐から符《ふ》を一枚取り出し、ふっと息を吹きかけると、それは五色の光を放つ美しい玉となった。

「五嶽真形図《ごがくしんぎょうず》！　今度はこんな所に……」

身を乗り出す絶海を麻姑は押しとどめ、

「慌てるでない。これはあくまでも図の幻影を見せているにすぎない。私の記憶の中にある図の姿をお前たちに見せているだけだ」

と告げた。

「この五嶽真形図、何のために存在するか、千里はもう知っているな」

「天地の全てを繫ぎ、その秩序《ちつじょ》を保つものです」

図にまつわる話は、趙帰真からよく聞いていた。

「では天地が開かれて以来、一番最初に繫がれたものは何か」

千里たちは顔を見合わせる。

「では質問を変えよう。この天地の礎《いしずえ》となっているものが二つある。それが何かわかるか」

それでも一同はわからなかった。だが玄冥が口を開く。

「時が一つだろう」

「そうだ。我らは共に同じ時間という流れの中で生きている。私のような仙人でもさかのぼることは出来ず、そして明日へ飛ぶことも叶《かな》わぬ。ではもう一つは」

考えることを諦めようとしていた千里は、誰かの視線を感じる。空翼がじっと彼をみていたからである。何だか見られている顔の右半分が熱くなって、気付かないふりをしようとした。

だがそこでふと気付く。

空翼はどこからやって来たのか。

「空《くう》だ。時があってぼくたちがいる空があって、初めて天地が形を成すんだ」

「その通りだ」

麻姑はよく出来たと千里を誉《ほ》める。

玄冥が続ける。共工は、図が初めに繋いだ時と空が、何らかの力によって切り離されたことを突き止めたという。

「老君がこの世界を開いた時、時も空もなかった。そして時と空を産み出した時、それぞれは独立していた。二つを繋ぐには巨大な力が必要であったと伝説にある。天地は我々がいる所を含めて三十六あるが、個々に時と空を繋ぐ秘儀があると聞いている。この天地ではその役割を担《にな》っているのが、万物を繋ぐ……」

「五嶽真形図というわけですね」

千里が手を打ち、麻姑は頷く。

「時空の二つが切り離されてしまったのは、もしかして私たちのせいですか？」

絶海がおそるおそる訊《たず》ねた。

「私もそう考えていた。あの共工たちとの一件、五嶽真形図が目覚めてその器を選ぶ過程で図の繋ぐ力が一時的に弱まり、時と空を手放してしまったのではないか、と。蓬萊《ほうらい》でも大方そういう見方だったしな」

そうなればこの騒動の責任は結局自分たちにある。絶海は肩を落とした。

「だがそうとは言い切れないことがわかった。図が器を選ぶ際に、全てを繋ぐ力が弱まったことは事実だ。それは世界の各地にさまざまな歪みを残した。西王母さまが自らの迷いの中で産み出した千里、絶海、玄冥はその証《あかし》でもある」

だが、と麻姑は続けた。

「そのことと今回のこととは直接の関係はない。お前たちではない誰かが、図の力が弱まったことを見抜いて時と空の繋がりを絶ち切ったと見ている」

「そんなことが出来るのですか」

「通常であれば出来る筈《はず》がない。西王母その人や老君でもない限りな」

麻姑は渋面《じゅうめん》を作った。

「この天地に暮らす者が己が時の流れに乗り、空の中に包まれていることを自覚して、その繋がりを切ろうと考えるだろうか。一歩間違えば自分もその天地も破滅だぞ。共工もこちらの天地を奪おうと狙っているが、時を狂わせ空と切り離そうと考えているわけではあるまい」

そして麻姑は、時と空の切り方など考えもつかぬし、切り方がわからない以上、繋ぎ方もわからないと締めくくった。

「ただ、ここに〝空〟本人がいる」

麻姑が指差した先には空翼がぼんやりした表情で座っている。

「この少女が空の女神？」

「私は人の気配も神仙、妖異《ようい》の気配も全て読める。だがこの娘がこの山にいることを、つい今しがたまで気付かなかった。空翼が人でも神でもない〝空〟である証だ」

「でもこいつ、特に変わったことが出来るわけじゃないぞ」

千里が鼻で笑う。だが麻姑は笑わない。

「お前はこの天地にいて、空が特別に何かをしてくれたのを見たことがあるか。ただそこにあるのが〝空〟だ」

「そうだぞ」

と空翼が麻姑に続く。

「おかしな話だ。〝空〟は何もないから空なんだろう？　こいつには表情もある。感情もあるように見える。それに肉体まで持っている」

「その理由は私にもわからん。時と空は不可分のはず」

頭を振る麻姑を横目に、玄冥は険しい表情で空翼を睨《にら》みつけた。

「おいお前、何とか出来るんならしろよな」

千里が詰めよると、空翼はすすすと麻姑の後ろに隠れた。

「そういう知恵はついてるんだよ。どこが〝空〟なんだか」

鼻の穴を広げて千里は文句を言う。絶海はこうなっては自分たちの手に負えないと匙《さじ》を投げた。

「やはり西王母さまかそれに匹敵《ひってき》する力を持つ神仙に頼むしかありますまい。天地を創った存在なら、時も空も何とか出来るはず」

「それが一番話が早いと思う」

千里もそう賛同した。

「道士のおっちゃんは高原の偉いじいさんの子だって言ってただろ。伝手《つて》をたどれば何とかなるんじゃねえの」

バソンは楽観的である。趙帰真の正体は元々漢代の道士、東方朔《とうほうさく》であり、さらに遡《さかのぼ》ると西王母と東王公が生み出した神仙であった。今は仙道で人を導くことを諦《あきら》め、宮中で権力の切った張ったを繰り返している。

「だからその道士さまがいないのです」

と絶海から聞いて、バソンも困った表情を浮かべた。

「お前たちがどうしようと構わんが、この娘、わが天地に連れ帰るがいいか」

玄冥が立ち上がる。

「連れ帰ってどうするのです」

絶海がその気配にただならぬものを感じ、空翼を護《まも》るように立った。

「俺たちはあまり悠長なことをしていられないのだ。父はただでさえ残り少ない時間を、こいつのせいで失った。その償《つぐな》いをしてもらわねばならぬ」

空翼は初めて怯《おび》えた表情を見せた。

「お前、話聞いてなかったのかよ」

千里が苛立って卓を叩く。

「こいつはいるだけで何も出来ないって麻姑さまが言ってたろ」

「何も出来ないからと言って、何の使い道もないとは限らない。時と空が一体なのであれば、必ずや時の神とやらはこの娘に釣られて出てくるはずだ。奴を捕えて父の目を覚まし、失われた時を取り戻さねばならん」

「そこまで言うなら、いい考えでもあるんだろうな」

「もちろんだ。不可分でなければならないものを再び一つにするには、時を超え、空を曲げるほどの力が必要だ。即《すなわ》ち、歪みの力がいる」

「つまり、ぼくや絶海、お前が持っているような歪みってこと？」

玄冥は頷く。

「だが我ら三人がいるだけでは時空を繋げることは出来ない。だからわが天地にこの娘を連れ帰り、父の目覚めを待つ」

「そうは言うが、お前の親父さんに無理させちゃならんのじゃないの。休んでてもらえよ」

玄冥はバソンの言葉にすらりと剣を抜いた。

「父を侮辱《ぶじょく》するのなら、ここで殺す」

「お前だって空翼をモノ扱いしてるじゃねえか」

千里が横から口を挟む。やめないか！　と麻姑が叱責《しっせき》する。

「西王母、東王公のお二人も老君の元へと向かったようだ。私も彼らに会って指示を仰《あお》がねばならん。その間にさらなる変事が起こってはまずい。絶海が一人で都に行った際は趙帰真に会えなかったようだが、やはり時と空を繋ぐ術が必要とあれば趙帰真の助けは欠かせない。玄冥もこのまま元の天地に帰っても手づまりなはずだ」

玄冥は腕を組んでそっぽを向いた。

「麻姑さまも来ていただけませんか。何が起こるかわかりません」

絶海の依頼を麻姑は残念そうに拒んだ。

「此度のこと、私も大変興味がある。仙界に長くいると退屈に支配されてしまうからな。とてつもない出来事には絡《から》んでいきたいのだが……」

上の方から、それぞれの持ち場を守ってこの変事に備えるようにとの命《めい》が下されたのだという。

「だがその真意を老君に確かめることは出来るからな」

「仙人も案外と不自由なんだな」

「大抵は好き放題にやってるんだが、従わなければならない時は絶対に逆らえないのだ。特に老君がそうせよと命じている時にはな」

「つまりは、仙人の上の方でも今回のことはどうしていいのやら頭を抱えてるってことなのかね」

バソンがそう分析した。

「時の足跡は増え続けている。このままでは時の秩序が狂い、若きが老い、老いが若きになり、生と死が逆転するかもしれない。そうなれば天地の成り立ちは根底から覆《くつがえ》り、混乱の中で滅《ほろ》ぶ」

「滅ぶ……」

千里たちは顔を見合わせる。

「滅びは何も破壊の姿を取るとは限らない。進むはずのものが止まり、逆向きに走るだけで滅ぶことだってあるのだ。そして私がもっとも恐れるのが、時が逆走し、〝始《し》原《げん》の一点〟へと戻ること」

「始原の一点？」

「そうだ。そこには人はもちろん命もなく、岩や風といったものすら存在していない。全てが始まる前の状態だ」

麻姑は懐から小さな瑠璃《るり》の砂時計を取り出した。

「時は空と同じく、この天地に存在する全ての者に作用する。順に過ぎている間は皆平穏に暮らせようが、これが逆転した時、全ては秩序を失って崩壊するやもしれん。この砂時計が正しく時を告げている間に何とかするのだ」

　仙人は千里に山を離れる許しを与えた。

「幸い、目の前に手掛かりがある。本来無色の空が人の姿をしてここにいる以上、時もまた何らかの姿でこの天地にいるやも知れん」

　一同は頷き、立ち上がる。

「生きてる者が死んで死んでる者が生き返る、か。それも面白そうだけどなぁ」

　気楽なバソンの言葉を絶海が語気《ごき》強くたしなめる。

「あなたはピキさんの嘆《なげ》きをわかっているのですか！」

　絶海は怖い顔をしてバソンを睨んだ。

「す、すまねえ。坊さん、時々おっかねえよな」

　と肩をすくめる。バソンの顔を見て、絶海はかえって照れ臭くなり、顔を背《そむ》けた。

「寿命ならいざ知らず、目の前にある大切な人がいなくなったり現れるような世界は、間違っている。私はそう思います」

　取り繕《つくろ》うような口調であったが、その表情は真剣であった。

「あなたはどうしますか」

　冷静さを取り戻した絶海が玄冥に声をかける。

「言うまでもない」

柄頭《つかがしら》を叩き、玄冥は立ち上がる。

「麻姑さま、一つだけお願いが」

「あの娘のことなら心配いらぬ」

先回りされてきょとんとしている千里を見て苦笑を浮かべていた麻姑は、

「皆、頼んだぞ」

と一行を激励し、竦斯を伴なって蓬萊山へと向かった。

第三章　人参果《にんじんか》

一

広さ数十丈はあろうかという大路を西に入ってしばらく行くと、一際《ひときわ》人ごみでごった返している一画がある。大唐《とう》の中心、長安城《ちょうあん》の胃袋を支える西市《せいし》だ。

鮮やかな紅《べに》が目を射る肉屋の棚が並んでいる。

鉤《かぎ》に吊るされた肉は、羊、豚、鶏、狗《いぬ》、兎……と多岐《たき》にわたる。どれもきれいに血抜きされ、熟練の屠者《としゃ》の大包丁によって捌《さば》かれて客を待っていた。蔬菜《そさい》の棚に目を移してみれば、菠菜《はさい》、白菜、大根に加えて、桃李《とうり》や哈密瓜《はみうり》などの果実が山と積まれて客の手に取られるのを待っている。

肉の棚、蔬菜の棚、酒の棚、雑貨の棚と賑《にぎ》わいを楽しんだ客は、異様な熱気に包まれた一画に驚くことだろう。

垣《かき》によって円形に仕切られた広場に、舞台に似た建造物がある。

だがそこには歌舞の華やかさも演劇の活況《かっきょう》もない。ただ死を宣告された男と、その死を彼に下す者がいるだけである。当時の市は様々な品が交易される生き生きした面と、重罪人が惨《むご》い刑によってあの世に送られる暗い面の二つの極端な顔を持つ。

その中央で、一人の男がまさに首を落とされようとしていた。

獄吏《ごくり》が朗々《ろうろう》と男の罪状を述べ立てる。

「この男、茅山《ぼうざん》の道士趙帰真《ちょうきしん》は邪教を以《も》って聖上に取り入り、毒を以ってその御身を損じ、禍言《まがごと》によってその御心《みこころ》を損じた。その罪は族死《ぞくし》に値する！」

刑場を取り巻く群衆からは罪人を罵《ののし》る声が上がる。

会昌《かいしょう》三（八四三）年の秋となって、宰相《さいしょう》の李《り》徳裕《とくゆう》は万感迫る思いを抱いて、刑場を眺《なが》めていた。

（ようやくこの時が来たか）

ここ数年、宰相の周囲では奇怪なことがあまりにも多く起こった。宦官《かんがん》が手に入れようとした五嶽真形図《ごがくしんぎょうず》という秘宝にまつわる騒動。二十年にもわたって権力を争って来た道士の力まで借りて、その宝が宦官の手に渡ることを阻止した。

都は危うく砂塵《さじん》と化すところであったが、その事件は武宗《ぶそう》、そして一人の宦官と宰相以外の人々の記憶からきれいに消え去っていた。それは宰相の心に大きな恐怖を残した。

道士の力を以って人々の心を操り、王朝に反旗《はんき》を翻《ひるがえ》したとしたら……。

そう思うと李徳裕は夜も眠れなかった。

かつて彼には巨大な敵がいた。先だっての騒動を宦官の中で唯一記憶していた仇士良《きゆうしりよう》がそうである。今や最大の敵は味方となった。仇士良とて、李徳裕と抱える事情は同じだ。皇帝の心を全て奪われては、彼らの存在意義がなくなる。

五分の力で争う敵は憎らしい。しかし自らの理解の範疇《はんちゆう》を超える新たな敵が現れた時、憎悪を超えて恐怖となった。恐怖を消すために、憎み合って来た相手と手を取り合ったのである。

もちろん、李徳裕も妖怪のような宦官を心から信頼しているわけではない。もちろん、仇士良が手を貸すふりをしつつ、こちらの落ち度を探しまわっていることも当然承知の上だ。

危険と知りつつ、李徳裕がこれまで味方として互いに利用し合っていた道士、趙帰真を陥《おとしい》れる決意をしたことには、もちろん理由がある。皇帝が宰相の自分よりも、そして宦官の仇士良よりもその道士を重用《ちようよう》する気配を見せたからである。

それは李徳裕からすると許せない事であった。道士が大人しく壇《だん》を築き香を焚《た》いて祈禱《きとう》をしている程度ならまだいい。だがよろず政《まつりごと》の相談にも与《あずか》るようであれば、それはもう敵である。

共工《きようこう》との一件以降、嗅覚《きゆうかく》鋭い仇士良は皇帝との距離をわずかであるが遠ざけていた。武宗が心より宦官を憎んでいることを痛感したからである。しかし皇帝との距離を遠くすることは、宦官の力を弱めることに直結する。

従って、李徳裕からの誘いは仇士良にとっても渡りに船であった。

「それにしても危なかった」

趙帰真は都の百官全てに幻《まぼろし》を見せるような術者である。勘付《かんづ》かれては元も子もない。そうなれば、宦官のひそやかな仕事ぶりが冴えを見せる。

「これがまだ残っています」

仇士良が配下に持ち出させたのは、直径三尺はありそうな木の筒であった。

「あの道士めに邪魔こそされましたが、南平郡王《なんへいぐんおう》の孫を捕《と》らえようとした時に役に立ちましたからな」

「しかし相手があの趙帰真では……」

その力を味方の立場から良く知っている李徳裕は、どうやってあの力を封じて良いのか、策はなかった。

「宰相、道士は何も趙帰真一人ではございません」

「というと？」

「奴に匹敵する力を持ち、かつ我らにその力を貸そうという道士もいるのでございます」

仇士良が手を叩くと、二人が密談している部屋がにわかに密林へと姿を変える。やがて虎《とら》の咆哮《ほうこう》が聞こえ、李徳裕は腰を浮かしかける。

「またいたずらを。出て来なさい」

虎から姿を変え、二人の前に立ったのは、十五、六のあどけなさが残る少年道士であった。細面《ほそおもて》で体は小さく、切れ長の瞳には冷たい光が宿《やど》っている。うすいくちびるには常に微《かす》かな笑みが湛《たた》えられていた。

「この者は？」

「呂用之《りょようし》、宰相さまにご挨拶を」

少年道士はにこにこと笑顔を浮かべて、どうぞよろしくとごく軽く頭を下げた。

「これなる呂道士は泰山《たいざん》にて行《ぎょう》を修め、年若くして道の深奥《しんおう》に至ったと評判の高い大先生であります」

宮中の大だてもの二人を前にしても、呂用之はまるで恐れる様子がない。にやにやと笑みを浮かべた礼を知らぬ不遜《ふそん》な態度であったが、不思議と腹が立たなかった。気付くと、部屋は元の姿に戻っている。

「あの趙帰真って道士、殺すのは無理だよ」

呂用之は勧《すす》められた椅子に座り、膝《ひざ》を抱えてつまらなそうに言う。

「仕事にかかる前に何を言うか」

絶大な権力を握る二人の男を前にして、呂用之は恐れる様子もなく卓上の棗《なつめ》を手に取ると、くちゃくちゃと音を立てて食べ始める。

「だってあいつの命数《めいすう》はこの天地のものではないから」

「何の話だ？」

「だから、どうにもならないの。足止めくらいは出来るけど、いつまでもつかな？」

他人事のような口調である。

李徳裕は失望して仇士良を睨《にら》みつける。だが宦官もこの少年道士はもてあましているようで、わずかに肩をすくめたのみだ。

「おじさんたちはさあ」

種をぺっと床に吐き捨てる。すると次の瞬間には芽を出し、見る間に立派な棗の木へと姿を変えた。

「こういう力があること、知ってる？」

「道術は無限なのであろう」

仇士良はその力に興奮したように、頰《ほお》を紅潮させている。だが李徳裕は、宦官が少年を見る目が、宴《うたげ》の席で高官たちが妓女《ぎじょ》を見る時の顔と同じであることに気付く。

(気味の悪いことだ)

男色《だんしょく》の趣味がない李徳裕は、なるべく道士に意識を集中しようとした。

「ぼくもそんな趣味はないから、ご安心を。どうせ抱かれるなら宰相さまの方がいいかな」

心を見透《みす》かしたように、呂用之は李徳裕に言う。

「ばかなことを言っていないで、手だてがあるのかどうか答えよ」

苛立《いらだ》った宰相が命じると、呂用之がすいと指を上げて仇士良をさす。先ほどまで鼻息の荒かった宦官の動きがぴたりと止まっている。瞬《まばた》きも呼吸も、全てが無くなっていた。

「お、お前、殺したのか」

「何故？　楽しいおもちゃの一つなのに殺すわけないでしょ」

くくく、と美しい少年が笑う。

「人はみな時に支配されて生きている。でもぼくは修行しているうちに摑《つか》んだんだ。全ての時を操ることは出来ないけど、ほんの少しの間なら、狙った人の周りを支配している時間を早めたり遅くしたりできる」

ぱちん、と指を鳴らすと興奮した仇士良の息遣《いきづか》いが部屋に戻って来た。

「趙帰真はすごい術力《じゅつりょく》を持っているよ」

うっとりと呂用之は天井を見上げた。

「でも、彼も時の支配からは抜け出せない。時に支配されている以上、ぼくの術《じゅつ》からも逃れられない」

呂用之のくちびるの両端が気味悪いほどに吊《つ》り上がった。

二

市場では獄吏《ごくり》の口上《こうじょう》が終わっていた。

あとはもう、巨大な肉切り包丁のような刃が振り下ろされ、趙帰真の細長い首は数丈飛んでおしまいである。

趙帰真が術を使って、そこから脱出するのではないかという危惧《きぐ》はあった。だが呂用之が経絡《けいらく》に撃《う》ちこんだという禁呪釘《きんじゅてい》がその力を封じていると言う。宰相は呂用之の力が、趙帰真を上回るものだということに驚いていた。

何より、力を封じられた趙帰真の表情が一瞬であるが恐怖に染まった。それを見て、李徳裕は得体《えたい》の知れない快感を覚えたものである。自分のすることを何でも見通しているような顔をして、何が起こっても涼しい顔を崩《くず》さなかったあの男が、である。

術を使えなくなった道士など、ただの人間でしかない。ただの人間は、権力に勝つことなど出来ない。

初めて趙帰真を屈服《くっぷく》させた。首が地に落ちる最後の瞬間まで見てやろう。そんな風

に考えていた。だが獄吏の口上が終わると同時に、

「戻せ」

李徳裕は輿《こし》の持ち手にそう命じ、屋敷に帰るよう命じた。

趙帰真に見せられた幻《まぼろし》か何か定《さだ》かでない光景は悪質だった。

砂塵《さじん》に帰す長安城、地を裂いて現れる異形の兵たち、そして人頭蛇身の古《いにしえ》の王、共工……。そんな者が目の前に現れるなどあり得ない。

不遜なことに、異界の王と共存できるか、などとその幻は問うた。そこにいた数人は共存を認め、何人かは認めなかった。

(あのような化物と同じ天を戴《いただ》くなど、出来るわけがない。大体、高崇文《こうすうぶん》の孫も最後は化物どもを追い返したではないか)

李徳裕は千里《せんり》がどのような決意をもって共工と対峙《たいじ》していたか、知らない。全てが趙帰真の幻であると断定した彼は、高崇文などに即刻帰国を命じ、賞も罰《ばつ》も与えなかった。

高一族も、そしてまだ年若い吐蕃《とばん》人や僧も従容《しょうよう》とどこかへ去って行った。彼らは脅威《きょうい》ではない。権力に興味があるわけではなく、ただ幻に導《みちび》かれてその演者をやらされただけだ。

だが趙帰真は引き続き、李徳裕と同じ権力の舞台で踊《おど》り続けようとした。

「腹立たしい……」

そう呟《つぶや》くものの、何故かその最期《さいご》の瞬間を見ることは避けてしまった。

「いいのですか、その目で確認しないで」

輿《こし》の中に、小さな影が浮かび上がる。

李徳裕の目の前に、五寸ほどの呂用之が現れた。

（これもまやかし、幻の類《たぐい》なのだ……）

あれほど嫌っていた道士の幻術《げんじゅつ》を遠ざけるために、さらに厄介《やっかい》な者を引き込んでしまった気がして、宰相は微《かす》かな後悔を覚えた。趙帰真ですら手を焼いていたのに、それを上回る者を掣肘《せいちゅう》出来るのか、不安が残る。

「ご心配なく。飽きずに遊べるおもちゃがあれば、それで満足なんです。あなたや仇士良が追い求めている権勢《けんせい》とかいうものの方が、ぼくからするとよほど幻なんですがね。そしてこれから、この天地最高の玩具《おもちゃ》が甦《よみがえ》るんです。ぼくが愛してやまない、聖なる玩具がね」

「うるさい。失せろ」

嘲笑《ちようしよう》を残して、呂用之の幻影は消える。

その二日後、表向きは平静極《きわ》まりない顔で朝の参内《さんだい》を済ませ、諸々《もろもろ》の雑事も終えて屋敷でくつろいでいた李徳裕に、近侍《きんじ》の者が近づいてきた。

「成都《せいと》から南平郡王の孫、高千里さまがいらっしゃっています」

「用向きは何だ」

「趙帰真に会いたいとのことです」

彼らからすると、趙帰真が李徳裕の預かりであった二年前の記憶をもとに訪ねて来たのであろう。趙帰真の首が斬《き》られた直後に来るとは間の悪い、と李徳裕も舌打ちをする。

「留守《るす》だと言え」

「かしこまりました」

近侍は拱手《きょうしゅ》して門へと向かう。

(趙帰真が刑死したと聞けば関わり合いになることを恐れて大人しく引き下がるだろう。高崇文《すうぶん》の孫はなかなか利《き》かん気だし何やら恐ろしい力を持っているらしいが、所詮《しょせん》子供だ)

自室に戻り、椅子に体を預けて李徳裕はため息をつく。近侍《きんじ》から一行があきらめて帰ったことを聞きつつ、彼はいつしか寝息を立て始めていた。

一方、千里たちは大人しく引き下がったわけではなかった。力ずくで押し入ろうと息巻く玄冥《げんめい》を押さえたのは意外にも千里で、そんな彼をバソンと絶海《ぜっかい》は感心して見ていた。

「ともかく一度下がりましょう。先日都に来た時もそうでしたが、どうも様子がおかしい」

と絶海も玄冥の袖《そで》を引き、宰相は留守だとぶっきらぼうな対応をする門番相手に喧嘩《けんか》を始めようとするところを押しとどめたのである。

「どうおかしいんだ」

「道士様の気配が都にありません」

「出かけているのか」

「いえ……それにあの門番は何かを告げたがっていましたが、言わずに門を閉めたようです」

「では吐かせるまでだ」

という玄冥を絶海が止める。

「そういう時は鼻薬《はなぐすり》を嗅《か》がせればいい。こちらの天地にはこちらのやりようがあるんだよ」

策を思いついた千里は丁重に門を叩き、面倒くさそうな顔をして再び顔を出した門番に、愛想《あいそ》よく銀の塊《かたまり》を握らせた。

「道士さまがどこに行ったかさえ教えていただけるとありがたいのですが」

「そうだなぁ。あの世ってとこかな」

門番は手にずっしりと載った銀の重さを確かめて懐《ふところ》にしまう。

「ふざけるなよ」

千里の額《ひたい》に苛立ちを示す青筋《あおすじ》が立った。

「ふざけてなんかいないさ。折角《せっかく》訪ねて来たのに気の毒なことだが、あの趙帰真って道士は一昨日、首を斬られたんだ。今頃北の罪人墓場に放り捨てられていることだろうよ」

「信じられん」

「信じられんなら市に行ってそこらの店番に訊《き》いてみるといいさ」

絶海もさっと顔色を変えた。

「一体何の罪があって！」

門番に摑みかかろうとする絶海を、千里が袖を引っ張って落ち着かせた。険呑《けんのん》な表情になりつつも、門番は話し続けてくれた。

「罪はよくある、上に逆らい下を惑《まど》わし、という奴さ」

「しかしあのおっちゃんがそう簡単に捕まるもんかなあ」

バソンが首を捻《ひね》る。

「えらく強いと思うんだけど」

「捕り手に対しては大変神妙《しんみょう》だったらしい」

門番の言葉にバソンも絶海も納得できなかった。

「あんたらがあの道士とどういうお付き合いだったかは知らんが、お上《かみ》に逆らった大罪人の知り合いとなれば都の官憲《かんけん》も黙って見過ごしてはくれまいよ。すぐに都から出な。じゃあな」

もらった銀の分は喋《しゃべ》った、とばかりに男は門内に引っ込んだ。

千里たちは門の前で呆然《ぼうぜん》と立ち尽くしている。

「これで策は尽きたな。あの娘を渡してもらおう。これは何もお前たちに意趣《いしゅ》返しをしようというのではない。どの道、この騒ぎが続けば天地はでたらめなことになってしまう。時と空を繋げる可能性があるのはわが父共工だけだ。俺があの娘を餌《えさ》に時を操る者をおびき出して捕える。父を目覚めさせて天地の秩序を戻さねばならん」

玄冥はそう千里たちに迫った。

絶海は横目で千里の表情をうかがう。千里は今回のことが自分の責任でもなんでもないのに、ぐっとくちびるを噛《か》んで黙り込んでいた。

「千里さま、ここは玄冥さんの言う通りかも知れません」

麻姑《まこ》は老君《ろうくん》のもとに行っていない。趙帰真も刑死したとなれば、時空に干渉できる力を持っているのは共工だけだ。かつての経緯を考えると容易に信用するのも怖かったが、他に手段も思いつかなかった。

だが千里は答えを返さず、玄冥も忍耐強く黙ったまま、都城の門を出て北郊外へと向かう。

「どこへ行くのです？」

「門番が言っていたな。道士の遺体は都北の罪人墓場にあるって」

「確かに言ってましたけど、行ってどうするんです」

千里は足早に歩むばかりである。

「あいつ、機嫌悪いな」

「何を怒っているんでしょうね」

バソンはにやにやと笑っている。

「わかるんですか？」

「おいらも通った道だからな。誰かの心を捉《とら》えるために、自分の目一杯、いやそれ以上を見せなきゃならないんだ」

「はあ……」

絶海にはバソンの言葉がよくわからなかったが、千里がこれまでとは違う力に押されて進んでいるのは確かなようであった。

道は寂しげな木立の中に入り、あたりは凄愴《せいそう》な空気に包まれ始めた。人家《じんか》は絶え、一刻も歩いていないというのに、都のにぎわいも消え果てている。

「おい、何だか気味の悪いところだな」

怖いもの知らずのバソンが身を震《ふる》わせた。辺りには鴉《からす》や野犬の吠《ほ》えたてる声が響き、昼間だというのにほのかに暗い。

「墓場というにはお粗末《そまつ》なものだな」

玄冥が呟く。

「死人に会いに来たとて、何も答えてはくれまい」

「ぼくにはどうしても信じられない。趙帰真はいけすかないところもある男だったけど、ぼく達を遥《はる》かに超える力を持っていた。そんな奴が大人しく首を斬られるかな」

「力の階梯《かいてい》はお前の思うような浅いものではない。最高の境地《きょうち》に達しているように見えても、実はそこから先に遥かな道があるのもよくある話だ。あやつも真に力のある者から見れば弱いものだったのかも知れんぞ」

「ぼくの父上もお師匠《ししょう》さまもそう言ってた」

と千里が応じる。

墓地の雰囲気とも微妙に違う、ということに絶海は気付いた。墓標《ぼひょう》も弔《とむら》う人の姿もない、閑散《かんさん》としていながら広大で、そして荒涼としている。

都の北、訪れる人もほとんどいないその墓地は、死罪に処せられた者たちが葬《ほうむ》られている。葬る、という言葉すらここに眠る者には丁重《ていちょう》に過ぎる。ただ穴を掘って捨てられるだけだ。

そうして世を去った者の鬼哭《きこく》がこもる一画に千里は立って、じっと鼻をうごめかしていた。絶海も趙帰真の気配を探ろうとするが、死と恨《うら》みの気配があまりにも濃厚過ぎて、意識がかき乱されてしまう。

バソンも玄冥も微《かす》かに顔をしかめていた。だが千里は、土盛りの中から最も新しいものを見つけ出すと、黒く湿《しめ》った土に手を突き入れ、何かを掘り出そうとした。

「せ、千里さま何をしているのですか」

死霊《しりょう》にでも取りつかれたのかと心配になるほど、千里は思いつめた表情をしている。

「ここから趙帰真の匂いがする」

「何を言っているのです」

絶海が思わず止める。

「趙帰真を掘り起こして、いい加減ふざけるのはやめろと頭の一つでも引っぱたいてやる」

「死人を侮辱《ぶじょく》するようなことをしてはなりません」

二人は揉《も》み合いになる。バソンも、死んだ人間には敬意を払わなきゃ、と言いつつも鼻をつまんでいた。

「あいつを掘り出さなきゃ、空翼《くうよく》が……」

その言葉に、絶海は摑んだ千里の肩から思わず手を離してしまっていた。

「どういうことです？」

「別にどうということもない。ぼくは趙帰真を掘り出すまであきらめない」

再び地面に跪《ひざまず》いて土を掘り起こそうとする千里を前に、絶海は言葉をかけることが出来ない。死して魂魄《こんぱく》を失った者を土中から掘り出そうとする行為のおぞましさと、千里の何とかしたいという焦《あせ》りが共に絶海から身動きを奪《うば》っていた。バソンや玄冥も、ただ見ている。

「あ……」

千里の手が止まる。粗末な罪人の衣の端《はし》が土の中から現れた。慎重《しんちょう》な手つきで、人の体に沿って土を取り除いていく。しかし首もとまで土を取り払い、千里はがっくりと肩を落とした。その骨格は確かに見慣れた道士のものであったが、首から上がそっくりなかった。

「おい、起きろこのくそ道士！」

と千里が呼びかけてもその死体はぴくりとも動かなかった。

「もういいでしょう。行きましょう」

絶海の言葉にさすがに頷《うなず》いた千里は、土を埋め戻して立ち上がる。その小さな体には落胆《らくたん》が重くのしかかっているように、絶海には見えた。

言葉もなく罪人墓地から出た一行の前に、巨大な影が立った。それはあまりに突然で、バソンや玄冥も気付けないほどであった。

「何奴《なにやつ》！」

すぐさま我にかえった玄冥が得物を構え、一気に踏み込もうとする。

「待って下さい！」

絶海が大声で制止した。その気配を、彼は知っている。首を斬られた道士に常に従っていた龍がいた。身の丈五丈あまりの長大な体。深い緑色の蛇のうろこに金の瞳を持つ龍の子、敖汕《ごうてん》である。

「若者たちよ、この墓地をいくら掘ろうと、わが主《あるじ》の真の肉体は出て来ない」

大木の間を吹き抜ける風のような声で龍は語りかけた。

「飼い主が殺されようって時に、何もしなかったんか」

バソンになじられても、敖汕はじっと黙っていた。

「何もしなかったのではない。何もしないように命じられていた」

敖汕はくるりと宙を舞い、ついて来るように命じた。龍は葬送の幡《はた》のように体をくねらせながらゆっくりと前を行く。

「敖辿さん、趙帰真さまは死んでしまったのですか」

悲しみを込めて絶海が訊《たず》ねる。答える龍の声は重く冷たい。

「捕えられたのは事実であり、首を落とされたこともまた事実だ」

「そんなことで死ぬタマには見えないんだけどな」

バソンは敖辿の語気が暗いことにがっくり来ていた。

「そのうち土の中から何食わぬ顔をして出てくるんじゃないの」

「私もそう願っている」

話せば話すほど絶望的になることに気付き、バソンは口をつぐんだ。千里は肩を落とし、玄冥の表情も声をかけるのを憚《はばか》るほどに険しい。とりあえず墓場を出よう、と敖辿に促《うなが》されて、一行は歩きだす。すると墓場が視界から消えたあたりで、

「私は趙帰真さまが死んだ、とは一言も言っていない」

ふいに龍はそんなことを言った。

「それはあの方自身が捕われる前に、私に言ったからだ。これから私は死ぬ。だがそれは本当の死ではない。今は私が死ぬべき時ではないのに、死ななければならぬ。残念ながらこの筋道を変えることは出来ぬ」

「なんでえ。結局死んでるんじゃゃんか」

バソンは鼻白《はなじろ》む。

刑死者の墓場からさらに北へと細い道を進む。進むほどに墓場の凄愴《せいそう》とした気配は薄らぎ、辺《あた》りはのどかな田園風景へと姿を変え始めた。一行もほっと肩の力を抜く。遥か遠くに、湯治場《とうじば》の華清池《かせいち》が見える。温かそうな蒸気が上がっているのを望みながら、獣道《けものみち》をたどる。やがて道は名も知れぬ小山に入り、一つ尾根を越えたところで龍は一行を振り返った。

「趙帰真さまは最近、とある宝貝《ほうばい》の研究に励んでおられた」

「怪しい宝貝だったんじゃないの？」

千里は顔をしかめる。

「通常であれば決して使われない、という意味では確かに怪しいものであろう。離れてしまった時と空を再び融合《ゆうごう》させようなど、考える者はいないからな」

「やはりそうか……。しかし肝心な時にいなくなるのは相変わらずだな」

千里は毒づいたが、敖汕は気にせず歩《ほ》を進めた。

尾根筋を下り、鬱蒼《うっそう》とした木立の中で龍が呪《じゅ》を唱える。すると木立に巻きついていた蔓《つる》が簾《すだれ》のように上がり、小さな小屋が姿を現した。

「あのおっさんらしいや。やけに細工《さいく》の細かい庵《いおり》じゃないか」

バソンは精細《せいさい》な彫刻が施《ほどこ》された扉を叩く。細工が施されているようで、敖汕は何やら口訣《くけつ》を唱《とな》えながら長い鉤爪《かぎづめ》を繊細に動かしていく。やがてかちりと小さな音がして、扉がゆっくりと開く。

　中の柱も壁も、扉に劣《おと》らぬ精細な細工を施してある。

「目がちかちかすらあ」

　とバソンは瞼《まぶた》をこする。

「寺院の壁画のようですね」

　興味深げに絶海は眺《なが》めまわしていた。装飾過剰な壁画のように見えて、そこには無数の仏尊《ぶっそん》と神仙が秩序だって配置されていた。

「わが主は日々ここに来て、ある宝貝の研究と制作にいそしんでおられた。仏の教えの中にある、時の輪を司《つかさど》る曼荼羅《まんだら》にたどり着き、その力を借りて時というものを解き明かそうとしていた。そこで見たのだ」

「何を？」

「主の言葉によれば、開くはずのないところに開いた〝時の穴〟、ということらしい。その宝貝を通じて、その穴の奥を見ようと日々試みていた」

　時の穴、という言葉を聞いて千里たちは顔を見合わせた。

「おっさんも騒ぎに気付いていたというわけか」

「五嶽真形図とは違い、わが主とて時の流れから外《はず》れて存在することは出来ない。そのために相当苦労されていたようだ」

「だから政敵に足をすくわれたのだな」

玄冥が皮肉を言う。

「そうではない」

敖汕は主の残した小屋を、爪につかんだ布巾《ふきん》で清めながら否定する。

「足をすくわれる軸《じく》に乗ってしまったのだ」

「先ほどからあなたの言うことはよくわからないのですが」

絶海は敖汕に明確な説明を求めた。

「主は言っていた。ここにあなた達が来る時には、既《すで》に自分と同じものを見ている、もしくは見た者を伴《とも》なっているはずだ、と。お前たちも開くはずのない所に開いた穴、時の穴を見てきたはずだ」

玄冥とバソンが頷く。

「俺たちが落ちたのが時の足跡だというのは麻姑《まこ》という仙人も言ってた」

「そうだ吐蕃の若者よ。その穴、足跡を開けて回っている者を、わが主は割り出した。なぜ時が暴走して方々に足跡を残しているのか、その理由も摑んだ。そして時の後を追っているうちに、袋小路《ふくろこうじ》に入ってしまった」

だから命を落とす軸から抜け出すことが出来なかったのだ、と敖汕は無念そうに呟いた。

「ではどうあっても命を落とす、という結末は変えられないということですか。しかし道士さまがそこまで見通しておられたのであれば、何か策を立てていたのではないかと思うのですが」

敖汕はゆっくりと頷く。

「その通りだ。だがその策をお前たちに伝える前に、わが主は宝貝と共に死ぬ軸に乗ってしまった。相手はわが主の研究もお前たちのこともある程度は知っている。主とお前たちが手を結ぶことは相手にとっても脅威。まずお前たちが絶望して諦《あきら》めなければならなかった」

「ということは、ぼくたちが罪人墓場で諦めるまで見ている連中がいた、ということですね」

玄冥はどっかりと椅子に腰を下ろし、龍に策を訊ねた。

「なるほど。そこまで勿体《もったい》をつけるのであれば、趙帰真は当然何か我らに手掛かりを残しているのであろうな」

「もちろんだ。わが主はお前たちにご自身の復活を託《たく》されている」

敖汕は一冊の書を、棚から取り出した。

「これは天下に散らばる秘宝を記した全書だ」

大きな爪で器用にぱらぱらとめくり、ある頁《ページ》で手を止める。そこには生まれたての赤子の絵が描いてあった。

「うえ、赤ん坊じゃん」

千里は頭に葉、尻に根のついた赤子《あかご》の絵を気味悪げに眺めた。

「人ではない。仙界《せんかい》に実る果実の一つで人参果《にんじんか》という」

「名前だけは聞いたことがあります。確か失われた命を再生させる奇跡の実……」

絶海も寺の書物で見たことがあった。

「そう。死した者の肉体と魂魄《こんぱく》を再び結び付け、再び生き返らせることが出来る。だが死と生はこの天地でもっとも厳粛《げんしゅく》なもの。神仙であっても軽々しくもてあそぶわけにはいかない。この人参果も仙界にあってすら数万年に一つ実をなし、その管理は蓬萊において厳重になされている」

「敖汕、お前でも取りに行くことは難しいのか」

千里が訊ねると、龍は即座に無理だと頭を振った。

「私はもともと、玉皇上帝《ぎょくこうじょうてい》に命じられてこの下界に落とされ、主のもとで修行をすることで罪を償《つぐな》うよう命じられている。蓬萊に出入りする際には、必ず主を伴なっていなければならない」

「俺たちも仙界なんてとこ行けないぞ。ボッコウの爺《じい》さんなら何とかなったかも知れないけどさ」

バソンは高原の片隅《かたすみ》で無数の獣《けもの》と暮らしていた老人のことを思い出す。

「確かあの老人、西王母《せいおうぼ》の配偶神《はいぐうしん》でこの天地を創《つく》ったのでしたね。確かにそれほどの神であれば仙界に行って人参果を取って来られるかもしれない」

手を打つ絶海だったが、

「麻姑さまが西王母夫婦も老君のもとへ行ってるって言ってただろ」

と千里が思い出させる。

西王母と東王公《とうおうこう》は共工の一件の後、この天地にどのように関わっていくかを協議するため、この天地を離れて神界《しんかい》の奥深くで話し合っている最中なのだという。

「じゃあお手上げじゃないか」

バソンが両手を突き上げる。

「いや、違うだろう」

それまでずっと黙っていた玄冥が口を開いた。

「仙界にしか存在しないなら、なぜここに人参果の絵図があるんだ。誰かの頭の中にあるものを描いただけならともかく、この書は仙人の類《たぐい》が描いたもの。ならばどこかにあるということだ」

「その通り」

敖汕はかつて数個の人参果がこの天地にもたらされたことを告げる。

「数万年に一つ、と聞けばいかにも数少ないように聞こえるだろうが、この人参果の木が実をつけるようになって数万劫《ごう》、それなりの数が蓬莱にはある。その人参果も必要に応じて神仙に使われたり服されたりしているのだ。その過程で、この天地にもたらされたものがあったとしても不思議ではない」

だが問題は、

「どこにあるか、だ」

千里が何かを思いついたらしく、こつこつと卓を叩きながら言う。

「再生不死身《ふじみ》の力を持つ人参果の存在を知り、蓬莱から持ってこようなどと考えるのは、恐らく不老不死を望む皇帝、愛姫《まなひめ》を失った権力者、その手先となる道士といった手合いだろう。普通の人間はもう少し諦めがいいだろうからな」

「ええ。人は欲を持つほどに常ならぬものに囚《とら》われ、己も無常であることを忘れて永遠を手に入れようとするものです」

合掌《がっしょう》して絶海が続ける。

「それほどまでに人参果を欲しがるのは、あまりにも巨大な何かを手に入れてしまった奴だろう。だが、普通の人間の中で、たとえ皇帝でも数百年生きたという話は聞いたことがない。つまり人参果は皇帝の手に入っていないか、入ったとしてもその使い方がわからぬまま死蔵されていたかどちらかだ」

千里は敖汕に、これまで下界の王で人参果を探していた形跡のある者を訊《たず》ねた。

「良い見立てだ。趙帰真さまの調査によれば、やはり歴代の皇帝、中でも暴君と呼ばれた者たちが探していたようだ」

そして指を折って数え上げて行く。

「殷《いん》の紂王《ちゅうおう》、周の厲王《れいおう》、秦《しん》の始皇帝、新の王莽《おうもう》……」

「どいつも自分は殺されると怯《おび》えていそうなメンツだな」

「そして、もっとも最近では隋《ずい》の煬帝《ようだい》」

名前の出て来た五人の皇帝はいずれも時代の裂《さ》け目を作り、新たな時代の前触《まえぶ》れとして天下を大混乱に陥《おちい》らせてその中で死んでいった。

王や皇帝という巨大な力の使い道を誤り、自らが作った裂け目に落ち込んで身を滅ぼした者たちである。

「だが彼らが暗愚《あんぐ》であったかというと、そうとも言い切れない。我執が強く、誘惑にも弱かったが、初めはよき統治者として天下に臨もうとしていたのだ」

絶海が驚いたことに、敖汕は亡国の王公たちを庇《かば》った。

「でも結局みんな堕落《だらく》しちまったんだろ」

「後から見ればそうだ。だが人はみな、己《おのれ》の善き所を見て悪き所を見ようとはしない。反乱軍が城下に満ち、天命が去ってもその責が己に帰すとは思えないものだ。彼らが己の死を受け入れたかどうか」

「だから殺されても、それは間違いだと思う、というわけか。気持ちがわからないでもない。敗北の末に諦めきれない気持ちが湧《わ》くのは、天下を握る者として当然の感情だ」

玄冥は滅んだ王たちを父親に重ねているのか、同情的であった。

「その中でも特に、秦の始皇帝と隋の煬帝《ようだい》。私は人参果に手が届きかけていたのはこの二人であろうと推測した。始皇帝には徐福《じょふく》という道士がつき、その不老長寿の手掛かりを海外に求めていたのは有名な話だ。そして死ぬまで、煉丹《れんたん》させていた」

そして敖汕は、隋の煬帝こそが人参果を手に入れた者なのだろうと結論を出した。

「とにかく隋の煬帝というのはひどい皇帝だったらしいな。ぼくのご先祖様も相当苦しめられたらしい」

千里は高家の出である。高家はもと渤海《ぼっかい》地方から出て、隋の時代には高句麗《こうくり》の故地《こち》にいて、煬帝が繰り出す大遠征軍と激戦を繰り広げた。

隋王朝が滅んだ原因の一つは、千里のご先祖たちが三度にわたる煬帝との戦いを乗り越えたことにある。

「煬帝の人となりはある程度知られている。彼の近くには力のある道士がいて、煬帝自身も明君となりうるだけの器量はあったと聞いている。彼が行ったことの恩恵《おんけい》は、この国に住む者の多くが受けているだろう」

「長江《ちょうこう》と黄河《こうが》の南北を打通した運河のことですね」

「そうだ。あれは伊達《だて》や酔狂《すいきょう》で造ることの出来るものではない。煬帝には煬帝なりの、国の姿というものがあった。そしてその志《こころざし》は熱いものであった」

だからこそ、煬帝は己の死を受け入れられなかったはずだ、と敖汕はしめくくった。

「死ぬ時なんてあっという間だぜ。納得して死ぬやつの方が少ないんじゃないかな」

バソンは高原で生き死にを無数に見ているだけに、冷静であった。死にたくないからと言って生き返ることを求めるのは、贅沢《ぜいたく》に過ぎる。

「だが己一人の生が億兆の民の生に繋がると自覚した皇帝の執念は、また凄《すさ》まじいものであったろうな」

敖汕は玄冥を見る。

「いかなる手段を使っても、この世にいたいと願うだろう」

「でも煬帝はもう死んでるんだろ。人参果があっても、使い方がわからずに死んだんだし、使いこなす力を持つ者がいなければ宝の持ち腐れだ《ぐさ》」

「その持ち腐れになっている人参果を拝借《はいしゃく》して趙帰真を甦《よみがえ》らせれば時と空を再び繋ぐことができるというわけだな」

玄冥の言葉に、敖汕は長い髯《ひげ》をなびかせて頷いた。

「これを持っていけ」

龍は砂時計を千里に手渡す。美しい飾り彫りの施された時計の中を砂が規則正しく落ちている。

「一粒の砂が落ちる一瞬にすら、有為《うい》と無為《むい》の差がある。時は空と共にあってはじめて有為のもととなるとわが主はお考えだ。人々の時をあるべき姿に戻せるのはお前たちだけだ」

その言葉をはなむけに、敖汕は一同を送り出した。

三

隋の煬帝が造り上げた大運河を下る絶海は、つい一年ほど前のことを懐《なつ》かしく思い出していた。あの時も、千里やバソンが傍《そば》にいた。

今回の旅は、趙帰真の代わりに玄冥がいる。あれだけ恐ろしい敵だった異界の皇子《みこ》が、今は旅の道づれとして同舟《どうしゅう》にある。

運河上には延々《えんえん》と繋がれた小船の列がゆっくりと行き交っている。あるかないかほどの緩《ゆる》やかな流れの両側には柳《やなぎ》が植えられ、江南《こうなん》の穏《おだ》やかな夕風に揺らいでいる。子供たちが落ち枝を拾ってはしゃぎ回り、母親は運河で洗った衣を竹竿《たけざお》にかけて干していた。

やがて子供たちは大人になり、濡《ぬ》れた洗濯物は乾くだろう。

それが時の流れというものだ。狂いようのない流れの筈《はず》だ。

長安城を後にした一行は快速に飛ばして運河沿いに南下し、揚州《ようしゅう》の雷塘《らいとう》へ向かう船に乗っていた。趙帰真のような道案内がいないため、船頭を雇《やと》って水先案内を頼んでいる。

玄冥は苛々《いらいら》と落ち着かない様子だったが、こういう時一番苛立っていそうな千里がじっと黙って水面を見つめていた。長い睫毛《まつげ》が運河からの光を受けてきらりと輝く。

絶海は何を考えているのですか、と訊ねようとして、やめた。

「そういえば江南を旅している際、宿の壁に次のような詩が書かれてありました」

絶海はふと思い出す。その詩には煬帝と揚州の賑《にぎ》わいについて描かれていた。

煬帝雷塘土
迷蔵有旧楼
誰家唱水調
明月満揚州

駿馬宜閑出
千金好暗投
喧闐酔年少
半脱紫茸裘

隋の煬帝は雷塘《らいとう》の土となったが
人を迷わせた古い高楼《こうろう》は未《いま》だ残っている
何処《どこ》かの家から艶《つや》のある歌声が流れ出ている
明るい月の光が揚州中に溢《あふ》れ
駿馬《しゅんめ》に乗ってふらりと出かけた
大金を懐《ふところ》にしてそこらに投げ捨てるように豪遊した
街の賑《にぎ》わいは若者を酔《よ》わせてしまう
贅《ぜい》を尽くした紫の衣も半《なか》ば脱げてしまった

数日して、船は揚州近くの船着き場へとたどり着く。

風は温かく、そしてしっとりと湿っている。都の男性的な荒々しい草原の風ではなく、若い娘の手のひらにくるまれているような心地よさが大地からも漂ってくるようであった。

しかし河港《かこう》の賑わいは、どこか異様な空気を伴なっていた。

「どうしたんだ」

絶海が一人の男を捕《つか》まえて訊く。

「いや、人攫《ひとさら》いが出るってんで皆で捜《さが》しているんだけどよう……」

後は麻姑山《まこさん》で起きた事件とほぼ同じだった。

若者が消え、そして老人となって戻って来る。消えたまま帰って来ない者もいる。消えた者、時の落とし穴から帰って来た者の家族は悲嘆《ひたん》にくれ、あてもなく犯人を捜し回っていた。

「おい」

港の人ごみから離れたところで、千里は懐から砂時計を取り出す。敖汕《ごうてん》から預かったその時を刻む法具《ほうぐ》の砂は、下に落ちてはいるものの途中で渦《うず》を巻くなど、異様な動きを示していた。

「あちこちでおかしくなってる」

幼い子供の泣く声が聞こえる。

千里たちはどこか切迫《せっぱく》した空気をはらみつつある揚州の城を抜け、郊外にある小さな丘陵《きゅうりょう》へと向かった。見渡す限りに広がる田園風景の中に、その小さな土盛りがあった。数丈ほどの高さしかなく、雑草で覆《おお》われている。

地図によれば、これが煬帝の陵墓《りょうぼ》であるという。

盗掘されて中にはがらくたしか残っていないぞ、と言い置いて、船頭は船へと戻って行った。船を下りた一行は陵墓の周りをぐるりと巡《めぐ》ってみる。雑草が獰猛《どうもう》なほどの勢いでその表面を覆い、じりじりと草の間から虫の声が聞こえるのみだ。

「案外と小さいんだな」

千里は、拍子抜《ひょうしぬ》けしたように呟いた。

「いくら生前大きな力をふるったとはいえ、亡国の帝ですからね。政《まつりごと》の要諦《ようてい》は続けること。どれほど派手なことをしても、続かなければそこまでです」

絶海は入り口を探して歩き回るが、無さそうであった。陵墓は王朝が続く限り、盗掘などを避けるために厳重《げんじゅう》に警護される。皇帝の陵墓に盗み入ろうとする者は当然死罪だ。

だが滅んだ王朝の皇帝たちの墓は、それほど厳重には守られない。多くの宝が眠っていることを夢見た賊《ぞく》が入り込んで、めぼしいものは持ち去られるのが常だ。

曹操《そうそう》のように七十二の偽《いつわ》りの墓を造る者もいれば、始皇帝のように土の兵士で周囲を固める者もいる。だが、生きている人間には敵《かな》わない。その多くは賊の被害に遭《あ》っていた。

「趙帰真の記録によると、一応このあたりが入り口らしい」

一行は草深く小さな陵墓の南正面で止まった。

「記録に残っているような入り口など、盗賊にも突き止められているのではないか」

「それはもちろんそうだ。盗賊の多くは煬帝自身に興味があるわけではない。その周囲にちりばめてある宝石の類さえ手に入れれば、あとは用はない」

玄冥があたりの気配を探り、拳《こぶし》で軽く地を打った。すると、千里が立っているあたりの土が盛り上がり、極彩色《ごくさいしき》に塗られた仰々《ぎょうぎょう》しい門がせり上がって来た。

門は開き、歩廊《ほろう》に沿ってひとりでに灯《あか》りがともる。

「おい玄冥、お前ここに残れ」

ふいに千里はそう命じた。

「俺が残るより、お前たち全員が残った方がいい。足手まといだ」

玄冥は冷たく言い返す。

「何言ってやがる。バソンに手も足も出なかったくせに」

「お前はその俺に敵《かな》わなかっただろうが」

千里と玄冥がにらみ合いになる。

「なあ絶海よ」

バソンは槍《やり》にもたれながら訊ねる。

「おいらとガキんちょもこんな感じだったのかい」

「ええ、ほぼ同じですね」

「おいらも子供だったんだなあ」

とバソンは顔を覆った。

「他人が同じことしていると良くわかりますよね。兄弟げんかもこれまで出来なかったのですから、思いきりやらせてあげましょうよ」

千里と玄冥が二人を睨《にら》みつけ、全部聞こえているぞ、と声を荒らげた。

結局、何が出てくるかわからないということで全員で陵墓へと潜《もぐ》ることになった。

見た目よりもはるかに大きく深い陵墓の通路は、誰かが掃《は》き清めているのではないかと思う程に美しく保たれていた。

「風山《ふうざん》のこと思い出すなぁ」

と千里は呟いた。

「あん時は本当にむかついたけどよ」

そう応じるバソンの表情は、言葉と裏腹《うらはら》に明るい。

「だってさ、気に喰わなかったんだもの」

「誰が」

「バソンがだよ。でも何が気に喰わなかったのか、今となってはよくわからない」

ぷっとバソンが噴《ふ》き出した。

「よくわからない理由であれだけつんけんされたら誰だって腹を立てる。おいらだって気に入らなかったぞ。何でそんなに偉そうなのかね、とずっと思ってた」

五嶽真形図が隠されていた風山で千里はバソンと心を通じさせることが出来ず、しかも山の試練を乗り越えた玄冥たちを待ち伏せして返り討ちにあうという、散々《さんざん》な結果に終わったのだった。

「バソンさあ、一つ訊いていいかい」

千里は、風山で蔑収《べつしゅう》に首を扼《やく》された時、バソンの鏃《やじり》が自分を狙っているような気がしていた。そしてあの時、句芒《こうぼう》がバソンを誘っていたように見えた。

「ああそうだよ。おいら、お前を殺そうと思ってた。お前が俺を人間に見ていないのはわかっていた。どれだけ力の差を見せつけても、欠片《かけら》も敬意を見せねえ。そんな奴が旅の仲間の中にいたら、おいらたち皆が危ない目に遭っちまう」

だから鏃は最初千里を向いていた、と言う。

「でもさ、あそこで気に入らないからって、敵の手に押さえつけられてるお前を撃《う》っちまったら、俺はあの時のお前以下の最低ヤロウだなって思ったのさ。だから撃たなかった」

「ふうん……」

大人しく千里は聞いている。

「ま、あんな程度で敵と一緒に旅の道連れを射《い》ようとするおいらも若かったってことよ」

バソンはそう言って、千里の肩をばしばしと叩いた。千里はことさら顎《あご》を上げて無視しているものの、摑みかかることもしなければ反論もしない。

「そんなしおらしいのは似合わねえっての！　誰にも減らず口《ぐち》叩いて痛い目に遭ってるお前を見てるのが楽しいんだからよ」

と言われてようやく千里はバソンに飛びかかる。狭い歩廊《ほろう》でどたんばたんと取っ組み合いが始まる。玄冥は呆《あき》れ果てて足を止めず、先へと進む。絶海はその傍《かたわ》らを歩いていた。

「バソンさん、千里さまが玄冥さんと仲がいいものだからやきもちを焼いてるんですね」

と絶海が言ったものだから、玄冥は露骨《ろこつ》に嫌な顔をした。

「俺が千里と仲良くするなどあり得ない話だ」

「千里さまもバソンさんと知り合った頃、同じことを言っていましたよ」

「どの道千里とは決着をつけなければならん。あいつが身に付けた不射《ふしゃ》之《の》射《しゃ》以上の力を得て、五嶽真形図の器としてわが父共工の帝国をこの天地に新たに開くのだ」

そう言って玄冥は拳を握りしめた。

「ともかく、じゃれあっている馬鹿どもを何とかしろ。俺は急いでいるのだ」

絶海は苦笑を浮かべて戻り、千里たちの間に割って入った。

「何だよ千里おい、全然強くなってねえじゃねえか」

バソンはせせら笑う。

「お前みたいにズルしてないからだ！」

と千里は言い返す。バソンはしばらく天井を向いて考えていたが、やがてにっと笑ってそれもそうだと納得した。

「おいら八年も時の落とし穴にはまって、その間もずっと鍛《きた》え続けていたんだからな。おいらとお前じゃ元々おいらの方が強かったのに、もっと差がついちまった」

千里の額を指ではじくと、バソンは哄笑《こうしょう》した。

「これで時の狂いが元に戻らなかったら、もうお前はおいらに追いつけねえかもな」

「そんなことない。ぼくは知ってるんだ。修行は長さじゃない！」

「弱い奴が言っても説得力ねえよ」

けらけらと笑うバソンの後を、千里は追いかけ回した。

「バソンさん、やっぱり千里さんと遊んでいる時が一番楽しそうですね」

「ばかの種類が似てるんだろ」

と玄冥が吐き捨てる。二人が歩廊の半ばまで至った時、その姿が不意に消えた。

「罠《わな》か！」

慌てて駆け寄った絶海は、二人が消えたあたりの壁をあらためる。

「落とし穴があるわけでもなさそうだ」

そして後ろから近づいて来る玄冥を振り返った絶海は、目前で玄冥の姿が霞《かす》むのを見て目を瞠《みは》った。

「げ、玄冥さん！」

「ここも時の足跡が……？」

と叫びかけた玄冥に向かって伸ばした絶海の手が届くことはなかった。絶海は煬帝の陵墓に築かれた歩廊の中で、孤立してしまった。

（もしやこれも道士さまを陥《おとしい》れた者どもの張った罠《わな》だとしたら……）

絶海は久しぶりに、一人になった心細さに襲われることになった。

四

何かの気配を背後に感じて、千里は振り返る。

しかし誰もいない。周囲の光景は何も変わらない。広々とした煬帝の陵墓の中は、どこから光が入っているのか薄明るく、足下の石畳の苔《こけ》で滑ることもない。

薄明かりの向こうは闇となって見えず、また来た方を見ても同じである。ただ、先ほどまでいた旅の友たちの姿が消えていた。心細さに耐えながら、周囲の気配を探る。

湿った空気で満たされた陵墓の闇の中でも、千里は辛《かろ》うじて取り乱さずにすんでいた。

（空翼……）

雪形と共に現れた少女のことを思い浮かべると、何故か心が安らいだ。なのに考えれば考えるほどに、胸の奥が少女の手に摑まれたように痛む。

「何だってんだよ、全く！」

苛立って地団駄《じだんだ》を踏んでいるうちに、寂しさと恐ろしさが消えていく。落ち着きを取り戻した千里は仲間たちの気配を感じようと心気を凝らす。さして大きくない陵墓である。他の場所に飛ばされたとしても、遠くに行っていないはずだ。

「みんな無事だ……」

それだけで千里の心は大いに安らいだ。

絶海の気配、バソンの気配、玄冥の気配、普段は近くで感じていると眩《まぶし》さを覚えるほどの巨大な三つの気が心強さを与えてくれる。だが奇妙でもあった。

三人は散らばっているだけでなく、東と思えば北、かと思えば南とあちこちに場所を変える。しかも猛烈な速度で止まることがない。

（これが相手の術なのか？）

とも思うが、千里自身は通路の中で一人静かに取り残されているばかりだ。眩惑《げんわく》の術をかけられているのかも知れない、と慎重になりつつ先へと進む。

気配の異様な動きが相手の術だとすれば、他の三人も陵墓の奥へと進んでいるはずだ。代わり映えのしない光景の中をしばらく進むと、小さな鉄の扉が通路にしつらえてあった。

罠を警戒しながら慎重な手つきで開ける。

鍵《かぎ》もなく、罠もない。いささか拍子抜けした気分で扉を通る。通った先も、通る前と全く同じ光景であった。

果てなく続く陵墓の歩廊をひた走る。薄明かりの光源は近づいているのか遠ざかっているのかすら定《さだ》かではない。仲間たちの気配も相変わらず明滅しているように感じられる。

「また……」

鉄の扉があった。今度はためらいなく開けて先へと進む。

走る。何度か繰り返すと、初めて曲がり角が見えた。

「千里、遅いぞ。行こうぜ」

二叉槍《にしゃそう》にもたれて待っていたバソンが、呆れたように言った。槍を担《かつ》ぐと、今度は先ほどよりもゆっくりとした歩調で歩きだす。

「なあバソン、ここおかしくないか？」

「そりゃおかしいよ。風山《ふうざん》と同じ怪しい匂いがぷんぷんすらあ」


図の隠されていた江南の聖地では、己の未熟さをあらわにしてしまった。今思い出しても恥ずかしいが、忘れられないことが一つある。

「風山ではぼくを狙ったよな」

千里はしばらく迷った末に訊ねた。

「ああそうだよ。おいら、お前を殺そうと思ってた。お前が俺を人間に見ていないのはわかっていた。どれだけ力の差を見せつけても、欠片《かけら》も敬意を見せねえ。そんな奴が旅の仲間の中にいたら、おいらたち皆が危ない目に遭っちまう」

だから鏃は最初千里を向いていた、とバソンは悪びれずに答える。

「でもさ、あそこで気に入らないからって、敵の手に押さえつけられてるお前を撃っちまったら、俺はあの時のお前以下の最低ヤロウだなって思ったのさ。だから撃たなかった」

「ふうん……」

大人しく千里は聞いている。腹が立つことを言われている筈《はず》なのに、不思議と怒りは湧《わ》いて来なかった。むしろ、バソンがあっさりと認めたことに驚いていた。

「別に悪いとも思っていないけどさ、あんな程度で敵と一緒に旅の道連れを射ようとするおいらも若かったたってことよ」

バソンはそう言って、千里の肩をばしばしと叩いた。千里はことさら顎を上げて無視しているものの、摑みかかることもしなければ反論もしない。

「そんなしおらしいのは似合わねえっての！　誰にも減らず口叩いて痛い目に遭ってるお前を見てるのが楽しいんだからよ」

と言われてようやく千里はバソンに飛びかかる。狭い歩廊でどたんばたんと取っ組み合いが始まる。

玄冥は呆れ果てて足も止めず、先へと進んだ。絶海はその傍らを歩いている。

「バソンさん、千里さまが玄冥さんと仲がいいものだからやきもちを焼いてるんですね」

と絶海が言ったものだから、玄冥は露骨に嫌な顔をした。

「俺が千里と仲良くするなどあり得ない話だ」

「千里さまもバソンさんと知り合った頃、同じことを言っていましたよ」

「どの道千里とは決着をつけなければならん。あいつが身に付けた不射之射以上の力を得て、五嶽真形図の器としてわが父共工の帝国をこの天地に新たに開くのだ」

そう言って玄冥は拳《こぶし》を握りしめた。

「ばかばかしい。行くぞ」

玄冥はそっぽを向いて先に歩きだす。

「あ、固まって動いた方が……」

と言いかけた絶海の前で玄冥の影が消えた。

「千里さま、バソンさん！」

取っ組みあっていた二人が慌てて玄冥の消えたあたりに走る。すると二人の姿も消える。絶海は陵墓の通路で一人取り残されてしまった。

一つ大きく深呼吸して気配を探る。

さして大きくない陵墓である。千里たちが他の場所に飛ばされたとしても、遠くには行っていないはずだ。

「良かった、皆さん無事でいる……」

それだけで絶海の心は大いに安らいだ。

千里の気配、バソンの気配、玄冥の気配、普段は近くで感じていると眩さを覚えるほどの巨大な三つの気が心強さを与えてくれる。だが奇妙でもあった。

三人は散らばっているだけでなく、東と思えば北、かと思えば南とあちこちに場所を変える。しかも猛烈な速度で止まることがない。

相手の目くらましにかかっているのではないかと心配しながら先へと進む。すると、道が塞《ふさ》がっており、精巧《せいこう》な浮彫を施した小さな鉄の扉があった。用心しながら開き、その先へと進む。

扉は次から次へと現れる。

通り抜けるたびに体が軽くなるような気がして、絶海は速度を上げる。体が汗ばんでくる。最近ではよほどの相手と手合わせしなければ汗もかかないほど体力はついた。

（そんなに走ったかな？）

ふと首を傾《かし》げながら次の扉を開くと、そこには千里が手持《ても》ち無沙汰《ぶさた》に立っていた。

バソンと玄冥もどこかぼんやりとした表情で壁にもたれている。

「何をしているのです。早く人参果を探しに行かないと」

絶海が声をかけると、千里たちははっと気付いたように頷いた。

「ぼやぼやしている暇はないよな。行こうぜ」

バソンが槍を振り回して先を歩く。その広い背中に、千里が風山での出来事を訊ねていた。今よりさらに可愛くない性格だった千里に、皆が愛想を尽かしかけた時のことだ。

バソンが何か気に食わないことを言ったのか、二人は取っ組み合いを始めている。

すると不意《ふい》に、二人の姿がかき消えた。

「千里さま、バソンさん！」

絶海は叫んで後を追おうとする。しかし背後から強い力で引っ張られた。

「玄冥さん、千里さまたちが」

「そんなことは見ればわかる」

玄冥はどういうわけか絶海に、離れるなと命じた。

「何故です？」

「おかしいと思わんか。俺たちは一緒にこの煬帝陵に入った。入って何もない平穏な歩廊を歩いていたはずだな」

「それはそうですが……」

「では何故、貴様のように鍛えこんでいる男がこれしき歩いただけで大汗をかいているのだ」

手の甲を額に当て、汗の感触に絶海は驚く。

「確か私は皆さんのいる所に走り込んで来て……」

「どこからだ」

それがわからない。

「何かがおかしい。だが何がおかしいのかがわからん」

玄冥は千里によく似た横顔を傾けて考え込んでいる。

「おかしいことはおかしいですが、我らは先を急がねばなりません」

そう言う絶海の後にぴたりと玄冥はついている。絶海は玄冥が後れをとるとも思えず、気にせず全力で走り出す。とにかく先を急がねばならない。だが後ろからは奇妙な音がした。石と石がこすりあわされるような、妙な音である。振り向くと、玄冥が剣を抜き、引きずるようにして走っている。

「玄冥さん？」

「気にするな。前を向いていろ」

扉を抜ける。また走る。何度も繰り返す。

先へ進むたびに心が軽くなる不思議な感覚だ。絶海は流れる汗を風に散らしながら、いくつめかもわからない扉を開いた。

誰もいない陵墓の通路に、絶海と玄冥は立っている。

「あれ？　お二人は。それにどうして玄冥さんは抜き身の剣を持っているのです」

「……さあな」

玄冥は険しい顔をして立ちすくんでいる。

「どうされたのです？」

「いや、あいつらは放っておいて人参果を取りに……」

そう玄冥が言いかけた刹那《せつな》、絶海にぶつかるようにして千里たちが駆け込んで来た。

「お前ら何やってんだよ。さっさと行くぞ！」

勇ましい声を上げて千里とバソンが先へと進もうとする。

「なあバソン、風山では……」

二人が何やら前の旅のことを話し始めた。そこで玄冥が大きな声で、待て、と声をかけた。一同は立ち止まり、不機嫌極まりない顔で動かない玄冥に顔を向ける。

「早く先を急がないと」

「先を？　この先に道があるのか」

玄冥が地面を指さす。薄暗い中にもくっきりと、通路の石畳に線が刻まれている。それは彼らの行く道に続いて闇の中に消え、そして玄冥の後ろにも延々と続いている。

「これがどうかしたのですか？」

「俺たちは人参果を求めて煬帝の陵墓に入ったばかりだ。なのに何故、俺の剣で刻んだ痕《あと》が目の前にある」

　そして玄冥は絶海を指さし、その汗は何だと訊ねた。

　外は江南の温かさであったが、絶海は己の衣が鍛錬前に嵩山《すうざん》諸峰を走った時のようにしとどに濡《ぬ》れていることに気付いた。

「それに千里、バソン、お前たちの顔、お互いによく見てみろ」

　二人は顔を見合わせて噴《ふ》き出す。何度も殴り合いをしたかのように、傷だらけになっているのである。

「この陵墓に入る前、お前たちは喧嘩をしていたか？」

「……していないな」

　千里とバソンも顔を見合わせて異変に気付く。

「でも俺たちはここに入ったばかりだぜ」

「確かにおかしい。ぼくたちが気付いていない所で、何か罠にはめられているのかもしれない」

　バソンはどうにも納得できない、といった風に顔を振ったが、千里は目を見開いて四方を睨《にら》み、考え込んだ。

「理解出来ようが出来まいが、形に残っていることに真実を語らせるしかない。俺とてこの先に行った記憶はないが、この繋がった線とお前たちの顔、そして絶海の汗の量を見てようやくわかった」

堂々巡《めぐ》りを強いられている、そう玄冥は結論付けた。

「それもただ同じところを回されているのではない。頭の中の時まで巻き戻っている」

「バカも休み休み言えよ」

とバソンは顔をしかめるが、絶海は首筋に冷や汗が流れていくのを感じていた。

「……我々が相手にしている者を考えれば、あり得ないことではありません」

そこまで言われても、二人はやはり首を捻《ひね》るばかりだ。

「玄冥、お前の頭の方がおかしくなったってことはないのか？」

千里は用心深げに訊ねる。

「俺は時の足跡に落ち込んで六年、それでも正気《しようき》を失うことはなかった。己の精神を俺は信じている。お前たちが信じるかどうかは好きにしろ」

「玄冥よ、お前の推測が当たっているとして、このまま前に進んでも元に戻る、じゃあ後ろに進んでみればいいんじゃないのか？」

「この通路の仕掛けは、扉を進むごとに時間が少しずつ巻き戻るようになっていると考えられる。つまり前後どちらに進もうが、結局ここに戻って来る。これから人参果を取りに行くぞ、という始めの一点を永遠に繰り返すことになるんだ」

「永遠に？」

千里は不安そうな表情を浮かべる。玄冥は険しい表情で、そうだ、と頷いた。

「でもさ、玄冥は一度落ちた時の足跡から脱出出来たんだろ？」

「いや脱出した、というより何とか飛び降りた、という方が正しい。ここは俺が落ち込んだ時の袋小路と似ているが、精神にも作用する点と、延々と循環している点で異なっている」

玄冥は石畳に易々《やすやす》と綺麗《きれい》な円を描いた。

「明らかに、この陵墓の奥を荒らそうとする者たちを殺そうとする罠だ。この罠にはまった者たちは永久に、入り口を潜《くぐ》ったばかりの感情に戻されて意気揚々《いきようよう》と先へ進むわけだからな。万が一気付いたとしても、その時には円環の中で抜け出せず絶望するという寸法だ」

千里は壁にもたれて腰を落とし、動揺を抑《おさ》えようと顔をごしごしとこすった。

「くそったれ！」

バソンは槍を振るって壁を突き崩そうとするが、まるで歯が立たない。

「やめておけ。ここが時の円環なのだとしたら、崩すことで何が起こるかわからない」

玄冥はバソンを止めつつ自らが描いた円を見下ろしながら、小さくため息をついた。千里たちもその周りに集まって思案にくれる。

「おい千里、砂時計を見てみろ」

バソンに言われて懐《ふところ》から取り出す。その砂の動きを見て、千里は驚愕した。

大地の力に引かれて下に落ちているはずの砂が、落ち切らないでまた上の砂室へと戻っていく。球を描いてくるくると回り、下へと溜《た》まっていかない。その様《さま》は奇妙で、どこか美しい光景だった。

「風船みたい」

千里は砂時計を小さく振りながらそう呟いた。

「ぱちんと割れたらいいんだがなあ」

バソンも槍の石突《いしづき》で玄冥の描いた円をつつく。

「この砂が時の流れなのだとしたら、外に解放してやりたいものですね」

絶海がつぶやくと、

「そうか、入れ物を割ればいいのか」

千里と玄冥が同時に声を上げる。千里はバソンの槍を奪うと、力いっぱい壁に突き立てた。しかし壁はわずかにうねるのみで、柔《やわ》らかく穂先を撥《は》ね返す。何度突こうと薙《な》ごうと、結果は変わらなかった。

「愚《おろ》か者が。力ずくで破れるような罠ではない」

「ではどうやって？」

嘲笑を浮かべている玄冥に絶海が訊ねると、彼は不意に魂魄《こんぱく》を一部こちらに寄越せと言いだした。

「何を言ってるんだ」

「こんなところで喧嘩をおっぱじめようってのか」

千里とバソンは呆れたように肩をすくめた。

「早とちりするな愚か者。我らは互いの魂魄を融通し合うことが出来る。千里に羽眠《うみん》の魂魄が与えられているのは知っているだろう。お前らの魂魄を俺に集め、一撃に全ての力を込めてこの時の歪《ゆが》みを破る」

「だけどおいら達には出来ないんだろ？　千里はあちらのおふくろさんとの子だから出来たんだろうけれど」

とバソンは反論する。激しく舌打ちした玄冥だったが、しばらくして意を決したように口を開いた。

「俺の魂魄を少し分けてやる」

「出来るのか？」

「お前たちが受け入れればな」

と言う玄冥の表情が一番嫌悪《けんお》に満ちていた。

「いやそうじゃねえか」

「嬉しいわけないだろうが。お前らのような下賤《げせん》な者に俺の鍛え上げた魂《たましい》を分けてやるなど、こういう状況でもなければ絶対にお断りだ」

「そんないやそうに言うんなら終わったら返してやるよ」

「その態度、何だかんだ言っても兄弟ですね」

バソンと絶海も負けじと言い返す。

「こっちに飛び火させんな」

千里が絶海の尻を蹴飛《けと》ばした。

玄冥はふん、と鼻を鳴らしつつも、ともかくやるぞ、と己の胸の中に腕を突き入れる。

苦痛の叫びが玄冥の口から流れ出す。

千里たちは固唾《かたず》を呑んでその様を見つめていることしか出来ない。腕が引き出され、その手には三つの蒼《あお》く光る球体が握《にぎ》られていた。

「ありがたく受け取れ！」

千里たちの体に当たった光球は、空《むな》しく地面に落ちる。慌《あわ》てて受け取った絶海は、瞼《まぶた》を閉じて気を落ち着けると、自らの胸の前で抱く。球は絶海の体へと吸い込まれ、やがて光は収まった。

「受け入れましょう。千里さまの魂魄とさほどの違いはありません」

絶海は促《うなが》すが、

「別にやってもいいけどさ、こいつも可愛くないんだよ」

「〝も〟は余計だろ」

千里は今度はバソンの尻を蹴飛ばした。玄冥は憎々《にくにく》しげな顔つきをことさらに作って二人を睨みつけている。だが絶海はいちはやく取り込んだ玄冥の魂魄が、思った以上に己の魂魄に合っている感覚に驚いていた。

(千里さまと長くいたせいか、馴染《なじ》んでいる)

であれば、千里もバソンも受け入れられるはず。あの憎たらしい態度は千里と同じく表面的なものに過ぎない。玄冥とて、親と仲間を何よりも大切にしているからこその刺々《とげとげ》しさなのだと絶海は理解したからこそ、その魂魄を受け入れたのだ。

(驚いた。これが魂魄を共有するということか……)

絶海は己の目で見ながら、玄冥たち三人の視線をも感じていた。そしてその心の動きでさえも、自らの心のようにわかる。当惑すらも、そうであった。

「よし、絶海は繫がったな。千里とバソンもわが魂魄を受け入れ、貴様たちの魂魄の力をこちらに流せ」

玄冥はそう命じる。すぐに心気《しんき》を凝《こ》らし、言葉の通りにしようとする絶海に対して、千里とバソンは不愉快そうな顔をしているのみであった。

「何をしている」

一方の不愉快さは他方の苛立ちを呼んで、三人はにらみ合いになった。

「我《が》を張っている場合か！」

玄冥は一喝するが、

「協力させたいならもうちょっと上手《うま》くやれよ」

と千里は怒鳴り返す。

「貴様に言われたくないな」

「お前にもな！」

それでもバソンはまだ大人で、

「折角玄冥が自分の魂魄を分けてくれたんだ。取り出す時の苦しそうな顔を見たろ？横柄《おうへい》な奴だけど、本気は見たぜ」

と玄冥の魂魄を自らに取り込んでゆく。

千里はまだ腕を組んで、傲然《ごうぜん》と拒否の意思を示している。絶海は玄冥と千里の心の間に、巨大な壁が急速に出来あがっていく情景を見た。互いに越えることを拒《こば》む精神の城壁である。これには絶海も辟易《へきえき》した。

（折角《せっかく》方策が見つかったというのにこれでは……）

だが絶海は左右に繋がった兄弟の魂魄に同じ種類の心の動きがあることに気付いた。隣のバソンを見ると、気付いた様子はない。

「千里さ……」

と声をかけかけて、いま思いついたことを言うのは逆効果になりかねない、と口をつぐむ。その代わり、己の意思を玄冥に伝えようと試みた。

(何だこんな時に)

(苛立っているようですが、私は拒まれませんでしたね)

それどころか、絶海が策を持ってくるのを待っていたようにすら思えるほどに、玄冥の魂魄は明るく瞬《またた》いた。それは千里やバソンが気付けないほどに、一瞬のものであった。

(それで)

先を促す玄冥の意識に出来るだけ近づき、囁《ささや》く。絶海は一言だけ囁《ささや》きかけると、するすると意識を元に戻した。玄冥と千里の間に築かれた城壁は、田舎の州城から、長安の壮大なものへと育ちつつあった。

だが玄冥側の城壁の向こうから、微《かす》かな声が一度聞こえた。絶海は壁を築くのに懸命な千里の意識に働きかけ、その声に注意を向けさせる。

しばらくして、城壁の一角に小さな穴が穿《うが》たれたかと思うと一気に崩《くず》れ去った。

「最初からそう一言いえばいいじゃん」

千里は鼻の穴を広げると、すたすたと歩いて玄冥の魂魄を拾い上げる。そして丁重な手つきで、自らの中へと取り込んだ。

「これで四人が繋がりました」

絶海は円の中心にいる。前に玄冥、斜《なな》め後ろに千里とバソンが立っている。四人は玄冥の魂魄と絶海の繋ぐ力を介して一体となっていく。

「時の円環を崩すのです。慎重に」

「わかっている」

先ほどの苛立ちが嘘のように、玄冥の気配は落ち着きを取り戻していた。この罠を噛《か》み破らなければならないことは、千里もバソンも理解している。わだかまりが消えれば、後はやるだけだ。

絶海は奔流《ほんりゅう》のように流れ込んでくる二人の力を、玄冥へと流し込む。

(繋ぐだけでこれほどの圧力があるのか!)

絶海が思わず膝《ひざ》をつきそうになるほど、その力は強烈であった。受け止める玄冥は微動だにせず、その力を貯《た》め込んでいく。時の落とし穴に落ちた六年は玄冥の外力だけでなく、内なる力も大幅に強めているようだった。

力の奔流を受け止めても微動だにしない玄冥の魂魄は、大きさを増すだけでなく色すら変じ始めた。肉眼でも、やがて意識ですらも捉えられないほどの光を放ち始める。

蓄積していく力が密度を増し、出口を求めている。

「この円環、叩き割るぞ！」

玄冥が剣を抜く。

毒の気を帯びた蛇《へび》が巨大な青龍《せいりゅう》へと変わり、剣から立ち上がって咆哮《ほうこう》を上げる。

「行けえっ！」

剣を持ちかえた玄冥が床に剣先を思い切り突き刺すと、通路ごと破壊する衝撃が前方へと走っていく。闇の中へと消えた轟音《ごうおん》は、やがて後ろからも聞こえて来た。

「おい！」

バソンが悲鳴に似た声を上げる。

「逃げるな！　この歪《ゆが》んだ時は、俺たちにも巻きついているんだ！」

通路が崩落する恐ろしい音が風の速さを伴なって一行を包み、そして濛々《もうもう》たる土埃《つちけむり》の中に全てを覆い隠した。

やがて埃《ほこり》が収まり、四つの小山がもぞもぞと動き出す。

豪快なくしゃみを連発して、バソンが顔を出す。続いて残りの三人も埃を払って立ち上がった。

「いてて……。ケツを割られるかと思ったよ」

バソンは尻のあたりを撫《な》でて無事を確かめている。通路は無くなり、一行のすぐ前に陵墓の玄室《げんしつ》にあたる小さな部屋が見えていた。

薄明かりの源《みなもと》はそこであるらしく、先ほどから何度もくぐり抜けた浮彫《うきぼり》を施した鉄の扉がわずかに開いて誘っているようでもある。

だが入った先には通路が続いているわけではなく、ただ普通に巨石で囲まれた小部屋が一つあるばかりである。

「なんだよ、こんなに近かったのか。ぼくたちは本当に同じ場所をぐるぐるとねずみのように回っていただけなんだな」

千里は土埃《つちぼこり》を一つかみ拾い上げ、地面に叩きつけた。

「時を使った罠か……。小癪《こしやく》なことをする」

玄冥が一足先に部屋に入っていった。

「なあ坊さん」

バソンが絶海に訊ねる。玄冥に何と言ってあの城壁を壊させたのか、と。

「一言頼むと言えばいい、とだけ言いました。あの二人、互いにやるべきことが分かっているくせに意地ばかりはって自縄自縛《じじようじばく》に陥っていましたからね」

やるじゃん、とバソンは絶海の肩をばしばし叩いた。

五

その小部屋は、趙帰真の庵《いおり》に似ていた。壁一面には精細な筆致で無数の神仙、仏尊が描かれており、宝貝《ほうばい》、神具らしきものもいくつか落ちている。絶海は室内を見回した後、まだ描かれてそれほど時間の経っていない壁画に触《ふ》れ、生々《なまなま》しい人の気配を感じ取っていた。

そして部屋の中には、嬰児《えいじ》の死体に似た物が落ちていた。

玄冥が無造作《むぞうさ》に拾い上げたそれを、千里は気味悪そうに見ている。

「これが人参果、なのか？」

丁度腰斬《ようざん》された遺体がうつ伏せに転がっている姿に似ていた。

「間違いないだろう」

玄冥が手に取る。植物であることを示すように、その果実には根の断片や繊毛《せんもう》が残り、近くで見れば根菜の類であることは見て取れる。だがその姿形があまりにも人に近すぎた。

「気持ち悪いな」

目を逸《そ》らす千里の前に、玄冥は人参果をぶら下げる。

「やめろって」

「戦場に出ればこんなもん山ほど目にすることになる。両断され、砕《くだ》かれた死体で埋め尽くされているのだ。刑場で首を斬《き》られるなど、相当こぎれいな死に方だな」

「今は戦場じゃないだろ」

千里はくちびるを尖《とが》らせる。

「俺にしたらここは敵地だ。戦場と変わりない。そうだろ、吐蕃人《とばんじん》」

「仕方のない時は殺すが、気持ちよく殺してるわけじゃねえぞ」

バソンは話を振られて顔をしかめた。

玄冥はこの人参果をじっと見つめていた。絶海はその瞳の色に危険なものを感じて思わず声をかける。折角手に入れた宝を我がものにしようとしている、そう感じたのだ。

「わかっている。お前が考えているような見苦しい真似はしない」

「失礼だとは思いましたが」

「もし人参果が我らの天地にあり、千里が今の俺と同じ気配を出したら何も言わず斬り捨てているだろう。俺もまだまだ未熟だ」

絶海は玄冥の中に、千里と同じ気の流れを見ていた。

輝いているようで暗く、偏屈《へんくつ》なようでどこか素直なところもあり、疎《うと》ましい高慢さがあると思えば、つい構《かま》ってやりたくなるような繊細さを見せることがある。

(元は双子なのだから当たり前なのだろうが、兄弟というのは良いものだな)

家族、というものを一人も持たない絶海は、千里やバソンのそういった姿を見るたびに、わずかな胸の痛みを感じる。自分を産んでくれた母はどのような顔をしていたのか。父はどのような人物だったのか。

紅葉《こうよう》のように美しい女性だったのか、ピキのように元気の良い少女だったのか、高承簡《しょうかん》のように勇ましい武将だったのか、はたまた共工のような王だったのか……。

両親のぬくもりを夢に見ることは時折あって、その度《たび》に飛び起きるが、目が醒《さ》めた時にはその記憶は消え去っていた。

「何をぼんやりしている」

玄冥が絶海に人参果を突き出している。

「お前が持っていろ」

俺に渡せよ、と言う千里を無視して、玄冥はまっすぐに絶海を見ていた。

「お前が羨《うらや》ましいと思っているものは、思う程《ほど》素晴らしいものではない」

千里には聞こえないように、玄冥は小さな声で付け加えた。

人参果を頭陀袋《ずだぶくろ》に入れて担《かつ》いだ絶海は、それが人のように温かみを持っていることに気付いた。つくづく不気味な代物《しろもの》である。

「それにしてもこの人参果、これで完全なものなのですか」

絶海は聞いていた物と形が違うことに、一抹《いちまつ》の不安を覚えていた。

「ま、古い伝説の逸品だけに、伝えられているものと形が多少違っていても仕方ないんじゃないか」

と千里とバソンは楽観的だ。玄冥は能天気な二人の言葉を聞いても何も言わず黙って陵墓の出口を目指し、絶海もこの人参果で正解なのかは自信が持てず黙って歩《ほ》を進める。

「行きは大変だったが、帰りは一本道だな」

玄冥はそれだけを口にした。

「人参果を手に入れようとする者が現れることを見越したような仕掛けだったな」

「ええ……そう言えば」

絶海と玄冥は並んで歩き、少し遅れて千里とバソンが何やらじゃれあいながらついてくる。目的が果たせた安心感からか、千里たちの声は明るかった。

「おめでたい連中だ。これからが本当の勝負だというのに」

「玄冥さんもそう思われますか」

「人参果は伝承によると人と同じ形をしているはずだ。だが今俺たちが手に入れたのは下半身のみ。上半身にあたる部分を探して見たが、陵墓内の他の部屋は空《から》だった」

玄冥は絶海の肩に触れた。

その意識が己の内側に繋がるのを、絶海は感じた。

(直前まで誰かがいた気配があった。気付いたか)

(いえ……)

人参果が切り取られたものだとしたら、誰が切り取ったのか。だが絶海は陵墓の中で自分たち以外の気配を感じ取ることは出来なかった。

(気のせいでは?)

(だといいが)

絶海も念のため周囲を警戒していたが、陵墓を出るまでの間、彼らに襲撃をかけてくる者はおろか、監視されている気配すら感じることはなかった。

第四章　扉を開く者

一

長安城《ちょうあんじょう》の外れにある罪人墓場のさらに北、趙帰真《ちょうきしん》が秘《ひそ》かに設《しつら》えていた庵《あん》に帰り着いた一行は、人参果《にんじんか》を敖汕に手渡した。だが龍の子は、

「おお、見事に人参果を手に入れることが出来たのだな。これでわが主も……」

と喜びかけたが、差し出された人参果を見て途中で言葉を止めた。

「これで全部か？」

「ええ。陵墓《りょうぼ》内にあったのはこれだけです」

絶海《ぜっかい》が答える。

「人参果は人の五体を以《も》って一つの実となる。このように下肢《かし》だけでは完全とは言えぬ」

「これしかないもんは仕方がないじゃないか」

そう言って千里はくちびるを尖らせた。

「ううむ……お前たちもしばらく休むがよい」

しばらく瞼《まぶた》を閉じて考え込んでいた敖汕であったが、それだけ言って雲に乗ると眠ってしまった。

「休むってどこでだよ。派手派手しいけど狭い小屋だぞ」

千里がぶつぶつ言っていると、仏尊やら法具で埋め尽くされた壁の一部が、扉の取っ手のようになっていた。摑《つか》んで引いてみると、滑《なめ》らかに開く。中には柔らかそうな錦《にしき》の布団が敷き詰められた寝床が、きっちり人数分置いてあった。

「おっちゃん、どこかで見てるんじゃねえの」

バソンが感嘆《かんたん》するほどの用意の良さであった。

ともあれ、久々にまともな休息を取った千里たちも夜に入って起き出し、同じく目覚めた敖汕は彼らについてくるよう命じた。

あれだけ苦労して、完全なものを手に入れられなかったのか、という落胆が一行の表情に浮かんでいる。敖汕も彼らの労をねぎらうどころか、半分しか持ってこなかったことにがっかりしているようだった。

煬帝《ようだい》陵のある江南《こうなん》の温かで湿った風とは打って変わって、乾いて冷涼な夜風が柳の枝を鳴らしている。

「また妙な仕掛けはカンベンだぞ」

千里は敖汕の長い尾に向かって声をかけるが、龍は応《こた》えない。

「臆病者《おくびょう》め。ここまで来たらどんな術も破ってやる」

玄冥《げんめい》は腰が引け気味の千里を見て鼻を鳴らし、ずんずんと先に進む。

そして彼らが連れて来られたのは、先代の皇帝文宗《ぶんそう》の陵墓であった。

「こんな所入っていいのかよ……」

官の世界を知っている千里は腰が引ける。

文宗の陵墓は章 陵《しょうりょう》と呼ばれ、長安から北東およそ十三里ほど行った富平県《ふへいけん》にある。

山並みの中にある美しい二つの隆起、天乳山《てんにゅうざん》の山中にあり、山並みをそのまま陵墓として使用していた。南北二里、東西一里に及ぶ巨大なもので、宦官《かんがん》に監禁されていた皇帝としては豪奢《ごうしゃ》に葬られている。

もちろん、亡国の煬帝とは違って警備兵が周りを固め、装飾も色鮮やかで美しい。四方を巡ると、朱雀《すざく》、玄武《げんぶ》、青龍、白虎《びゃっこ》の四門が設けられ、神獣《しんじゅう》、文武百官の石彫りが陵墓全体を囲んでいた。

「ここは王朝にとって聖なる土地だが、厳重な警戒がなされているようでいて、実は隙《すき》も大きい。隠れるには向いている。わが主の遺体は命《めい》によってここに隠した」

「では俺たちが墓場で見たのはやはり……」

「趙帰真さまは鼻の利《き》くお前たちのために、自らの匂いをつけた木人形に術をかけ、私に命じて埋めさせたのだ」

「いかにもあのおっさんが考えそうなこった。坊さん、警護は陵墓全体でどれくらいいるかわかるかい」

バソンの言葉を受けて絶海が警備隊の気配を探る。

確かに人数はいる。数十人の気配が、陵墓の周囲を固めていた。だが先帝の墓を暴《あば》きにくる不届き者はさすがに少ないと見えて、そこに緊張感はない。

敖汕は警備兵の間を悠々と飛び越え、陵墓の玄武門を開いて中へと入った。一行も皆気配を消し、中へと潜入《せんにゅう》する。荒らされた様子もなく壁に囲まれている以外は宮殿の趣《おもむき》が残っている。

「死人のために豪勢なもんだ」

巨大な墳墓《ふんぼ》を見慣れないバソンは感心したように人工の山を見上げる。

「皇帝の墓ってこうなってるんだ」

千里はおっかなびっくりで、それでいて興味深そうに見回している。

「お前も皇帝とかいうのになると、こういう立派な墓を建ててもらえるのか？」

バソンの問いには、首を傾《かし》げただけで答えなかった。

「趙帰真を復活させることと先帝陛下の墓と何の関係があるんだ」

と千里は敖汕に訊《たず》ねる。

「わが主は私に命じた。ここがもっとも安眠出来る場所である。人参果を手に入れたら、ここへ来てくれと」

陵墓の中は深い闇に包まれていたが、敖汕が口から微《かす》かにのぞかせる炎で陵墓内を照らしていた。

「煬帝の墓とはえらく違うなぁ」

とバソンは感心することしきりである。

「そりゃ、今の王朝と滅《ほろ》んだ王朝とは違うよ。皇帝陛下は天下の主《ぬし》だもん」

千里は胸を張る。

「でも今の皇帝の血統だって、いずれ絶えるんだよな」

「まあそういうことになるな。これまでだって危ない時は何度かあったみたいだけど」

「だったらこんなでかい墓を造らなきゃいいのに。高原では誰であろうが風に葬《ほうむ》ってもらって天に還《かえ》るんだぜ」

千里は風葬《ふうそう》の様を聞いて、わずかに顔をしかめた。

「ま、世間も色々だからよ」

その顔を見てもバソンは気を悪くしなかったし、千里もそれ以上異民族の風習について評することもなかった。

「仲良くなったものだな」

と敖汕は感心したように髯《ひげ》を撫《な》でた。

「別にそんなこともねえけどさ」

バソンも千里も顔を一度突き合わせただけで、すぐに離れる。

「今は喧嘩《けんか》してる時じゃねえってことが、お互いわかる程度には成長したのさ」

とバソンは笑った。

王朝は違えども、陵墓内部の造り自体は良く似ていた。そして文宗の陵墓は煬帝のそれと比べれば華やかなものであったが、仰々《ぎょうぎょう》しい仕掛けは一切なかった。

「もともと文宗はそれほど力のある皇帝ではなかった。宦官の力に翻弄《ほんろう》され、失意のうちに死んだから、恨みこそ抱けど陵墓に人参果のような秘宝を抱え込んで死ぬほどのことは出来なかったようだ。豪華な墓ではあるが、型にはまっているともいえる」

龍はゆっくりと先導しながら文宗陵を評価した。

「皇帝も大変だな。ならない方がましだよ」

バソンは心から同情するように呟《つぶや》いた。

「王はなるべき者がならなければ国の不幸だ。使命を自覚し、そのために邁進《まいしん》する者こそ真の王者。お前ごとき人間に同情されるいわれはない」

玄冥がバソンを睨《にら》みつける。

「いちいち突っかかる奴だな。お前の親父さんのことを言ってるんじゃないぞ」

「ふん」

玄冥はそっぽを向く。やがて玄室の中に入ると、棺《ひつぎ》が二つあるのが一行の目に入った。二つとも新しく、ごく最近葬られたように見える。ただ、右の棺は錦繍《きんしゅう》に包まれ、左の棺はただ白木で造られていた。

「少し待っていてくれ」

敖汕は人参果を少しずつ爪でちぎり、口の中に含む。

「この果実はただ口にしても力を発揮しない。神仙が持つ術力を注《そそ》ぎ込んで練《ね》らねばならん。煬帝が人参果を得たところで止まっていたのは、彼の周囲にはそれだけの道士がいなかったということだろう」

咀嚼《そしゃく》する龍の口から七色の光が漏《も》れだす。

「太乙太冥　受生白雲　七思七召　三魂随迎　代余之身　掩余之形　形随物化　応化而成　急急如律令……」

口訣《こうけつ》と共に光が強まり、千里たちは思わず目を覆う。

「わが口はそこらの煉丹釜《れんたんがま》以上の力があるからな」

敖汕は鼻から蒸気を噴き出すと、左の棺の蓋《ふた》をバソンに開けさせる。その中身を見て、千里たちも思わず眉をひそめた。趙帰真の首と胴は切り離され、粗末《そまつ》な罪人の衣を着せられて棺に放りこまれている。ただ、その表情は至って安らかであった。

「寝てるだけみたいだな」

「わが主からすれば、肉体と魂魄《こんぱく》が切り離されることなど、午睡《ごすい》に等しい。普通の人間にとっては死を意味することでも、それが即《すなわ》ち存在の消滅を意味しない。だがこの世でなすべき事をなすには、この不便な肉体が必要なのだとわが主は言っていた」

言うなり、耳、目、鼻、口などの七孔《しちこう》を塞《ふさ》ぎ、心気を凝《こ》らす。そして、口を大きく開くとそこから閃光《せんこう》が放たれた。千里たちは思わず目を塞《ふさ》ぎ、玄冥は瞬《まばた》きをすることなくその様を見ている。

絶海も目ではなく気の動きでその閃光《せんこう》の中から趙帰真の遺体に打ち込まれたものを見ていた。それは確かに、赤子の姿に似ていた。ただし下肢だけである。

それでもまばゆい光の中で、棺の中の気配が変わるのを絶海は確かに感じる。死体であったはずの趙帰真が、動き始めている。そして光が収まり、千里たちの視界も戻ってきた。

「うわあ！」

千里は驚いて飛び上がり、バソンに飛びついて慌《あわ》てて離れた。

絶海もその姿を見て悲鳴こそ上げないものの、ごくりと唾《つば》を呑《の》む。そこには、首のない死体が棺から体を起こしてこちらを向いていたからである。

「ああ、これは驚かせてしまいましたね」

棺の中から声がする。すると首のない体がごそごそと棺の中を探り、そして何かを持ち上げた。趙帰真の体が、その首を抱えてこちらを見た刹那《せつな》、千里は口を押さえて玄室を出て行った。

「おやおや、武門の子がこんなことで怖がっていてはいけませんね」

「おっちゃん、相変わらず悪ふざけが好きだな。さっさと首を元の位置に戻しなよ」

バソンがたしなめる。だがそこで、己の腕に抱かれた趙帰真の頭はちょっと困った表情を浮かべた。

「人参果の力で魂魄が戻ったのはまあ良かったのですが……」

首と胴をくっつけるほどの力がないとため息をついた。

「もしや人参果は完全な姿ではなかったのではないですか」

「人の形をしているって聞いていたけど、腰から下しか残っていなかったぜ」

バソンが答える。

「なるほど……人参果の半分を何者かが持ち去ったと。いや、私が全《まった》き姿に戻らなかったことを嘆《なげ》くよりも、こうやってあなた方に私の見たことをお伝え出来るようになったことを喜びましょう」

「てことは、時と空を繋《つな》ぐ方法を教えてもらえるってことだな」

バソンは手を打って喜ぶ。

「ええ。そのためにわざわざ回りくどい方法をとって肉体を半ばですが生き返らせてもらったのですからね」

胸のところで首を抱え、その手で照れ臭そうに頰《ほお》をかいた。

「どうしましょう。みなさんが気持ち悪ければ首の上に頭を乗せますが」

「頼む。気持ち悪くて仕方ない」

青ざめた顔で戻ってきた千里の要望にこたえ、趙帰真は離れた頭を慎重に首の上に乗せた。継《つ》ぎ目は隠せないが、人の形に戻るだけで千里はどこか安心する。

「どうです？」

一同が頷《うなず》くと、趙帰真はいよいよ自分が見た時の足跡について話し出そうとした。なのに、二言三言話している間に、ころりと首が落ちる。それを数度繰り返しているうちに、

「もういいよ。外したままで」

と千里が心底げんなりした表情で言った。

「せっかく頑張って落ちないようにしていたのに。私もまだまだ修行が足りませんね」

「嘘つけ。わざとだろ」

「おい、遊ぶのはそれくらいにして本題に入れ。俺は貴様に訊《き》きたいことが山ほどあ

るんだ」

趙帰真は玄冥の苛立《いらだ》った口調にも穏《おだ》やかに微笑《ほほえ》んで応えた後、表情を改めて話し出した。

「私は共工《きょうこう》との一件より、しばらく神仙界での出来事を離れ、己一人が人間としてどこまでこの世と人々の変革に関われるのか試したくなったのです。わが父母、西王母《せいおうぼ》と東王公《とうおうこう》にこの世を託《たく》された人の一員として、何が出来るのか」

政《まつりごと》の持つ暗さ、深さを彼は理解していると思い込んでいた。

「あらゆる人の動きを見て来た私には、この国を清浄の地へと変え、いずれ共工《きょうこう》らとも平和に暮らせる時代を迎えることが出来る確信がありました」

だが、人の持つ欲、そしてその欲に魅入《みい》られた者たちがいることを、趙帰真は知っていながら軽視してしまった。

「自分が人としての視点を持った瞬間に、周囲も人としてのみ動くと考えてしまった。そこに私の浅はかさがあった。術《じゅつ》を使わず政に関与しようとした隙を狙って、李《り》徳裕《とくゆう》と仇士良《きゅうしりょう》は手を組み、力を持て余していた若き道士を雇《やと》い入れた」

「道士？　でもおっちゃん以上の力を持った道士なんているのかよ」

「力、というものは常に同じ状態で出されているわけではありません。たとえば気を抜いているバソンさんと、全力の千里さまであればどちらが勝ちますか？」

「そりゃぼくだよ。ていうか、全力同士でぶつかってもぼくが勝つって」

バソンは無視して考え込む。

「てことは、おっちゃんが気を抜いたところにつけこんだ奴がいるってわけか。それだけでも大した奴だとは思うけど」

「ええ。しかしたとえ人として力を尽くそうと思っている私でも、そう簡単に負けるわけはありません。宰相《さいしょう》や宦官が、皇帝に接近する私にどのような感情を抱くかくらい、容易に想像がつきますからね。しかしバソンさんの仰《おっしゃ》る通り、相手方に私と五分にやりあえる者がいないと思い込んでいたのが運の尽きでした」

「相手を侮《あなど》れば敗北は必然だ」

玄冥が皮肉な笑みを口元に湛《たた》えて切り捨てる。

「ええ。しかし私は侮っていなかった」

「言い訳か？」

「そう聞こえるでしょう。しかしそうではありません」

「何故だ」

「相手が時の流れを己の武器とし、私に罠《わな》を仕掛けたからです」

趙帰真は宙に漂《ただよ》って話を聞いている敖汕《ごうてん》に視線をやり、そして千里たちに一つ訊ねた。

「いま敖汕はどこにいるかわかりますね」

「そこに浮いているよ」

「では次の瞬間、どこにいますか？」

「そこに浮いているんじゃないの」

「そうでしょうか」

趙帰真は目くばせをする。すると敖汕は玄室内のあらゆる場所へと姿を移し、やがて無数の影となって玄室を埋め尽くした。

「な、なんだってんだ」

「今みなさんは、敖汕をどこに見ましたか」

「それは……」

気付けば敖汕は元の位置で漂っていた。趙帰真は首を小脇に抱え、ゆっくりと玄室の中を歩き回る。

「みなさんにわかりやすいように、敖汕には私の意図《いと》と彼の意思によって、一瞬後に起こり得る事象を示してもらいましたが、それは本来、意思ともう一つ、巨大な力によって制されている」

それが〝時〟であると趙帰真は告げた。

「誰もが時の中に生き、時の中を流れ、そして時が来ればその肉体を失う。無限の生命を持つようにみえる神仙であっても始まりがある以上、その終わりもある。では始まりが定まっていたとして、その終わりはどのようなものになるか、わかりますか？」

千里たちは顔を見合わせて首を振る。

「そう。己がどのような筋道を経て生《せい》をたどり、終わりを迎えるかは誰にもわかりません。時の中で、無限の分岐《ぶんき》が生まれてその中の諸条件、意思や状況などが影響し合って決定されます。それは私もそうです。確かに、普通の人間よりは明確に己の行く道を見通すことが出来ます。そしてかなりの確率でその通りにことは進む。ですが完璧というわけではない。事実、千里さまの変化や玄冥さんたちの変化については多くの心得違《こころえちが》いをしていた。けれどももし、時の分岐を操《あやつ》ることが出来たとしたら、どうでしょうか」

「そいつは間違いなく、世界でも類を見ない力を手に入れることになるだろうな」

玄冥は気に喰《く》わない、といった表情をする。

「だが時の分岐を操るなど卑怯《ひきょう》だ」

舌打ちしつつ言った。

「時は誰にも公平で、誰かに与《くみ》することはないはずでは。もし時がそのように身勝手な者に操られたら世界は滅びます」

絶海もそう言葉を挟む。

「では誰が、時は公平で誰にも与することがないと決めたのでしょうか」

道士に反問されて絶海は言葉に詰まった。

時はこうしている間にも刻々《こくこく》と過ぎて行く。それは自分の上にもここにいる面々の上にも、そしてこの天地にいるあらゆる存在の上でも同じように流れているはずだ。

だが趙帰真の言葉に、自分がいる時の流れが急に粘り気《ねばけ》のある不快なものに変わったような気がして、目眩《めまい》を覚える。

「あなた方は既に、時と対《つい》をなす者に出会っている」

千里はさっと顔を青ざめさせる。

彼が知っている少女は、空間そのものであるという話だ。だがそこには人に似た姿があり、感情すら持っている。

「わが母であり天地の母である西王母の迷いは揺らぎを生み、そして歪《ゆが》みを生み、本来は無色無偏《むしょくむへん》であるはずのものにも〝色〟を与《あた》えてしまった。時や空など、本来は絶対の公平な存在であるべきであるのに、それぞれが時と空を超えた世界を見たいと願う〝色〟を帯びてしまったのです」

「時が〝色〟を持つ？」

「意思を持つ、と思っていただければよい。時と空は、この天地が開かれて五嶽真形《ごがくしんぎょう》図《ず》によって繋がれた際に、一番に連結された世界の礎《いしずえ》です」

時と空があるからこそ、全ての存在が同じ秩序《ちつじょ》の中で生まれ育ち、そして滅びてまた再生することが出来る。

「だが五嶽真形図が力を失い、時と空をしばりつけておく力もまた減《げん》じた。だが時と空は天地開闢《かいびやく》以来あまりにも緊密に結びついているために、この天地に混乱が起きることもまたなかった。それは我らにとっては幸せなことでありました。時と空に対して何の疑念も持たず生きて来られたのですから」

「その時ってのが最近狂い始めてるぜ。見てみろよおいらの姿を。千里たちが順調に年いってるのに、おいらと玄冥はすっかりおっさんになっちまった」

趙帰真がバソンと玄冥の姿を見て頷く。

「そう、狂い始めています。空と時を結びつけていた絆《きずな》が切り離され、それぞれが勝手に振舞《ふるま》い始めた。時は己の興味のおもむくまま天地を闊歩《かっぽ》し、その足跡に落ち込んだものは時の歪《ゆが》みに囚《とら》われてしまう。私を陥《おとしい》れた道士は、恐らくこの時の歪みを利用したに違いありません」

その結果が、急速に年齢を重ねてしまうという現象の正体なのだと解き明かした。

千里はもしかしたら、時の狭間《はざま》で鍛錬《たんれん》を積めば自分の体が玄冥のようになるのか、と秘かに期待するところもある。だがことは自分一人に止《とど》まらない。何が起こるかわからない恐怖に体が震《ふる》えた。

「このままの状態が続けばどうなるんだ？」

苛立った玄冥が訊《たず》ねる。

「混乱、としか言いようがありません」

「混乱すればどうなる」

「これまでの秩序、これまでの経験が意味を失うかもしれない。つまりは、私にも確たることは何もわからないということです」

「ふざけるな！」

玄冥は刀の柄《つか》を叩いた。

「わが父共工と共にこの天地に再び君臨《くんりん》する道筋が狂ってはならんのだ」

「ま、ピキが急におばちゃんになるのも見たくないしなぁ。それに、急に子を亡くす親とか、急に親が幼くなっちまった子の困り顔とか見たくないしな」

とバソンも玄冥に同調した。

「私も時の正しい流れに従って、修練《しゅうれん》を積んでいきたいと考えています」

絶海は言い終わり、ちらりと千里を見たが、千里は微妙な表情で何も言わなかった。

「なあ、この騒《さわ》ぎを収めるには、やはり全てを元に戻すべきなんだろうな」

バソンの表情にはいつも通り迷いがない。

「ええ。何者かによって切り離されてしまった時と空を繋ぎ、世界に最低限の秩序を取り戻すべきだと考えます」

「おっさんはどうするんだ」

千里の問いに、趙帰真は胸の前に抱いている首をぽんと宙に投げて受け止めた。

「こんな状態ですから、私はしばらく療養に努《つと》めなければなりますまい。人参果が半分あったおかげでこのように肉体に帰ることは出来ましたが、完全な状態に戻すには相当な時間と手間がかかりそうです」

「やはり西王母さまたちの力はお借りできませんか」

絶海の頼みはそこであった。

〝空〟は少女の形をして意思を通わせることが出来る事実を目の前にしても〝時〟を相手にするのは恐ろしかった。どのような存在も、時を無視して生きることは出来ない。

「西王母さまたちは、いま神界紫微《しんかいしび》に赴いてこの天地をいかに処するか老君《ろうくん》と協議を重ねておられる」

「時が乱れていてもか」

「だからこそです。天地の父母からすれば、そこにあるもの全てが等《ひと》しく我が子なのです。子らに行く末《ゆすえ》を託すという選択を、共工の一件の時に二人は決断されました。時と空が繋ぎ合っていた手を離していることもまた、彼らにとっては自然な流れとなるのかどうか、老君と話し合っているはずです」

「ではあてにしてはならないし、流れのままに任せるということだな」

玄冥が念を押す。

「流れのままに任せるのではなく、あるべき姿に戻すべきでしょう」

絶海が強い口調で言い、趙帰真も頷いた。

「必然が求めるように、世は姿を変えて行くのでしょう。しかし私は、時を正常に戻したいし、そのためにこの混乱を引き起こした者を追わねばなりません」

そして趙帰真は己が見た〝時〟の後ろ姿を一行に告げる。

バソンや玄冥も落ち込んだ時の足跡にはまってしまった趙帰真は、信じられない光景を見た。

「そこは実に不思議な空間でした。私は流れの中にいた。本来なら目に見えないはずの流れを私は確かに見ていた。本来であればわが母、西王母ですら見ることの叶《かな》わない大河です」

その大河は無数に分岐し、分岐しながら天地を回し、そして無限の可能性を生んでいく。

「多くの者が分岐の先で、閉じ込められているのを目にしました。その中にはバソンさん、玄冥さん、あなた達の姿もありましたよ」

二人は顔を見合わせる。

「じゃあおっさんはおいら達を見てたってこと？」

「声をかけたかったのですが、それは無理でした。一つの流れを越えて動くことは無理なようでしたので」

だが一人だけ、流れが一つではないことに気付き、趙帰真と同じように時の大河を俯瞰《ふかん》している者がいた。

「巨大な蛇身《じゃしん》に堂々たる威風《いふう》、時の大河を前にしても微動《びどう》だにせぬその魂《たましい》、思わず見惚《みと》れてしまいましたね」

玄冥が腕組みを思わず解く。

「貴様もわが父を見たのか」

「ええ、私とて知らぬ仲ではない。つくづくご縁がありますな、と会釈《えしやく》したら共工さまも微笑《ほほえ》んでおられましたよ」

ふん、と苛立ったように玄冥は鼻を鳴らす。

「ある程度の力があれば、時の流れを見られたようですが、心配することはありません。あなたにもいずれ目にすることが出来るでしょう」

「無用なお世辞《せじ》を言わず、先を進めろ」

玄冥の言葉に、首のない肩を少しすくめた趙帰真は話を続ける。

「流れがあるのですから、源《みなもと》がある。そう考えた私はこの流れを生み出しているのが何かを探しました。それは共工さまも同じだったようです」

趙帰真と共工は、源を突き止めることは出来なかったが、その流れを動かしている物に気付いた。

「車輪？　本当かよ」

「空が空翼《くうよく》などと名乗ってあなた達と共にいるのです。時が車の姿となって天地を闊《かっ》歩《ぽ》しているとしても不思議ではありますまい」

「ああ、それで！」

バソンが手を打つ。

「おいらが時の足跡に落っこちた時、荷車の上に乗っけられたような気がしたんだ」

「そうなのでしょう。時は追いかけようとしても追いつけるものではありません。私は光の速さでその車を追いかけましたが、その轍《わだち》は無数に分岐し、手が届くことはなかった。気をつけて下さい。時を追ってはなりません」

「どれほど逃げ足の速いやつであろうと、俺が必ず捕えて見せる」

玄冥は瞳を燃え上がらせた。

「もう一度言います。時を追ってはなりません」

「何故だ」

「あなたも時の中に生きる存在に過ぎないからです」

玄冥は、やかましいと一喝してまくしたてる。

「俺には策がある。お前が時の姿を確かめたなら、もうその策は半ば成ったようなものだ。すぐに麻姑山《まこさん》に戻り、空翼を連れて父のもとに戻り、空翼を餌《えさ》に時の車を捕まえる」

「しかしあなたの父上は時の落とし穴に精神を囚われて目覚めていない」

玄冥は答えず、足音も荒く陵墓を出て行く。千里たちも慌てて後を追うが、趙帰真は絶海を呼びとめた。懐《ふところ》から一枚の符《ふ》を取り出す。絹に描かれた黒白の曲線が、入り交じるように描かれている。

「これを」

「太極図《たいきょくず》、ですか？」

「もともとこれをお渡しするために頑張っていたのですがね。相変わらず騒《さわ》がしい人たちだ。見ていて飽《あ》きないから構《かま》ってしまうのでしょうか」

小さな鏡のようにも見えるそれを、趙帰真は指先でもてあそびながら微笑んだ。太極図とは、道家の者が世界を表現する時に使う陰陽交合《こうごう》の象徴である。

「これは太極図に似ていますが多少違います。太極図は相反《あいはん》しながら不可分《ふかぶん》の二者を表現しますが、今の状況を変えるために私が作り上げたものがこれです。不可分のはずの時と空が離れている状態を、繋げる方向に向かわせるよう、私の力のほぼ全てを込めてあります。五嶽真形図に遠く及ばないまでも、その距離を一時的に縮《ちぢ》めることは出来るはず。この私謹製《きんせい》の太極図と時の足跡、そして巨大な歪みを持つ魂魄を使えば、あるいは時に追いついて空と一体化させられるやも知れません」

巨大な歪み、即《すなわ》ち千里に反応して図は微《かす》かな輝きを放っている。その細い光の行く先を、道士の視線は追っていた。絶海はまたしても、微かな苛立ちを覚える。

「追いついてどうすればよいのですか」

その苛立ちを振り払うように、絶海は問いを重ねた。

「不可分の二が向き合えば、一とならざるを得ない」

「一となった後は？」

「何故それを気にされるのです」

絶海は千里の恋心を趙帰真に告げようとして、止めた。連れ添う可能性などないことくらい、絶海にもわかる。恭《うやうや》しく受け取り、合掌《がっしょう》して走り去る。

「わが主よ、遂《つい》に完成したのですね」

「ああ。時の車が分岐を作る時、膨大《ぼうだい》な力を放出することを私は摑んだ。その力に反応する宝貝《ほうばい》を作っていたのだが、実に苦労したよ。不安定な若者たちの力を受けるのだから、よほどしっかりしたものを作らねばならなかったしな。邪魔も入ったが何とかなりそうだ」

去っていく千里たちの背中をしばし見送っていた敖汕は、趙帰真に向かい、

「それにしてもあの者たち、相変わらず息が合っていないですな」

と嘆息《たんそく》して見せた。

「合わせる必要などないのだよ」

「趙帰真さまを陥れるような者を敵に回すのに、あのようなことで大丈夫なのでしょうか」

「不思議な者たちだ。相手が大きいほど、見ている私は焦慮《しょうりょ》と安心に同時に包まれる。この前の共工の一件、私は圧倒的に高千里たちの力が劣っていると認めていながら、どこかで、彼らが主導権を握ることを信じていた」

「もちろん、わが主には未来が見えていたのでしょう?」

「いや、彼らの混沌《こんとん》とした気が混じり合って見えなかった。山深い霧《きり》の朝のように、どこに道が続いているのかもわからない。そうでありながら、彼らの勝利も敗北も、そして共存すらも同じ鮮明さで眼前にあった」

道士は千里たちが去った方向をじっと見つめている。敖汕はその傍《かたわ》らに寄り添っ

た。

「そして、私の心は安らかでもあった。あの時には気付いていなかったが、既に時の輪は空の翼から外れて転がり始めていたのかもしれない。それでも、彼らには見る者の心を安らかにさせる何かがあるのだろうな」

趙帰真はぽんと首を天井に向けて投げ上げる。そして首の切れ目へと着地した首は、継ぎ目もなく美しく繋がっていた。

二

山も川も、いつも通りに見えた。少なくとも、絶海にはそう見えた。時が流れているから、山は緑となり、川は流れて行く。風は吹き、鳥がさえずる。そして自分自身も、赤子からここまで育ってきた。

その流れが狂う、ということの奇妙さ。その証《あかし》が目の前を歩いている。玄冥は先を急いでおり、その足取りは逸《はや》っている。その後ろをバソンが大股《おおまた》で続き、千里は身軽に飛ぶように続いている。絶海は一人、疲れを覚えていた。

（あの人たちは速すぎる）

時はみなに平等だ、と絶海は信じていた。それは絶海も異論はない。バソンの朝は自分にとっても朝であり、千里の夜は自分にとっても夜だ。だがやはり、同じではないのではないか、という疑問が湧《わ》きあがって消えない。

「考え事しながら走っていると転ぶぞ」

いつしか玄冥が横に並んでいた。

「気付かないのは当たり前だ。今のお前と俺では、力の差がありすぎる」

絶海の肩に、さらなる疲労がのしかかったような気がした。

「絶海」

もし時を操ることが出来たらどうしたい。玄冥はふいにそんなことを訊ねてきた。

「永遠が欲しくないか。自分だけの永遠だ。己の望む姿になれるだけの時間を手に入れ、望む己の姿で永遠に存在できる。そんな力があったらどうする。何度負けようと、勝つまで研鑽《けんさん》できる。やり直したいことは何度でもやり直せるんだ」

絶海は黙って走りながら、考え込んだ。

「俺は欲しい。その力で、天地の全てを手に入れたい。そして神仙《しんせん》というものも全て凌駕《りょうが》した力を手に入れたいのだ」

「どうして私に言うのです。それにそのような大それた力を手に入れてどうしようというのですか」

前を行く千里とバソンは何やら楽しげにはしゃぎながら走っている。風を切る音が、笑い声にかき消された。

「お前は俺と、いや俺たち共工の民と同じだ」

絶海の問いには答えず、玄冥はそう囁《ささや》く。

「どういうことでしょうか」

「絶海、お前は敗者だ」

嫌なことを言う、と絶海は玄冥から顔を背《そむ》けた。

「目を背けても、お前はあの二人に勝てない。そして目指す場所にもいずれ裏切られることになるだろう」

「別に私は千里さまたちに勝ちたいわけではありませんし、あなたに目指す場所うんぬんと言われる筋合いもない。武《ぶ》の深奥《しんおう》など、それぞれが求めるものであって誰かと比べるものではないでしょう」

「誰かに勝ってこその武ではないのか。もし今以上の力が欲しければ、俺に味方しろ。今すぐとは言わん。お前も俺や句芒《こうぼう》たち兄弟の力を見ただろう」

「私は私が信じる道を行きます。そのような誘いは無用です。今は……」

「今は時と空を繋ぐことが肝要と言うのであろう。建前《たてまえ》で生きているお前らしいが、その本心はどこにあるのだろうな」

それだけ言うと、玄冥は絶海から離れていった。

（無用なことを……）

千里とバソンの背中がやけに遠く見える。絶海の足は重くなり、やがて止まってしまった。止まった途端《とたん》に汗が噴《ふ》き出し、呼吸も苦しくなる。こうして差が広がっていく。バソンや千里のような天分はない。

天分はない分、鍛錬《たんれん》に熱心であることに慰《なぐさ》めを見つけていた。趙帰真の教導により、鍛錬の無駄も少なくなっている。だからいつかはその差も縮まるはずだ。きっとそうだ。

「大丈夫か？」

ふと気付くと、千里が絶海の顔を覗《のぞ》き込んでいた。

「茶でも飲もうぜ」

返事を聞く前から、バソンは枝葉を集めて火を熾《おこ》し、湯を沸《わ》かしていた。

「いいんですよ、私はどうも疲れてしまったようです。お先にどうぞ」

なに言ってるんだ、という顔を千里はした。

「何でお前を置いて先に行かなきゃならないんだよ」

「でも」

私は力足らず、あなた達から遅れてしまうのです。それを言ってしまうと心が折れてしまいそうで、絶海は俯《うつむ》く。このまま彼らと旅を続けてもいいのか、という迷いが心の中で黒い姿を現しつつあった。だが、眼前《がんぜん》に光がちらつくような馬鹿力で背中を叩かれた。

「いじけたこと言ってると川に放り込むぞ」

バソンはほれ、と杯を差し出す。その中には、温かそうな湯気を立てた茶がなみなみと満たされている。

「おいらたちは同じ時を歩いてるんだ。最後まで一緒だよ」

そう言ってにこりと笑う。絶海はバソンたちの心づかいに感謝しながらも、玄冥が冷たい視線で自分たちを眺《なが》めていることを感じていた。

三

やや速度を落とした一行が麻姑山《まこさん》に帰り着いたのは、それでもわずか五日後のことであった。それほどの速さで戻って来たのに、事態はさらに悪化していた。

修行者であったと名乗る老人に加え、数人の若者が姿を消して代わりに山中で数人の赤子が見つかった。さらに行方知れずになった若者たちの知らせが交錯《こうさく》し、竦斯《しょうし》でも収めきれないほどの混乱を呈《てい》している。

「この山だけではない」

麻姑《まこ》は疲れ切った表情で肘《ひじ》をつき、嘆《なげ》いた。

「武宮《ぶきゅう》はもちろんのこと、各地で似たような事件が頻発《ひんぱつ》している。これまでは時が順の方向に暴走していたが、ついに逆走まで始めた。このままでは本当に人の世の態《てい》をなさなくなるぞ」

「空翼《くうよく》は？」

千里が訊ねると、麻姑は、

「あいつか。何とかしろと言ってはみたが、素知《そし》らぬ顔だ。あの娘、時の輪と一緒にいるのがよほど嫌だったらしく、今のままがよいなどとほざく」

と吐き捨てた。千里が、良かった、と安堵《あんど》のため息をつくのを見て、仙人は鋭い視線を送る。千里は慌てて口をつぐんだ。

「で、趙帰真とは会えたのか」

「殺されていたけどな」

バソンが槍の柄《つか》にもたれながら答えた。

「あの道士がか。誰がやった」

「宝貝《ほうばい》の研究をしているうちに足をすくわれたらしいんです。でも人参果とかいうのを半分使って半分生き返らせてきました」

と千里がかいつまんで説明する。

「半分？　もう半分の人参果はどうした」

「誰かに持って行かれてなかったんです。とりあえず、空翼を時の輪とつなげればこの騒ぎは収められるってことだけはわかりました」

「時の輪、か。やはりな。だが時輪《じりん》は私も見たことがない。どうやって追いかける？」

千里は雪形を、絶海は太極図《たいきょくず》を懐《ふところ》から取り出す。

「なるほど。確かに、適切な武器を携《たずさ》えて足跡を追えば獲物にたどり着く道理だが、熊の後を追うのとはわけが違うぞ」

「そこであの空翼が役に立つんだろう」

バソンはぼんやりとした表情で一行を眺めている少女に顔を向ける。

「ともかく、おいらを落とし穴に放りこんでピキを泣かした奴は許しちゃおけねえ。首根っこ摑んで一発どやしつけてやる」

ずかずかと空翼に歩み寄るバソンの前に、玄冥が立ちはだかった。

「何だよ。今は喧嘩してる場合じゃないぞ」

「喧嘩ではない。お前では時の輪に追いつけない」

「趙帰真でも追いつけなかっただろ？　でも俺は時の車に乗ってたんだ。もう一度乗ることだって出来るさ」

「時を追うのに、時と同じ速さで追って追いつけると思っているのか」

「あ……」

バソンははっと気付いたかのように槍の柄を握り直す。

「相手は時そのものだ。時に追いついてこの異常を正すには、時の足跡を追って空に繋げなければならん。そのためにはもう一つ別の力が必要だ。それは〝歪《ゆが》み〟だと以前説明したな」

玄冥は、直進する〝時〟を追いかけるのであれば、まっすぐに追っても無駄だと考えていた。どこに現れるかわからない時の輪が足跡を残す瞬間を狙わなければならない。

「広大な山裾《やますそ》を走る者は己がまっすぐ走っていると思うだろう。だが同じ速度を持つ者で彼に追いつこうとするならば、速度を落とさないまま山肌を貫けば彼の先回りをすることが出来るはず。だが山肌を貫くには巨大な歪みがいる。煬帝陵《ようだい》でしたことを、今度は時自身を相手にやるんだ。そのためにあの雪形や、空翼という娘が必要になる」

「出来るのか？」

「煬帝陵で練習はしてきた」

麻姑は否定的だったが、玄冥は千里たちを指さし、

「それにおあつらえ向きな歪んだ力ならここに居並んでいる」

と自信を見せた。その力を発するための魂魄《こんぱく》に秘められた力が大きいだけでは足りず、歪みが必要だと玄冥は主張した。

「それには千里、絶海、お前たち二人のどちらかがいる。俺と一緒に空翼を連れ、わが父共工の前まで来い。わが父の力は弱まってこそいるが、時の足跡を追う道案内くらいは出来るはずだ」

絶海は秘かに千里の表情をうかがった。共工の天地に来いと言われていることよりも、千里の顔色の方が気になった。

「絶海、どうだ」

「いい考えだと思います。私の中にある内外そろわぬ歪みがこのような形で人々の役に立つのなら……」

だが千里がちょっと待った、と鋭い声をかけて絶海の言葉を制した。

「ぼくが行く。絶海よりぼくの方が良い」

「何故私ではだめなのですか」

千里の意思表明に、絶海が即座に嚙《か》みついた。その剣幕《けんまく》に一同は驚く。

「それは……」

絶海は千里が口ごもるのを見て、悔《くや》しさに下くちびるを嚙みしめた。かつての絶海であれば、その逡巡《しゅんじゅん》が気づかいだと感謝したかもしれない。だが今の絶海は人の内側と自分とを繋ぐことが出来る。そして千里は敢《あ》えて隠していなかった。

千里が口に出さない内容を、耳で聞くようにはっきりと理解することが出来た。

(ぼくの力の方が大きく、強いから)

心ははっきりとそう言っていた。そして一方で、

(絶海を傷つけたくない)

とも言っている。かつての千里になかった心の動きだったが、それがより一層絶海の心をかきむしった。だが絶海はその苦痛をあえて表に出さず、

「では私と勝負して下さい。どちらが強いか、はっきりさせましょう」

と戦いを挑んだ。

「止《や》めないか」

麻姑は叱責《しっせき》するが、絶海はじっと千里を見つめている。だが千里は、バソンや玄冥にするようには嚙みつき返して来なかった。

「さあ、拳《こぶし》でも剣槍でも何でも構いません。私は随心棍《ずいしんこん》がある。千里さまのお望みの方法で雌雄《しゆう》を決しましょうぞ」

だがそれでも、千里は動かない。

「臆《おく》したのですか！」

目を逸《そ》らし、困惑したような千里に向かって一歩踏み込もうとして、急に袖《そで》が摑まれた。誰かと思えばバソンである。

「……邪魔をしないでください」

「何をむきになってるんだ」

「別に、むきになど」

いいからちょっと来い、とバソンは絶海を窟《いわや》の外へ引っ張って行く。

正直、絶海は今のバソンに勝てる気はしなかった。だが千里は、時の足跡に落ちていない。自分と同じ時を刻んでいる。だったら勝てるかも知れない。

「坊さん、一つ訊きたいことがある」

「何でしょうか」

まっすぐ見つめてくるバソンの視線を、絶海は受け止められない。

「お前、女を知っているか」

「な……こんな時に何を言っているのです」

からかっているのか、と絶海は頭頂部まで赤くなった。

「知っているのか？」

「私は幼き頃に寺の山門前に捨てられ、寺で育ちました。生まれながらの出家《しゅつけ》の身なれば、女性を知ることもありません」

「じゃあ興味はあるのか」

絶海の脳裡《のうり》に蔑収《べっしゅう》やピキの顔が浮かんで、消えた。

「あ、ありませんよそんなもの」

「おいらはある」

「わかってます。出家していない男子が女色《じょしょく》を好むのは自然なことです」

「そう。そして千里のやつもそうだ」

絶海は苛々《いらいら》してきた。

「何が言いたいのです？」

「千里はいい格好したいんだ。惚《ほ》れた女の前で」

「女？」

きょとんとして絶海が言ったものだから、バソンは顔を覆《おお》った。

「お前、ほんとに女に興味ないんだな。千里はあの空翼にえらく惚《ほ》れ込んでるってことだよ。わからなかったのか」

「え、ええ……」

言われてみれば確かに千里の変化は空翼の存在を軸にして考えると理解出来た。ここまで見事といって良いほどに己を抑《おさ》えている。絶海は、それを成長だと思っていた。

バソンや自分たちと出会い、共工という強大な敵と向い合って不射之射《ふしやのしや》までたどり着いた少年の境地だと信じていた。

「それが女のためですって」

何か自分まで穢《けが》されたような気がして、絶海は拳を握りしめる。

「女のために何かをしたい、と思うことは悪い事じゃない。俺だってそうじゃん」

「え、ええ。そうでした」

絶海はすんでのところで冷静さを取り戻す。ここで千里に対して怒りを抱くことは、バソンに対しても失礼にあたる。そのことをようやく気付く。

「おいらは坊さんが何にイラついてるのかよくわからねえ」

「苛立ってなどいませんよ」

「勝手に壁を作るのはやめろ」

バソンの言葉は絶海を打ちのめした。

「おいらは坊さんみたいに、他人の内側に自分を繫ぐなんて芸当は出来ねえ。坊さんがどう思ってるか知らねえけど、おいらの気持ちはわかるはずだ」

もちろん、絶海にもバソンの言っている意味はよくわかっている。

「ともかく、今回はあいつに譲《ゆず》ってやってくれないか」

「どうして千里さまの肩を持つのです？」

「肩を持つわけじゃねえけど、誰かに夢中になっている人間は応援したくなっちまうんだ。俺だってピキに惚れた時はあんな感じだった。隠しているのに、そいつのことばかり考えるのに必死で、そいつのために身も心も張ろうとする」

バソンがこのように真剣な表情で何かを頼んでくることなど、これまでなかった。誰かを想うことは、このように周囲の者すら熱くしてしまうものなのか。その感情をまだ理解できないでいる絶海は圧倒されるばかりだった。

「……わかりました」

結局絶海は、バソンの言葉に折れた。だが同時に口惜しさも感じている。

誰かを美しいと思う瞬間は絶海にもある。だが、バソンの言うように、心身を捧《ささ》げてもいいと思える人はいまだ見つからない。全てをかけて打ち込めるのは、己が目指す武の道だけだ。

バソンと絶海が窟の中へと戻ると、玄冥と千里が険《けわ》しい顔つきでにらみ合っていた。

「だから頼んでるだろ。空翼を連れて行くなって」

千里は必死の形相《ぎょうそう》である。

「頼む頼まないの問題ではない。この異常を正す方策が見つかった以上、一刻も早く手を打たねばならん。それはお前にもわかっているはずだ」

「だったら教えろよ。空翼を餌にして時輪を捕まえた後、向こうに連れて行ってどうするんだ」

「それは目覚めた父が決めることだ」

「じゃあ駄目《だめ》だ」

「お前に可否を決める権利はない」

「お前にだってないだろ」

千里が空翼をかばうように立っている。あの傲慢《ごうまん》な少年が、誰かを護《まも》ろうと体を張っている。絶海もバソンも感心していた。だが今の千里の力では、間違いなく玄冥に負ける。

「しゃあねえな……」

バソンが仲立ちに入ろうとして一歩前に出た時、その足が不意に止まった。絶海も信じられない姿を見て言葉を失う。玄冥の前で、千里が膝《ひざ》を折っていたからである。

「何の真似だ？」

玄冥は驚くよりむしろ、けがらわしい物を見るような目で千里を睨みつける。

「頼む。今回のことは、ぼく一人に任せてくれ」

「では俺が納得できるような理屈を並べてみろ。出来ないだろうが」

「それは……」

千里は膝をつき、両手をついたまま黙ってしまった。額《ひたい》から汗が流れ落ち、地面を濡《ぬ》らす。絶海はさらに驚く。彼の隣で成り行きを見守っていたバソンが、千里の傍《そば》へと歩み寄り、膝をついたのである。

「わりぃ。玄冥たちに事情があるのもわかるんだけどさ、ちょっとこのガキんちょに任せてやってくれないか」

「こいつに任せている間に手遅れになったら、お前は責任が取れるのか」

「どうすればお前の気が済むのかわからないけどさ、俺はこのガキんちょがやる時はやるところを見てるから」

玄冥は何かを怒鳴りかけたが口をつぐみ、剣を鞘《さや》に収める。

「一晩だけ待ってやる。その間に時空を繋ぎ、世の秩序を正常に戻してこい。しかし一晩を過ぎたら、わかっているな」

太陽が山の端から姿を現したら、空翼は問答無用であちらに連れて行くと玄冥は宣言した。そう言うなり、玄冥は窟の外に出て、盾岩《たていわ》の上に座り、胡坐《あぐら》を組んで瞼《まぶた》を閉じた。それまでの荒ぶる魂《たましい》が静けさの中に鎮《しず》まっていく。絶海が見てもあっぱれな禅定《ぜんじょう》への入り方であった。

「ま、玄冥が納得してくれてよかったが」

バソンは千里の後ろにぼんやりと立っている少女に目をやった。目の前で千里が必死に懇願《こんがん》しているさまを見ても、さして表情を変えるわけでもない。ただ、三人を眺めているのみだ。

「どうなっているかわかったか？」

バソンが空翼の前にかがみ込み、幼子《おさなご》に話しかけるようにして訊ねる。

「わかった」

「では時の輪を追いかける手伝いをしてくれるか」

「いやだ」

憮然《ぶぜん》とした表情で空翼は首を振った。

「まあそうだろうな。繋がっている相手に飽き飽きしていたんなら、それも仕方ないってことだ。じゃあ訊くが、どうしてお前はここから逃げない。おいらたちはお前と時の輪を再びくくりつけようとしている」

「わかってる」

空翼はそう言ったきり、何も言わない。

「わかった。自分から手伝う気はないが、ここから逃げる気もないということだな。空翼、千里が帰って来るまでおいらたちと一緒にいよう」

こっくりと少女は頷《うなず》く。絶海はこの空間の化身《けしん》がどうしたいのかさっぱりわからなかった。この混乱を楽しんでいるのか、千里の気持ちを弄《もてあそ》んでいるのか、それとも本当は千里が持つような気持ちを同じように持っているのか。

絶海は空翼の内側を探ろうとするが、ただ無辺《むへん》に広がる空間があるのみで、色も香りも感じられない。なのに人のようにふるまう。それが不思議で仕方がなかった。

「じゃあ行ってくる」

千里は懐にある時の足跡を確かめる。鄭紀昌《ていきしょう》、バソン、そして水汲み場で手に入れたものだ。それに時の輪を追いかけるための太極図だ。その目の前に、何かが飛んで来て大地に突き立った。

「玄冥の剣じゃねえか」

バソンが引き抜く。

「兄弟に似てかわいくないよな。千里、どうする」

しばらく考えていた千里は、その剣を背中に負った。そして腰に小さな弓を結《ゆ》わえつける。

「そんな小さな弓じゃ蚊《か》が刺したくらいの威力しかないぞ」

「いいんだって」

千里は麻姑から授けられた弓を引くことが出来ないままでいる。

絶海が太極図へと自身を繋ぐ。巨大なうねりが符から溢《あふ》れ、絶海の体へと流れ込んでくる。懐《なつ》かしい趙帰真の力である。その力は整然と雪形の方へと走り、その力を増していく。

やがて千里の体がまばゆい光に包まれる。時の足跡が数丈の高さまで大きくなり、扉のように開いた。その向こうにもう一つ扉があるように、千里は感じた。侵《おか》してはならない領域である、と彼を拒《こば》んでいる。しかし千里にはわかっていた。今自分は、時の流れを間近に見ているのだ。まっすぐに流れる時に追いつくには、この扉を貫かねばならない。千里は息を詰め、目を閉じて飛びこむ。バソンと絶海はその時、もう一つの人影が千里に続いて飛び込むのを見た。

「おい、あの娘も行っちまったぞ！」

「空翼さんが？」

慌てて振り向いた絶海は、先ほどまでそこに佇立《ちょりつ》していた少女の姿が見えないことに気付いた。

「逃げたか」

「いえ、違います。あの娘……」

絶海は確かに、後から飛び込んだ空翼が千里の手を取るのを見ていた。

「本当か！」

やけに嬉しそうな声を上げたバソンは、絶海の微妙な表情を見て我にかえり、照れ臭そうに頬《ほお》を撫《な》でる。

「こりゃあうまくいくかもしれないぞ。高千里、初恋の行く末やいかに」

と盛り上がっているが、絶海は今一つ乗りきれないでいた。時輪と一つになれば、空翼は今の姿を失うのだ。

第五章　奔流《ほんりゅう》の中へ

一

武将の目の前には、戦場の様子を詳細に描いた絵図面が広げられていた。

「将軍、高《こう》将軍！」

呼びかけられて武将ははっと我に返った。

「あ、ああ鄭紀昌《ていきしょう》か。どうした」

「どうしたではありませんぞ。決戦を前にお疲れではありませんか」

武将は目の前の男が、自分の知る顔に比べて随分《ずいぶん》老けたような気がした。

「何をこんな時に。もう高駢《べん》さまと戦陣を駆けまわって二十年、年もとりますわい」

男は豪快に笑う。そして再び作戦の説明を始める。武将は黙ってその話を聞いていた。

自分たちはどうも、異民族の大部隊と対峙《たいじ》しているようであった。

吐蕃《とばん》、吐谷渾《とよくこん》、党項《とうこう》、奴刺《ぬし》、王朝の西から北に盤踞《ばんきょ》する騎馬民族たちが結束し、大攻勢をかけて来ている。図上の駒が、それぞれ数千の騎兵を示していた。

そうだ、思い出した。

俺はその撃退を帝に命じられ、都長安《ちょうあん》の西、奉天砦《ほうてんとりで》に陣を張っているのだ。彼は思い出す。靄《もや》がかかっていた頭の一部が急速に晴れ上がり、状況が明らかになった。

「鄭紀昌」

「は」

絵図面を見ながら諸将と熱心に討議を重ねていた彼の副将は、名を呼ばれて主将に顔を向ける。

「鳳翔《ほうしょう》兵を吐谷渾と奴剌、邠寧《ひんねい》軍を党項に、俺は河南と淮西《わいせい》の部隊を率いて吐蕃の本隊に当たる。奴らとは雌雄《しゆう》を決せねばならぬ」

言葉を発しているうちに彼の中に激情がたぎりだす。

俺はこれから、国を侵《おか》そうとする蛮夷《ばんい》どもを蹴散らすのだ。改めて絵図面を見る。敵はもう、都に肉薄していた。

吐蕃軍の主力は高駢のいる中軍の正面に恐れることなく陣取り、吐谷渾は西側で主力を支えている。党項の精鋭は同州《どうしゅう》へと回り込んで高駢の腹背《ふくはい》を衝《つ》く気配を見せており、回鶻《ウイグル》の特殊騎兵が本隊に潜んでいることもわかっている。やるべきことは全て頭の中に入っている。

高駢は軍議の後、天幕から出て戦陣の空気を大きく吸い込んだ。武宮《ぶきゅう》をつつがなく首席で卒業し、戦士として世に出た。それから二十年、戦いの中に身を置いて百戦、その多くを勝利で飾った輝かしい経歴を頭に思い浮かべる。

いかんいかん。ぼうっとしている場合ではない。明日は都を護《まも》りきることが出来るかどうかの決戦の日だ。

「それにしても敵ながらなかなかのものです」

副将の鄭紀昌が腕を撫《ぶ》しながら高駢に声をかけた。

「戦いの前に敵を誉《ほ》めるとは、余裕だな」

高駢の言葉に、鄭紀昌は虎髯《とらひげ》を上下させて哄笑《こうしょう》した。その歯は激戦の中で半ば消えており、太い腕を無数の刀傷、矢傷が覆《おお》っている。

「大将とおおいくさに臨《のぞ》めるんだから、ちっとも怖いことはありませんな！」

「その割には痛めつけられているではないか」

「かすり傷ばかりですよ」

長年の副将と軽口を叩きつつ、高駢は陣《じん》を見下ろす。

かがり火と天幕の数から、残存兵力を素早く計算する。我が方は総勢十万近くいたはずだが、既《すで》に半数の兵を失《し》っていた。

「縦に深く陣を敷き、徐々《じょじょ》に敵を消耗させせながら都近くに引きつける。その策を唱えたのは大将ではありませんか。吐蕃のことを誰よりも深く知り、その弱点も熟知しておられる。ですから皆、大将を信頼して命を懸《か》けています」

高駢は不意に胸がちくりと痛んで、痛みが走ったあたりを押さえた。

「先ほどから大丈夫ですか？　明日に備えてお休みなされませ」

「ああ、そうだな……」

何故俺は、吐蕃のことをよく知っているのだ。

そうだ。仇敵《きゅうてき》である異民族のことを、俺はよく学んだ。捕虜《ほりょ》を尋問《じんもん》し、間諜《かんちょう》に敵情を探らせることに誰よりも熱心だった。だから知っているのだ。

寝床に入っても寝付けない。

（この年になっても怖いものは怖いな）

目の前の敵の大小は関係ない。明日敵と衝突《しょうとつ》するだろう、という時には大抵わかる。そんな夜は目が冴える。これまでもそうだ。

高駢はここまでの勝利を反芻《はんすう》して、自信を得ようと試みた。何度も戦って何度も打ち負かしている相手だ。負けるはずがない。

（何故これまで打ち負かしているのに、ここまで攻め込まれているのだ？）

ふと疑問に思うが、それも自ら立てた策であると己を納得させた。

休まなければならない。戦いはそれでなくても疲れるものだ。敵は遠路をこえ、補給もままならないはずだ。だが都に手のかかる位置まで進軍してきたことで、士気《しき》も上がっているだろう。対するわが軍も都長安を護ろうと決死の覚悟である。どちらかが生き、どちらかが死ぬ。

そんな戦いを繰り返してきた。

(繰り返して?)

外が白《しら》み出した。

高駢は結局、ほとんど眠ることが出来なかった。

いつもと同じことをすればよいのだ。

この決戦に当たって、高駢は強固な要塞《ようさい》群を奉天《ほうてん》周辺に造り、それぞれを地下道で結ぶという大工事を行っていた。莫大《ばくだい》な手間と時間がかかったが、軍勢の半分で敵の猛進を止めながら、ようやく完成した。

その報告を鄭紀昌から受けていた。

(これなら吐蕃の連中を止められる)

蛮夷の軍勢は例外なく戦争に強かった。特に平原での会戦になると、王朝側の騎馬軍では話にならなかった。

決して唐《とう》側の騎馬兵が弱いというわけではない。もともとは北方軍閥が母体となり、度《たび》重なる騎馬戦の経験から、その戦闘力は充分に磨《みが》かれていた。ただ、相手が強すぎるだけなのである。

だったら相手の嫌がる作戦をとるのは当然の成り行きだった。だが、ただ相手を攻《こう》城《じょう》戦に引き込もうとしても賢明な敵は乗って来なかった。無理やりにでも引きずり込む必要があった。

相手の目的が都長安と和平にあることは明白だった。

敗北感を与え、和平を有利に進めて莫大な賠償《ばいしょう》を得るためには、都を一時的にでも陥落させることが肝要だった。そして、蛮夷連合軍の補給線の限界も、また長安にあった。中原《ちゅうげん》のさらに東側まで攻め入る体力は彼らにない。

ということは、都の寸前まで引きつけて叩くのがもっとも理にかなっている。

相手に小さな勝利を与え続け、勝利の予感によって補給の不安を忘れさせる。高駢は戦いの始まる前に、蛮夷が略奪に回りそうな広大な地域の麦を刈らせ、村を焼き払って焦土《しょうど》としていた。

前に進むか、国に帰るかの選択を暗に迫ったわけである。

そして吐蕃を中心とする連合軍は、来た。

「敵が動き始めました！」

注進が入る。

「堅《かた》く守れ。敵が砦《とりで》を素通りしたら即刻《そっこく》門を開いて後を追い、正面から攻めよせて来ている時は矢石を以《も》って防ぐのだ」

何度も確認した方針を再び下知《げじ》する。

八万の騎馬兵は要塞の前で馬を下りると、盾《たて》を頭上にかざしながら砦へと突進してきたのである。

「何……」

砦はもちろん、攻めよせてくる相手を防ぐのに向いている。だがその防御も完璧ではない。攻め方を知っていれば落とすことも出来る。その技術は主に、攻城戦が頻繁《ひんぱん》に行われた中原で発達した。

だが高駢は目を疑《うたが》った。吐蕃などが持っているはずのない、中原の攻城兵器が、砦の前にずらりと並べられていたからである。

攻城梯《こうじようてい》、破城槌《はじようつい》、霹靂車《へきれきしや》……。中原で磨き上げられた城攻めの技術の粋《すい》が吐蕃の大軍の中に林立していた。

砦は懸命に防戦する。しかし戦は予想を裏切られて虚《きよ》を衝かれた瞬間に、その形勢は逆転する。騎馬兵の突進を矢と石で食い止める心づもりをしていた守備隊は恐慌に陥《おちい》っていた。

(こちらが相手を知っているように、相手もこちらを知っている)

そんなことはわかっていた筈《はず》であった。

(わかっていた？　どうして)

そして相手がこうして、自分の裏をかいてくることも〝わかっている〟。

だから高駢は、相手が裏をかいてきた時のために手を打っていた。相手は騎馬での決戦をこちらが避けるとみて、攻城戦を仕掛けてきている。打って出るのは危険だが、虚《きょ》を衝《つ》くにはまたとない好機でもある。

「敵の中軍を衝く！」

その機会は今しかない。

敵は急いでいる。この要塞群を抜いて、一刻も早く長安にたどり着かねばならないと焦っている。これまで分厚い槍衾《やりぶすま》の向こうに見えなかった敵の中枢部《ちゅうすうぶ》が見えた。恐ろしげな隈《くま》どりを施《ほどこ》したひときわ屈強な男たちに囲まれた一角が、この大軍を自在に操る総大将の居場所と見えた。

「行くぞ」

高駢は鄭紀昌配下の千騎のもとへと急いだ。

「いよいよですな」

鄭紀昌は真新しい鋼《はがね》の甲冑《かっちゅう》に身を固めて槍をたばさんで待っていた。殺した敵兵の数だけ珠《たま》をつけた数珠《じゅず》を首に巻き付けている。数十の珠が陽光にきらりと光る。

「首供養《くびくよう》も八度目をやらんといけませんかな」

と笑う。数珠が一杯になるたびに、鄭紀昌が派手な法要《ほうよう》を行っていることを高駢は思い出した。

「逆にされないように気をつけろよ」

高駢も愛馬にまたがる。

「この一挙で勝敗を決する。いいな！」

千騎が一斉に応《こた》える。この瞬間のために、高駢は数ヵ月かけて精鋭を各部隊から選抜していた。そしてその千騎を鍛《きた》え上げていた。吐蕃のどんな精鋭たちも突き破るほどの強さと不屈《ふくつ》の精神力を持った男たちである。

高駢は彼らに守られて、本陣を秘《ひそ》かに出る。高駢の旗は戦場の一番奥から動いていない。敵はそこ目がけて攻め続けるだろう。それこそが、高駢の狙う隙《すき》となる。

戦場は濛々《もうもう》たる砂塵《さじん》に包まれ始めた。

これも高駢の命によるものである。騎兵の突撃はただでさえ土煙を伴《とも》なう。騎兵が下がれば要塞から守備兵が追撃に出る。だがそれは、敵を殲滅《せんめつ》するためではなく、戦場をかき乱すためである。

「敵は動いていないな」

高駢が確かめると、鄭紀昌は頷《うなず》く。吐蕃軍は神出鬼没《しんしゅつきぼつ》。だが一度戦いを定めると、その頭は決して揺らぐことが無かった。だから吐蕃軍は突入しても深追《あかし》いすることなく、戦況が不利になっても潰走《かいそう》しない。将たる者が泰然《たいぜん》としている証だった。

「行くぞ」

高駢の命により、千騎は粛々《しゅくしゅく》と砂塵の中に姿を消す。全員の頭の中に、戦場の様子が刻《きざ》みこまれている。誰も道に迷うことなく、一団となって駆け出す。

高駢は腰の剣を抜いた。

ふとその刃に目をやる。蛇が巻きついたような浮彫《うきぼり》が施されている。

（この剣、どこで手に入れたんだ？）

いや、初陣《ういじん》を飾ってから常にこの剣は手元にあったはずだ。

「大将」

馬を並べながら、鄭紀昌が言葉をかけてくる。

「今回も神仏のご加護《かご》がありますように」

そうしてかざした手首には、黒檀《こくたん》の小さな数珠が巻き付いていた。高駢の手にも同じものがある。

「これは……」

「大将のご友人である嵩山《すうざん》の上人《しょうにん》が下さったもの、霊験《れいげん》あらたかですからな。此度《こたび》も護ってくれるに違いありません」

「坊主《ぼうず》の、友人？　そんな者いたかな」

ふと考え込んだ高駢は、前方で起こった喊声《かんせい》によって我に返らされた。

「今はどうでもいいことだ。突撃！」

高駢の下知に従い、一本の研《と》ぎ澄まされた槍の穂先のように、千騎の精鋭が一点目がけて突きこんだ。悲鳴と怒声が上がり、敵の狼狽《ろうばい》を高駢は感じ取る。

「主将だけを狙え。雑魚《ざこ》には手をつけるな！」

部下たちが道を開ける。

（この手で奴だけは殺す）

奴？　奴とは誰だ。

目の前に吐蕃兵が立ちふさがった。閃光《せんこう》が横一文字に走り、敵兵の胴は両断される。「大将！　敵が多すぎます。槍を！」鄭紀昌は高駢愛用の馬上槍を投げ渡した。

騎上の槍については、高駢は絶対の自信を持っている。かつては弓を好んでいたが、体が大きくなるにつれて槍を好むようになっていった。

その槍で突き殺したいほどに憎んでいる相手とは何者だ。

総大将である自分が戦陣の常を破り、自ら戦いたいと願っている敵が自分にはいる。

返り血を満身に浴び、戦い続けている両軍の中枢が火花を上げて激突している。高駢も歯を食いしばり、しかしいつものごとく冷たい視線で戦況を見つめている。

敵が前に現れれば突き伏せ、一歩一歩、目指す相手へと近づいていた。

そこにいる。

何年も追い続けた、そして自分も追われ続けた男がそこにいる。

さらに数人の男が叫び声も上げず高駢の槍の前に命を飛ばす。

「死に急ぐな！　どけ！」

だがこちらの言葉は吐蕃人たちには伝わらない。相手の叫びも、高駢にとっては意味をなさない。

「けがらわしい獣《けもの》どもめ！　大将のお通りだぞ」

鄭紀昌が一歩先に出る。さすがに武宮で高駢と共に鍛えただけあって、吐蕃本陣の男たちも相手にならない。やがて雄《お》たけびを上げて戦い続ける鄭紀昌と高駢の前に、道が開けた。

そこだけが、やけに静かだった。

厳重に守られているはずの中枢の核にあたる部分には、その男しか立っていない。

巨大な黒い馬は周囲の喧騒《けんそう》をよそに穏《おだ》やかに目を伏せ、その鞍《くら》にまたがる者も吐蕃の勇者の象徴である二叉槍を小脇に抱えて微動だにしない。

「貴様が吐蕃の主将か！」

鄭紀昌は馬を寄せ、一騎打ちを望む。だがその吐蕃の主将は、鄭紀昌の姿などないかのように、前方にゆったりと視線を向けているのみだ。

「吐蕃の虫けらが、何さまのつもりだ！」

その槍先が光を曳《ひ》いて吐蕃人の胴を貫《つらぬ》かんとする。

だが次の瞬間、槍を突き出した格好のまま落馬したのは鄭紀昌の方であった。高駢は功名を確信する笑みを浮かべて絶命している副将の姿を見て、咆哮《ほうこう》を上げる。

「許さん……」

槍を捨て、再び腰の剣を抜く。蛇の浮彫が黒い輝きを放ち、刀身が大きく膨《ふく》れ上がる。

「蛮族め。貴様らの草原へ帰るがいい」

その時、吐蕃の将がゆっくりと高駢に顔を向けた。

甲冑《かっちゅう》の上から雪豹《ゆきひょう》の外套《がいとう》を羽織《はお》り、兜《かぶと》の下からは透き通った瞳と、傷だらけの顔が覗《のぞ》いている。その顔を見て、高駢は剣を取り落としそうになる。

「お前は……」

誰だ？　名を呼ぼうとして、出て来ない。その名がある部分に靄《もや》がかかっているようだ。

俺はこいつを知っている。昔から知っている。だから俺は、吐蕃のことが良く分かる。そしてこいつも同じだ。だから二人の戦いは裏の読みあいとなっていたのだ。

敵意と殺意の間に、別の感情が不意に湧《わ》きあがってきた。

その感情は、戦いの最中にはふさわしくないほどに明るく温かい。彼は相手が敵の総大将であることを一瞬忘れて、声をかけてしまっていた。

「ひ、久しぶりじゃないか」

高駢はわけもなく嬉しくなって、馬を寄せようとする。だが吐蕃人は二叉槍を構えると、猛然と突きかかって来た。慌てて避けながら、高駢はなぜ自分がこの男を知っているのか、と内心首を捻《ひね》る。

会ったことなどあるはずもない。

吐蕃の将と唐朝の将は戦うことこそあれ、友人であるなどあり得ない。わかりきったことのはずなのに、自分を殺そうとする吐蕃人の顔は懐《なつ》かしかった。

「俺だよ！　千里《せんり》だよ！　忘れたのか？」

必死に槍を避けながら高駢は叫ぶ。吐蕃人は何やら叫んだ。だが高駢の耳には、意味をなす言葉として届いて来ない。

高駢の剣と吐蕃人の槍が咬《か》み合う。その重さと速さに、高駢は思わず後退した。すかさずつけ入ってくる二叉槍《にしゃそう》の穂先に、高駢の剣は飛ばされる。

鐙《あぶみ》を蹴って宙を舞った高駢は、死を覚悟したわけではない。

馬を躍《おど》らせて止《とど》めを刺そうとした吐蕃人は高駢の一撃を受けてどさりと馬から落ちた。そして高駢の手には、小さな弓が握《にぎ》られている。

呆然としつつ、慌てて弓をしまうと倒れた敵将に駆け寄る。

「撃《う》てた」

「バソン……どうして」

高駢は静かな表情のまま、しかし瞼《まぶた》を開いて地に倒れた吐蕃人の傍《そば》に駆け寄り、助け起こす。

「何で俺がお前を殺さなきゃならないんだ！」

そんな風にならなくてもいい未来があったはずではないか。慟哭《どうこく》する高駢の周囲から、戦場の喧騒が消えて行く。戦いが終息に向かおうとしているのか、と思った高駢は、それが誤りであることに気付いた。

抱き上げた吐蕃人が懐《ふところ》に忍ばせていた短刀が、己の腹を突き破っていたからだ。血が霧となって噴《ふ》き出し、高駢はバソンの体を支えきれず離す。吐蕃の勇士は漢人《かんじん》の手に抱かれたことを汚らわしいと思っているかのように身ぶるいし、矢の突き立った体で馬に跨《また》がろうとする。

だが彼は周囲が猛火に包まれていることに気付き、やがて穏やかな表情に戻ると自らの首を掻《か》き切った。高駢はバソンが倒れた先に見える炎の中を、一台の車が走り去るのを見た。

三つ頭の黒い犬に引かれた車の上には、誰かが乗っている。車は轍《わだち》の上を走っていた。無数に分かれる轍《わだち》の上を右に左に進路を変えながら、遠ざかっていく。

「追って！」

少女の声が耳元でする。ここまで戦って、まだ何かを追わなければならないのか。千里はごろりと転がったまま、その車が去るのをただ眺めていた。

「何で追わない。ばか！」

と言われて、千里は起き上がる。ふと腹を見ると、先ほど刃が貫いていた腹の傷が治っている。周囲で激闘を繰り返していた男たちも風と共に消え、そこには少年姿の自分と、そして黒い衣をまとった少女だけがいた。

「空翼《くうよく》……？」

「折角時の足跡に入って追いかけたのに、そこに囚《とら》われてどうする」

呆れたように覗き込んでいる少女の薄青色の瞳を見上げているうちに、千里はようやく思い出した。

「ああっ！」

「ああ、じゃない」

空翼が持っている雪形がゆっくりと溶けていく。

「これで一枚目は力を失った。あと残るは二枚」

「またこんな目に遭《あ》わなきゃいけないのか」

バソンを殺して自分も殺されるなんてこりごりである。

「あの男、好きか」

「そんなわけあるか！」

「じゃあ嫌いか？」

「嫌いだけど……、べ、別に殺すほどのことはないじゃないか」

「殺したのはお前」

と言われて千里は顔をしかめた。

「……時の足跡は幻《まぼろし》を見せるのか」

「違う。真実を見せる」

「いつか殺し合うのかよ」

くちびるを歪《ゆが》めて千里は呻《うめ》く。

「時の歩む道筋によっては。どの道を行くかでは、ああいう結末もあり得る」

千里は二人になって、口数の多くなった空翼を盗み見た。

「えらく楽しそうじゃないか。麻姑山《まこさん》にいる時はぼんやりしていたのに」

空翼は何もない、広いのか狭いのかよくわからない空間の中で、伸びを一つした。

「よく知ってる気配が近くにあるから。時輪《じりん》といるのがあれだけ嫌だったのに、離れると案外寂《さび》しい。あっちもそう思ってるからこそ、捕まりそうなところをうろうろしているのかも知れない」

千里が初めて見る、苦しく切なげな表情だった。

「時輪とは何者なんだ」

「私が空であるように、あいつは時。どこにでもいて、どこにもいない。二つは一つとなって、この天地の秩序の礎《いしずえ》となってる」

「二人で一つ？」

「そう。それで私と時輪が離れてるから、こんなことになった」

「でも意外とめちゃくちゃにならないもんだな」

「私が〝空〟の中に残った時の残像を使って、お前たちの時軸《じじく》を保っているから」

「どういうこと？」

「時は空の中を流れる。いなくなってもすぐにその流れが止まるわけじゃない。私は時とあまりにも長い時間一つとなって過ごして来たから、ほんの少し時を流すことが出来る。ほんの少しだけどね。その間はあなたたちもこれまでの時軸の中であまり異常を感じずに生きていける」

あまり長くは持たないけど、と言って微笑《ほほえ》んだ横顔に、千里の胸は波立った。

「持たなくなったらどうなるんだ」

「止まる。全てが止まって、何も起こらない。生まれず、死なない、現れず、消えない……。だから結局、私は時輪といることしか出来ない。そしてあいつも私といるしかない」

歌うように、でも寂しげな表情を浮かべて空翼は言った。そんな世界を想像して、千里の背筋に悪寒《おかん》が走る。

「で、次はどうするんだ」

空翼と時輪の繋《つな》がりの長さと深さを知った千里は、そう言うことしか出来ない。

「何か怒ってるの？」

「べ、別に」

そう、と深入りしなかった空翼は、二枚目の時の足跡を取り出す。

「時の足跡の向こうに、時輪はいる。さっきはもう少しで捕《つか》まえられそうだったけど、残念ながら出来なかった」

「あの犬に引かれた車に乗っていた奴がそうなのか？」

こっくりと空翼は頷く。

「あの姿を見ることが出来るから、私はお前を選んだ」

「そうかよ」

お前を選んだ、という言葉が妙に嬉しくて、空翼に見つめられている右側の頬《ほお》が熱くなる。

「お前の中にある歪《ゆが》みが大きいから、時輪に追いついてその姿を露《あら》わにすることが出来る。坊主にも出来るけど、彼は歪みだけではなく揺らぎもある。あれだけ揺らぎがあると、時に振り回されて壊れてしまう」

「絶海は細かいことを気にしすぎなんだと思う」

「好きなのか」

「嫌いじゃない」

この問いには素直にそう答えた。

「あの坊主といると、すごく安心できる。いつも気を遣《つか》ってくれて、ぼくとバソンが馬鹿をやっていても、あいつがいるから何とかなるんだ」

空翼は興味があるのかないのかよくわからない表情を浮かべていたが、二枚目の時の足跡を懐《ふところ》に引っ込めようとした。

「お、おい、それがないと時輪を追いかけられないんじゃないのか」

「そう。でも疲れただろ」

「そりゃ……でも疲れてる場合じゃないんだろう？　今度こそとっ捕まえてやる。頼む」

空翼が時の足跡をかざす。雪形の結晶はたちまち大きな門となり、そしてゆっくりと開く。先ほどとは違う、暗さを帯びていた。千里はその向こうにうごめく異様な気配に、足がすくんだ。それだけではない。時輪に近づけば近づくほど、空翼が遠ざかる瞬間が近づいてくる。千里の胸の奥が少女の手に握られたように微《かす》かに痛んだ。

「止《や》めておくか」

「何を今さら」

「では行こう」

空翼が千里の手を握る。千里の体の奥底に、ぞくりと妖《あや》しい感覚が走った。この感覚のために、命を懸けていいという馬鹿な考えまで湧いてきて、千里はぶるぶると頭を振る。

「どうした？」

「何でもないって」

二人は時の足跡へと再び飛び込んだ。

二

行軍司馬《こうぐんしば》の若い将校が、目の前で何やら熱心に書き物をしていた。男はその軽快に動く筆先を、ただぼんやりと眺めている。若者は男の視線に気付き、はっとして頭を下げた。

「すみません。将軍がいらしているのに」

「いや、いいのだ。熱心に何を書いていたのかな」

「ええ、ここ最近頻発《ひんぱつ》している民乱の記録を取っているのです。何が原因で起き、どうすれば鎮圧《ちんあつ》出来るか。詳細な記録を積み上げて行けば、より良い解決策が見えるような気がしまして」

「それは良い心がけだな」

男はその帳面に書かれた日付を見た。

(咸通《かんつう》、九年、七月……)

聞いたことのない年号だった。日付に続く記事には、淮南《わいなん》に大規模な農民の反乱が起き、その鎮圧に西川《せいせん》節度使である高駢が派遣された旨が記されている。

「まことにけしからん話ですな」

若者は怒りに堪《た》えない表情で筆を硯《すずり》に置いた。

「民どもが本当に生活に困っているのなら、邪教《じゃきょう》を太らすこともないではありませんか。食う物も満足にないのにいかさまに入れ込み、そして逆賊《ぎゃくぞく》の汚名《おめい》をかぶる。私がこうして将軍について戦に従うこともう六度目になりますが、奴らの考えていることが理解できません」

「相手の心を理解できるようなら、戦など起こらんだろう」

「は、それはそうでしょうが……」

若き士官は、総司令官の機嫌を損ねていないかどうか不安を抱いているようだった。高駢はその不安を和《やわ》らげるため、敢《あ》えてぞんざいな身振りでその帳面を取り上げた。

「ふむ、よく分析してある」

高駢は鬚《ひげ》を一本抜く。白い。頬を撫《な》でる。荒れ果て、乾き、そして傷だらけである。

「俺はもう、何年こうして戦いの巷《ちまた》におるのかな」

行軍司馬は高駢の顔を見て少し首を傾《かし》げ、問いの真意を探ろうと試みているようだった。

「長すぎて忘れてしもうてな」

そう冗談めかして言う。若者は帳面を閉じ、指を折って、

「将軍が初陣を飾られてから三十年になります。その間の赫々《かくかく》たる武勲《ぶくん》、一朝に語りつくせぬものがあります」

そう言いつつ、彼は朗々と高駢の戦歴を吟じ始めた。その半ばは辺境を侵《おか》す異民族、そして半ばは内乱の鎮圧であった。

「もうよい、もうよい」

際限ない戦いの連続であった。

「で、今回の戦をどう見ている」

「よくぞ聞いて下されました。黄河《こうが》と淮水《わいすい》の間に位置する河南道予州郎山城《かなんどうよしゅうろうさんじょう》付近において、妖人《ようじん》を首領とする乱が発生しました。その妖人はたちまち三万の兵、いやこれは兵ではありませんな。食いはぐれた者どもを集め、郎山城を陥落《かんらく》させたのです。我らは勅命《ちょくめい》を受け、彼らを城に囲んで二ヵ月となります」

「干城《かんじょう》の策か……」

城への全ての道を封じ、城内の食が尽きるのを待つ。二ヵ月もすれば、そろそろ飢えに耐えかねてやけになった暴徒が城から打って出てくるか、降伏の使者を送って来る頃であった。もともとが鍛えられていない民たちである。空腹に耐えられるとは思えなかった。

「しかし奇怪なことに、敵はいつまで経っても飢えることなく、その士気は衰えておりません」

「我らの攻城兵器はどうなっている。そろそろ一気に攻め落としてもよいのではないか」

それまで弾むような口調だった行軍司馬はふいに口ごもった。

「それが……」

「厳重に警戒はしているのですが、敵の間諜どもに破壊されたり焼かれたりと」

ほう、と高駢は目を細めた。彼の部隊にも陰働《かげばたら》きをする者は多くいる。彼とてその実力はよくわかっているつもりであった。その警戒網をやすやすと突破して、攻城兵器を破壊していくなどただ者ではない。

「こちらの間者《かんじゃ》どもは何をしておる」

「妖人が指揮するだけあって、配下の者どもも不可思議な術《じゅつ》を使うようです。厳しく守っていても、気付くとその隙をつかれて侵入されているとか」

「それだけ、あちらの者も城を落とされないよう必死なのだ」

「もう一つおかしなことがございます」

反乱軍に属する民たちは装備も貧弱な中、まるで死を恐れないかのように立ち向かってくるという。

「降伏《こうふく》すれば罪を許すと布告は出してあるのか」

「もちろんです」

反乱軍に対して赦免《しゃめん》をちらつかせ、揺さぶりをかけるのは常套手段《じょうとうしゅだん》である。うまくいけば逆賊はそれで崩壊する。そうでなくとも、何割かの敵兵は減るのが普通であった。だが今回の敵は、誰ひとりとして軍門に降《くだ》って来なかった。

「どうした？」

高駢は気になっていた。それほどの術を操り、民の心を惹《ひ》きつける者は何者か。

「どこぞの遊行僧《ゆぎょうそう》である、という噂《うわさ》しか流れて来ません。捕虜をどれだけ痛めつけようと、合掌《がっしょう》して口を割らないのです。でもその姿から見て、仏徒の流れをくむ者であることは間違いないようです」

「坊主風情《ふぜい》が……」

高駢は舌打ちしてもう一本髯を抜く。

尋常でない痛みを感じて慌《あわ》てて抜いたあたりを指でさすると、指先に赤いものがついた。肌も相当弱っているようだった。

「将軍、これを」

将校は懐から薬籠《やくろう》を出し、一粒の丸薬を取り出した。

「母が持たせてくれたものです。一日に一粒で若さが保てるようですよ」

「若さが保てると言うが、お前は充分若いではないか」

「戦陣では人は容易に年を取ると言って聞きませんで。私はこのように本陣にいることを許され、最前線の激戦を戦うことはあまりありませんが、ここ最近の将軍はお疲れのご様子。よろしければどうぞ」

「すまぬな」

高駢は受け取ったものの、それを服する気にはなれなかった。自分が薬に頼るほど弱ったとは思えない。

「これはですね、呂用之《りょようし》という高名な道士が煎《せん》じたものです」

「呂用之……聞いたことのない名前だな」

耳の奥に何かが引っかかる。しかしその違和感は、嬉しそうな若者の言葉によって押し流されて行った。

「ええ。最近都でとみに名を上げている男で、その祈禱《きとう》はいかなる悪魔も払い、処方する丹薬《たんやく》はあらゆる病《やまい》を癒《いや》すといいます」

「うさんくさいものだ」

「ええ。私も信じてはいませんでしたが、一度疫痢《えきり》にかかった時にこの丹薬を服しましたら一夜のうちに快癒《かいゆ》しましたので、それ以降お守り代わりに持っているのです」

「では高価なものなのであろう。もらうのはやめておこう」

だが若者は瞳を輝かせて差し出している。お守り代わりの丹薬を、尊敬する将軍に譲《ゆず》るという行為自体に喜びを覚えているようだった。

「そうか。そこまでしてくれるのであれば、俺も一つ報《むく》いなければなるまいな」

高駢はごそごそと懐をまさぐり、金子《きんす》を出そうとする。しかし将校は、

「もしよろしければ、将軍の記念となるものをいただきとうございます。刀の房《ふさ》の一毛でもよいのです」

「いや、そういうわけにもいくまい」

そして高駢は、懐から小さな弓を取り出した。

「これをやろう。古ぼけていてすまんが、俺が初陣前からずっと持っているお守りのようなものだ。お前のくれた丹薬のようにあらたかな験《ききめ》はないかもしれんがな」

「とんでもない！　ありがとうございます」

若者は椅子から下りて膝をつき、三拝しておしいただく。

「将軍、明日はいよいよ城へと強攻することになっております。早く床に就《つ》かれますように」

高駢は頷いて、一際大きな自分専用の天幕へと帰った。騎馬民族の包《パオ》を手本にして、高駢が自ら意匠《いしよう》を手掛けた豪奢なものであった。他の武将からは蛮夷《ばんい》の風であると陰口を叩かれたが、その快適さは実際使った者でないとわからない。

(俺はどうしてこんなに蛮夷に詳しくなったのだろうな)

何年も矛《ほこ》を交えているうちに、その生活までも熟知するようになったのだろうか。

そう自分で解答をつけて体を横たえる。

そういえば、同じようなことを以前にも考えたような気がする。明日が決戦という全く同じ状況で、蛮夷の男のことを考えていた。ふと手元を見る。手首に巻きついていたはずのお守りがない。

いや違う。俺のお守りはあの小さな弓だ。武宮での師が授《さず》けてくれたものだ。あの弓を引けるようになれば、凄《すさ》まじい力を手に入れられると師は言っていたが、結局引くことは出来なかった。

それでも俺は充分に強い。

だから生き残って来たんじゃないか。そして明日も勝利し、生き残る。恩賞を得て、一族と部下たちの尊敬をさらに重ねる。そうして三十年間、天下を往来《おうらい》してきた。

傷だらけで乾いた肌を撫《な》でる。

既に武将としては老境に入っているとはいえ、腕は太く、胸板は厚い。衣の上からでもその盛り上がりがわかるほどに、鍛え上げられた筋骨に覆われたこの肉体が命を守っていた。寝返りを打つと、腰に微かな痛みが走る。背中も板を張ったように硬《かた》く、かつて吐蕃兵の槍に突かれて大怪我をした足は、もう全速力で走れない。

老い。

それこそが敵だった。妖人に率《ひき》いられた民乱など何ほどのことはなかった。恐れを知らぬ異民族とこれまで何百戦としてきたし、もっと狡猾《こうかつ》な術を駆使《くし》してくる妖《あやかし》の道士とも戦って来た。今さら何を恐れようか。

高駢は栄光の思い出と共に眠りに就こうとした。

眠れないのは、決戦の前だから。これも三十年、変わらない。雌雄を決する直前は、昂《たか》ぶって眠ることが出来ない。

「いつも通り。いつも通りだ」

小さな声で自分に言い聞かせた高駢は、輾転《てんてん》と寝返りを打っているうちに、ぎくりと動きを止めた。足が攣《つ》ったのである。

「ふ、ふはは……」

情けなくて笑いしか出て来ない。近侍《きんじ》の者を呼んで按摩《あんま》でもさせようと声を上げかけた瞬間、陣のすぐ近くで喊声《かんせい》が湧き起こった。夜警の兵が飛び込んできて平伏し、そのまま息絶える。兵の背中には鎌が突き立っていた。

「敵襲！　誰かあるか！」

高駢は甲冑もつけず、槍を抱えて天幕の外に出る。

足の筋肉が痙攣《けいれん》し、言うことを聞かないが、そんなことを考えている余裕はない。

陣内は既に、阿鼻叫喚《あびきょうかん》の修羅《しゅら》の巷《ちまた》と化していた。

「何事だ！」

先ほどの行軍司馬が息を切らせて駆け寄って来る。

「陣中に紛《まぎ》れ込んでいた者たちが蜂起《ほうき》したようです」

「どういうことだ？」

「兵として徴用《ちようよう》した者たちが城内と気脈《きみやく》を通じていたらしく」

そうだ。王朝は既に衰え、そして弱っていた。兵を雇《やと》おうにも金がない。刀で脅《おど》して、無理やり槍と旗を持たせたような者も少なくなかった。

「そういう連中は陣の外郭《がいかく》に配置していた筈《はず》だ」

「その外郭陣の兵が将を殺し、城兵を引き込んだとみられます」

あちこちで炎があがり、綱《つな》を切られ、尻を叩かれた軍馬が狂奔《きようほん》して混乱に拍車《はくしや》をかける。

「鄭紀昌《ていきしよう》はどうした！」

高駢の声に、行軍司馬ははっと目を見開き、そして気の毒そうに目を伏せた。

「鄭紀昌さまは数年前の吐蕃との戦いで命を落とされております」

「そ、そうか」

何を取り乱しておるのか。ぶるぶると痙攣《けいれん》を続ける足を、高駢は槍の柄《つか》で叩いた。

鄭紀昌は吐蕃の大軍との乱戦の中で、自分を守って死んだではないか。そんな記憶がよみがえって来る。

「動ける者を皆集めよ」

頷《うなず》いて踵《きびす》を返した行軍司馬は、どうと地面に倒れた。不意に目の前に現れた敵に斬《き》り倒されたのである。高駢はさすがに慌てず、槍を振るって突き伏せる。

（一旦《いったん》退却して……）

馬を引かせようとしても、既に周囲は大混乱となっている。近侍たちも下帯《したおび》だけに刀か槍という姿で奮戦しているが、敵は貧しい身なりながら統率のとれた攻撃を仕掛けてきていた。

「農民風情が生意気に！」

高駢は怒りに任せて槍を振るう。たちまち数人の兵が臓腑《ぞうふ》をまき散らして息絶えた。

兵法まで使う。夜襲《やしゅう》、潜伏《せんぷく》、そして二を以《も》って一にあたるという基本。こちらの手の内を知り尽くしたような戦い方をする。

（こちらを知っている？）

反乱軍の中にはかつて兵だった者もいれば、将校だった者もいるだろう。兵法を学んだ者もいるかも知れない。だがこの戦い方、高駢という将軍にどのような隙《すき》があるのかを調べ尽くしたような、完璧な奇襲だ。

嫌な感じだ。

こちらは向こうを知らないのに、向こうはこちらを知っている。前にもあった。いや、前は逆だったような気がする。今はあちらのことが全く分からない。

（妖人、僧……）

高駢の脳裡《のうり》に、一人の若き僧の姿がふいに浮かんで、消えた。

「高駢将軍とお見受けする」

槍を持って立ちすくんでいる彼に呼び掛ける者がいた。喧騒が収まりやがて高駢は周囲に一兵も残っていないことに気付く。周囲はぐるりと乱兵に取り囲まれていた。

どの顔も飢《う》えにやせ細り、眼だけが殺気に満ちて高駢を睨《にら》んでいる。服はすべて襤《ぼ》褸《ろ》となって破れ、傷ついていない者はいない。

「国に逆らい、敢《あ》えて死の道を選ぶか。今からでも遅くはない、疾《はや》く降《くだ》れ。降れば死を免じ、その土地に帰って生業《なりわい》に戻ることを許す」

高駢は堂々、威厳《いげん》に満ちた声で告げる。群衆の間から風に似た音が湧きあがった。それが動揺であるとほくそ笑んだ高駢であったが、やがてその観測が誤っていることに気付いた。

（笑っているのか……）

王朝で最強と言われた武将が、下民どもに嘲笑《わら》われている。彼は己の顔が怒りでどす黒く色を変えるのを感じていた。

「将軍」

先ほど彼に声をかけた男が、群衆の中から一歩を踏み出した。襤褸を着ているのは他の者たちと変わらないが、その手に一丈あまりの錫杖《しゃくじょう》を持ち、頭をきれいに剃《そ》りあげている。

「貴様がこの者たちを率いる妖人か」

「私は妖人ではない。ただの出家に過ぎない」

「ただの坊主であれば何故寺でおとなしく読経《どきょう》しておらぬ。寺の中に引っ込んでおればこのような乱を起こしてみだりに人の命を失うこともなかったであろう。貴様が拝《おが》む仏はそれほどまで血を求めるか」

高駢の火の出るような言葉に、僧は疲れたような表情を浮かべた。反して群衆は怒声をあげ、石つぶても飛んでくる。そのうちの一つが高駢の額《ひたい》に当たり、血が流れた。

「やめよ！」

僧が手を上げると、乱兵たちはぴたりと動きを止めた。高駢は感心する。在野《ざいや》の、しかも僧侶でここまで統率力のある者は見たことがなかった。

「私が敬愛する仏はもちろん、血など求めていない。慈悲《じひ》の心をもって衆生《しゅじょう》を救わんとされている。それは私も同じだ」

しかし、と僧は声を張る。

「長年続く苛政《かせい》と官、兵の腐敗と暴虐《ぼうぎゃく》がどれほど民を痛めつけてきたことか。民の怒りはもう、慈愛の説法《せっぽう》で収まらない」

「ではそれぞれの刺史《しし》に訴えればよいではないか。苛政《かせい》と暴虐は国の許す所ではない。法に従わずして乱を起こすことこそ、罪として重いことを知らぬのか」

僧は絶望したように天を仰《あお》ぐ。

「将軍、あなたは武勇天下に鳴り響く高家の御曹司《おんぞうし》として生をうけ、常に戦陣の先頭に立ってこられた。その生涯は栄光に包まれ、屋敷には財宝が山積みだ」

それがどうした。当然の報酬《ほうしゅう》ではないか。それ以上の働きをしてきた自負《じふ》が高駢にはあった。

「だがその栄光の前に、どれだけの兵が死んで行ったか。兵は民だ。その財宝の下には、どれほどの民の労苦が埋もれているか。それを考えたことがあるか」

何をわけのわからないことを言っているのか、と高駢は苛立《いらだ》つ。栄光の前には戦いがなければならぬ。戦いがあれば犠牲《ぎせい》が出るのは当然のことだ。その犠牲が少なくてもすむよう、将たる自分は考えて来た。最大限に力を尽くして来た自負はあった。

財宝は兵たちを養《やしな》い、一族の栄誉を守るために必要なものだ。そのほとんどは敗者から奪ったものであって、無体《むたい》な略奪は軍令で厳しく禁じている。

「お前たちが兵を挙げて王朝に逆らわなければ、俺もお前たちを殺さなくてすんだのだ。逆恨《さかうら》みはよせ」

だが高駢の言葉は群衆の上で罵声《ばせい》に流されて消えた。

「将軍、お願いです。民たちの窮状《きゆうじよう》を帝へと届けてはくれませんか。武勲第一のあなたの言葉ならば、大臣たちも動いてくれるはずです」

勝者であるにもかかわらず、僧は膝《ひざ》をつき、平伏して嘆願《たんがん》した。

「もし我らの願いを聞き届けて下さるのであれば、あなたのお命をわが責任においてお返しいたします」

高駢は僧を見下ろし、

「下郎《げろう》が！」

と罵《ののし》った。淮南節度使《わいなんせつどし》の職を拝領する自分に対して、助命をちらつかせて操ろうなど、許せることではない。このまま死体になって散るのも、本意ではない。栄達は生きてこそ味わえるものである。

そこで高駢は一策を案じた。

「僧、貴様名をなんという」

「私の名は絶海」

聞いたことのない名だ。

「お前と俺、一対一だ。俺も武門に生まれ、戦場に出て三十年。勝ちも負けもあったが、敵の言いなりになったことはない。もし俺に言うことを聞かせたいのであれば、俺と戦い、組伏《くみふ》せてみよ。俺に負けを認めさせることが出来れば、帝に望むように奏《そう》上《じょう》してやろう」

もしこの誘いに乗ってくれれば、この僧を打ち負かして人質とし、この包囲から逃れるつもりでいた。

「それは出来ません」

僧はきっぱりと拒絶した。群衆はざわめいている。これでもいい。相手が動揺すればするほど、機会は大きくなる。

「なぜ拒《こば》む。お前も一軍の将であるならば、名誉ある戦いを望む俺の気持ちがわかるはずだ。さあ！」

と詰めよる。だが僧は悲しげに首を振り、先ほど高駢が考えていたことを、寸分たがわず口に出した。

「そのような卑劣《ひれつ》な魂胆《こんたん》を持つあなたの挑戦を受けることは出来ない」

あまりのことに、高駢は啞然《あぜん》とした。

平静を装うことすらも忘れた。

「もしや貴様、攻城兵器を壊したり陣内に潜《ひそ》んだのも、読心《どくしん》の術を使ったのか」

「そうではない。既に人心は戦いの終結を願っていた。私が術を使わなくとも、自らその知る所を教え、力を貸してくれたのだ」

「ふん。こうなっては」

力戦して血路《けつろ》を開くしかない。その望みはもうほとんど残されていないこともまた、よくわかっていた。だが高駢も王朝最強と称《たた》えられた武将である。

懐にあるお守りの弓に触れようとして、それは既に行軍司馬に贈ったことを思い出す。そのお守りも霊験《れいげん》すでに切れていたようで、その若い将校は目の前であっさりと命を飛ばされてしまった。

「もうおやめなさい。あなたがここで数人道連れにしたところで何になるのです。何もかも生きていればこそではありませんか」

「では降るか」

「それも出来ません」

包囲網が徐々に迫っている。

「こんな所で俺は死なんぞ」

「私と共に戦っていた者たちの多くも、そう叫んで倒れて行きました」

「ふん。知ったことか」

高駢は雄たけびを上げ、地に落ちている折れた槍を見つけて拾うと、絶海と名乗る初老の僧へと迫った。穂先は確かに、その痩身《そうしん》を貫いたように見えた。

「千里さま、こんなことをしている場合ですか」

耳元でささやかれた。だがその瞬間、高駢の首は宙へと飛んでいた。そして飛んだ首の視界が、一台の車を捉《とら》えた。

三つの首を持つ黒い大犬が曳《ひ》く車に、一人の少年が乗っている。その少年は口元に笑みを浮かべていた。

三

不意《ふい》に、

「追って！」

と今度は少女の叫び声が耳元でした。

ああそうだ、と千里はようやく思い出す。自分はあの車に乗った少年を追いかけて来たのだ。だが声のする方に振り向こうにも追いかけようにも、既《すで》に首と胴が切り離されている。

首が地に落ちると同時に、周囲の光景が変わっていく。無数の轍《わだち》が千里の前に姿を現し、瞬《また》く間に消えた。ぐるりと周囲を囲んでいた群衆は風に砂と消え、千里の姿を悲しげに見つめていた絶海の姿もいつしかなくなっていた。

「何をやってる」

空翼は千里の首を乱暴に胴体へとくっつけた。千里は頭を己の手でぴたぴたと叩き、信じられないものを見たかのように空翼を見上げた。

顎《あご》を撫でると髯《ひげ》がない。頬をさすると少年のすべらかな肌に戻っていた。

「死んでない……」

「死んでたら私と話してない」

「さっき確かに首を飛ばされて……」

「本当に飛ばされる前に私が守っている。時輪が見せるものは全てが真実でかつ幻《まぼろし》。その中で死んでしまえば、真の死を体験することになる。普通の人間は死を超えて見るものに耐えることが出来ない」

「どういうこと？」

「死の世界は人の心では耐えきれない」

千里は死後の世界に興味があったが、真顔の空翼を見てそれ以上問うのをやめた。

「だから私が干渉して、本当には死なないようにしてる。私が完全に時輪を追いきれないように、時輪も私の空間から逃げ切ることは出来ない」

「だから首をちょん切られる前に……」

「何とか時輪の居場所を特定してその作りだした空間に干渉《かんしょう》した。だから一瞬、時輪の姿が見えたはず」

「見えた。でも空翼にも見えてるんだろ？　だったらどうして捕まえないんだ」

「時と空は繋《つな》がり合っているのが常だったけど、どうして五嶽真形図《ごがくしんぎょうず》を使ってまで繋いでいたかわかるか？」

さあ、と千里は首を捻《ひね》る。少し動かすと落ちそうな気がして、千里は慌てて首を押さえた。

「それは、私たちの中にはお互いを斥《しりぞ》け合う力が働いているから」

「斥け合う力？」

「その力は私たちの宿命でもある。時と空は互いに共にあることで、それぞれから自由にはなれない。それは天地開闢《かいびゃく》以来、私と時輪が生まれてから永遠に続くこと。本当は斥け合う二つの力が、五嶽真形図という恐ろしい力で無理やり繋がれた。私たちは苦痛の中にいることに、最近になって気付いた。限りない時間をあてもなく歩かねばならず、限りない空間を時輪は漂《ただよ》わなければならない」

それでお互いに嫌気がさした、と言った。

「お前たちのような生き物は、生まれてせいぜい数十年で土に還《かえ》る。愛憎も土に還るだろう。だが私は限りない時を、その時と空自身が忌《い》むほどの長い時間を奴と共に過ごした。私たちの間にもともとあった斥け合う力が極限まで高まっていた」

「だから図の力が減じた時に、その絆《きずな》を切り離して逃げ出したというのか……」

だが空翼は首を振った。

「図の力が減って、私たちは初めて、お互いが離れて存在できるかもしれないと思うようになった。だがそれだけでは足りない。私たちはひたすら願った。このしがらみを切り離してくれるものはいないか、と。そして願いは叶《かな》った」

「神さまか何か？」

「神とは元々私たちにとって災《わざわ》いでしかない。私たちにとっては生み出した神とされる者こそ災いの始まり。だから私たちを解き放ってくれた者は神ではない」

千里は時と空を切り離した者の正体を聞きたかった。

「私たちは時空の奥深くにいて、ただの人間では近づくことは出来ない。神仙でもよほどの力を持っていなければ見ることも出来ない。その者は私たちに近づき、あまつさえその絆《きずな》を断ち切った。普通ではない。彼と私たちの約束はただ一つ。その姿を互いに見ないこと」

でも、と空翼はうなだれる。

「断ち切ったはいいが、私たちは自由というものを知らない。秩序のために生み出され、その中で生きることに慣れた私と時輪は戸惑《とまど》った。そして私はどう振舞《ふるま》うべきかわからないまま麻姑山に落ち、時輪は自由の甘みに溺《おぼ》れて駆け回った」

「そうして天地は混乱した、と」

空翼はぽんと地を蹴《け》る。飛んだと思った少女がすぐそばにいる。息を呑んだ千里の前から不意に消えて、はるか遠くに立つ。かと思えばあちこちに同時に現れて千里に笑いかける。

(前に敖汕《ごうてん》がぼくたちに見せた術と同じだ)

「これは術ではない。私はどこにでもいて、どこにもいない。時輪もそう。私を捕まえておくことが出来るのは時輪だけ。時輪を繋ぎ止めておけるのは、私だけ」

千里はつんと胸の奥に走る痛みに耐えきれず、一歩前に出た。

「空翼!」

その強い言葉に引かれたように、空翼がふわりと千里の前に降り立った。

「どうした?」

「お前、確かに言ったよな。ぼくなら時輪を捕まえることが出来るかもしれないって」

こくりと空翼は頷く。

「私の助けがあれば」

「だったら」

千里は自分の頰《ほお》が熱くなるのを感じた。

「だったらぼくは空翼を捕まえることも出来るよね」

空翼は大きな瞳をじっと千里に向けて何度か瞬《まばた》きをした。

「千里、あなたはもっと賢いと私は思っていた」

「な、何だよ」

気恥ずかしさとは別の熱さが顔に上がる。

「人間って生き物はすぐに怒ったり喜んだり」

「お前は怒ったりしないのかよ」

「怒る？　よく分からない。私は空の存在。あらゆるものを包み、あらゆる者と共にあり、あらゆるものから離れている。私を捕まえることなど……」

そう言って空翼はふと宙を見上げた。

「出来ないことなどないのかもしれない」

千里は思わず空翼の手を摑《つか》んでいた。だがそこからどうしたいのか、どうしていいのか彼はわからない。長い沈黙の末、空翼は不思議そうに千里を見下ろした。

「もし千里が空と交わりたければ、繫がれている全てから己を解き放ち、私と時輪がいるところまで飛べ」

「そうしたらお前と一緒にいられるのか」

空翼は千里の手を外しながら、

「千里がわかるまで何度も言おう。時と空はあらゆるものを包み、あらゆる者と共にあり、あらゆるものから離れている」

そして懐《ふところ》から雪形を取り出す。

「最後の一枚だ。どうする」

「これで時輪を捕まえられなかったらどうするんだ」

「混乱がさらに広がって、天地は時と空がでたらめに入り交じった状態になって、最後には時も空もなくなる〝始原の一点〟へと戻る。それは天地が出来る前の姿。あなた達のような生き物は溶けてなくなる」

「お前も無くなってしまうのか」

こくりと空翼は頷いた。

「時も空も消え果てた天地は、また西王母《せいおうぼ》かその代わりを務める者たちが最初から創り直すだろう」

「そんなのいやだ！」

「何故？」

千里の感情が爆発するたびに、空翼はきょとんとする。その度に千里は途方《とほう》もないもどかしさを感じる。

「いいからさっさとやろうよ。ぼくが絶対に時輪を捕まえてやる」

会話を続けているだけ苦しくなる。これなら時の足跡の中に入って、別の人生の中をさまよっていた方がましである。千里の表情を見て、空翼は雪形を宙に投げた。これまでとは違う、清《せい》とも濁《だく》とも言い難《がた》い色彩が千里の視界に満ちる。

めまいを感じた千里が手をつくと、やけに冷たい。彼は己の手が、雪形の中に溶け込んでいることに気付き、驚いて手を引こうとした。だが激痛が走り、手は雪形から離れない。千里の腕を伝って冷気が体全体を包み、千里は悲鳴を上げる。

「空翼、助けて……」

伸ばした指先まで凍《こお》りついていく。心音が耳もとでする。臓腑《ぞうふ》の中に卵を産みつけられたような不快感に全身をかきむしる。耳障《みみざわ》りな心音に耐え切れず、音のする方を見ると、そこには無数の自分がいて、千里を見て嘲笑《ちょうしょう》を送った。次の瞬間、彼の意識は時の足跡に飲み込まれて、薄れて行った。

第六章　時の輪、空の翼

一

乳香《にゅうこう》が濃厚に立ちこめていた。

深い木立《こだち》。それも雨上がりの、初秋の爽《さわ》やかさを帯びた森の奥でのみ、嗅《か》ぐことを許される香りである。

高駢《こうべん》は高く築いた塔の最上部で、その香りに包まれて恍惚《こうこつ》としていた。

「はるか西域、波斯《ペルシャ》から取り寄せた最高級の香です。いかがですか」

「ああ、素晴らしいな。さすが呂《りょ》道士は天地すべてのことに博覧《はくらん》でいらっしゃる。あなたが四方から取り寄せてくれる秘宝とこの目を楽しませてくれる術《じゅつ》の数々。わしは千年万年の寿命を得て、この天地を永遠に楽しむことが出来るのですな」

「ええ、それはもう」

愛想よく笑いつつ、それでいて卑屈さを感じさせない若い道士が、踊るように両手を差し上げた。

「四海は将軍の武功によって治まり、皇帝陛下は世を統《す》べること堯舜《ぎょうしゅん》のごとく聖王の御稜威《ごりょうい》を明らかにされ、民草《たみくさ》は平穏の中で永遠の安楽を享《う》けております」

「そうか、そうか……。のう呂先生、そろそろ」

男は道士の差し上げた手に載せられた丸薬に手を伸ばそうとする。

「おや、もう欲しいのですか」

「お、おうおう」

手も腕も、たるんだ皺《しわ》に覆われている。頬《ほお》はこけ落ち、まばらな髯《ひげ》は枯れ草のように生気《せいき》を失っている。道士が称《たた》えた言葉が持つ武勇と栄光のかけらも感じられない、醜《みにく》く衰えた姿を男はさらしていた。

「く、くれ。仙丹《せんたん》をくれ」

「高将軍、焦《あせ》りは敗北の母ですよ？」

面白そうに高駢を見下ろす呂用之《ようし》は、すがる老人から軽やかに身を避《よ》ける。よろけた高駢は柱に鼻をぶつけ、たらりと血を垂《た》らした。

「あははは！」

道士は腹を抱え、床を叩いて笑う。

「す、素晴らしい才能です将軍。あなたは若くして天下に並ぶ者なき将として名を轟《とどろ》かせ、老いては無二の道化として私を楽しませてくれる」

苦しげなほどに笑った呂用之《ようし》は、高駢に足蹴りを喰らわせる。老将はあっけなくひつくり返ったが、その目は血走り、ひたすらに呂用之の手の先にある物を奪おうともがいていた。

「ええい見苦しい！」

襟《えり》を摑《つか》み、突き飛ばして転ばすと呂用之は美しい顔を歪《ゆが》めて唾を吐く。

「一つ教えておいてあげましょう。良い道化にはかわいげがなければならない。笑われて笑い返し、罵《ののし》られて微笑《ほほえ》み、相手が己の愚《おろ》かしい姿に飽きたのであればすぐに姿を消す。そうして初めて愛される道化になれるのですよ」

老人はやがて耳を押さえ、ひいひいとか細い声を漏《も》らしながら泣き出す。呂用之はつまらなそうに鼻を鳴らすと、手に持った丸薬を指でこね始めた。

「まだ壊れないで下さいよ。あなたは道化としてもなかなかですが、何よりも〝器〟として大切ですからな。その器の中に収める物ともども私が有効に使ってあげますから、あと数年は腑《ふ》抜けてて下さいよ」

香炉《こうろ》を用意し、その上にこねた丸薬を置く。そして指を弾《はじ》くと、香炉の下に小さな灯がともった。丸薬から紫の煙が立ち上り、やがて高駢の鼻腔《びこう》へと消える。すると先ほどまで細い悲鳴を上げ続けていた老人はすっと立ち上がり、自身が転げ回って荒れ果てた部屋を見て首を傾《かし》げる。

そしててきぱきと部屋を整理すると、香炉を祭壇に据《す》えて腰を下ろす。書見台《しょけんだい》には経典《けいてん》を開き、背筋を伸ばして読み始めた。その口から流れる声は低く力強く、部屋の中には打って変わって凜《りん》とした空気が満ち始める。

いつしか呂用之の姿は消えていたが、高駢は構《かま》わず経を唱《とな》え続ける。それが己の務めだといわんばかりに、その行《ぎょう》は飽くことがなかった。

香はいつまでも煙を上げ続け、高駢は疲れを覚えるとその煙を鼻先に導き寄せて深く吸い込んだ。その度《たび》に、こけた頬には赤みがさし、活力が戻っていく。やがて高駢がいる部屋の周りも闇に包まれ、高駢はようやく読経《どきょう》を止《や》めた。人の気配を感じ取り、ゆったりと体を扉の方へと向ける。

「誰か」

その声は凜と張り、老いにしわがれてはいるが強い。

「楊行密《ようこうみつ》です。行はお済みでしょうか」

「終わっている。入れ」

静かに扉を開けて入って来たのは、やはり若い男だった。だが呂用之と違って、きゆっと引き締まったくちびるは瑞々《みずみず》しく、老将に向けられるひとみは明るさに満ちている。

長身の体には無駄なく筋肉が載り、豹《ひょう》をおもわせる精悍《せいかん》さを全身から漂わせていた。

「将軍、ここはいささか高すぎます」

額《ひたい》には汗が光り、楊行密は袖《そで》で汗をぬぐった。その様子を見て、高駢は口元をほころばせる。

「この観天塔《かんてんとう》はわしの夢だった。少しでも神仙に近いところで修行に励み、少しでもその境地に近づく。わしは地において無数の武功をあげ、後は悟《さと》りの境地に至って不老長寿を得たい。それのみを願っているのだ」

青年の顔はわずかに曇《くも》る。

「将軍、そのことについてなのですが」

「お前の文句はもう聞き飽きたぞ」

老将はそう言いつつも優しい笑みを浮かべ、楊行密を追い払うことはしなかった。

(将軍は俺を大切にしてくれている)

そう思うと若者の胸は高鳴った。

もともと淮南《わいなん》の大都市、江陵《こうりょう》のごろつきであった楊行密を拾い上げたのは、高駢である。

(この十年、その恩義を忘れたことはない……)

彼は初めて高駢に会った時のことを思い出す。淮南随一の大都市江陵で、彼は若いながらいっぱしの顔役を気どっていた。

その長い手足は剣槍の名人すら相手にならず、商いをやらせれば硬軟《こうなん》使い分けてたちまち商売がたきを粉砕《ふんさい》した。

豹のように強く素早く、狐《きつね》のように狡猾《こうかつ》だった。町の人々は彼に不見豹《ふけんひょう》と別名を与え、秘《ひそ》かに恐れていた。彼が歩けば道はたちまち開け、彼につき従う者は数百を超えた。

官憲が何か口実を設《もう》けて捕縛《ほばく》しようとすると、どこから情報を仕入れてくるのかほとぼりがさめるまで姿を隠してしまう。彼の居場所を密告するものは、その日のうちに淮水《わいすい》に浮かぶことになっているから、恐れて誰も口を割らない。

一方でその人となりは明るく義に厚く、受けた恩は忘れなかった。酒家へ行くとその笑い声がするだけで男も女もその周囲に集まって来る明るさがあった。

町の太守《たいしゅ》ですら、その威《い》をはばかるほどとなったある夏の日のことだった。

彼は河に船を浮かべて、馴染《なじ》みの女と腹心《ふくしん》数人とで酒を飲んでいた。

淮南の夏は蒸し暑く、蚊も多い、楊行密は耳元で乱舞する蚊の羽音を嫌がって船を出していたのである。

「親方、誰か来ます」

船の周囲を警戒して一艘《そう》の小船が近づいてきた。

「何人だ」

になることも多かった。

あげようとするばかりに、多少無茶をするところがある。稼ぎも多いが、揉《も》め事の元

任されている。楊行密はその名を聞いてちょっとときなくさい顔をした。劉松は儲《もう》けを

劉松は楊行密の子分の一人で、その抜け目ない才覚を買われて城内の酒場を何軒か

「一人です。あ、劉松《りゅうしょう》のやつだ」

(気持ちよく飲んでいるところを)

しかも劉松が直接来るということは、小さくない揉め事があったに違いない。舌打

ちして杯《さかずき》を河に放りこみ、楊行密は大きな河船の舷側《げんそく》まで出た。

「ほ、ほひゃはは、へらいことです」

空気が抜けたような声でよく聞き取れない。親方えらいことです、と喚《わめ》いているの

が何とかわかった。松明《たいまつ》で照らしてやると、劉松の顔は大きくはれ上がっている。左

の頰《なか》が半ば砕《くだ》け、青紫に変色していた。

「えらく色男になったじゃねえか」

楊行密は冗談めかしてからかったが、その顔を見てどうやら今回の揉め事は相当大

きそうだと気を引き締《し》める。

「お前をそんな顔に仕上げるとはどこの命知らずだ」

「それが、見たことのないじじいで」

「じじい？」

劉松は商売をもっぱらにしているとはいえ、楊行密子飼《こが》いの男である。荒事ももちろんやってのける。それが半ベソかいて自分にすがりついて来るのは異常事態であった。しかも相手は見知らぬ老人だという。

「俺が出た方がよさそうだ。何か企《たくら》んでいる奴が後ろで糸を引いているのかも知れん。すぐに店を閉めて女たちを避難させろ。俺が指示を出すまでおとなしくしているんだ。いいな。で、そのじじいはどこにいる」

劉松に訊《たず》ねつつ左右に目くばせすると、数隻《せき》の小船が街の様子を探りに先行した。

「蒼鶴楼《そうかくろう》で飲んでやがります」

「わかった。後は任せろ」

顔を腫《は》らした子分はしょんぼりと岸へと帰って行く。楊行密は剣を一本腰に吊《つ》るしただけの軽装で、江陵城へと向かった。既《すで》に日は暮れ、城門は閉まっているがそのような規則は楊行密の前では無力である。

彼を含む一部の者しか知らない抜け穴が城壁の片隅《かたすみ》に掘ってある。見つかれば死罪なのであるが、彼は屁《へ》とも思っていなかった。国の法よりも、自分たちの掟《おきて》の方が重いのである。

今は楊行密さまの子分を殴《なぐ》るという江陵での禁忌《きんき》を犯した老人を罰《ばっ》することが、何

所である。

江陵の大路から西に位置する市場の近くに、酒場や遊郭《ゆうかく》の集まった一画がある。ここは数年かけて楊行密が完全に掌握《しょうあく》し、時間も金もかけて整備した思い入れのある場所である。

その中心にあるもっとも高級な酒楼《しゅろう》が蒼鶴楼であった。

楊行密がお気に入りの職人を各地から呼び集め、金に糸目をつけず作り上げた最高傑作である。ここには城内の富商《ふしょう》だけでなく、官僚たちも秘かに訪れていた。刺史や都から来た宦官《かんがん》や使者を接待する秘密の部屋もある。

部屋の装飾には南海の大国、室利仏逝《シュリーヴィジャヤ》の玳瑁《たいまい》や天竺《てんじく》の香木がふんだんに使われ、客は西域の赤い酒と江南の美女たちに心ゆくまで接待されるのである。

その蒼鶴楼の貴賓室《きひんしつ》が、ものの見事に〝仕上げ〟られていた。彼ら江陵のやくざ言葉でいう、めちゃくちゃにされた、という意味だ。その中心に、樹齢千年を経た神木《しんぼく》に百金を払って切り倒して作った卓が置かれている。

破壊された部屋に比して、重厚な卓の前に座る老人だけが端然《たんぜん》としていて、奇妙な風景を作りだしていた。楊行密はかっとなってその老人を罵倒《ばとう》しようと口を開きかけた。

老人は剣も持たず、ただ静かに座って杯を干している。その横顔は無数の傷に覆《おお》われ、袖からわずかに見える腕の筋骨はおそろしく太い。

（ただ者ではない。どこぞのやくざに雇われた武人崩れか……）

と警戒した楊行密であったが、彼も江陵で無敵と言われた元荒くれだ。相手が武人であろうが喧嘩《けんか》に負けたことはない。

「ご老人。ここが俺の店だと知ってやったのかい？」

老人はゆっくりと楊行密に顔を向けた。その眼光を見て思わず楊行密は顔を伏せそうになった。こんなことは裏街道を歩きだしてからも数えるほどしかない。

「ここの主人はあまりにも態度が悪かったので思わず教えを垂れてしまったが、悪かったかな。頬桁《ほおげた》を砕かない程度には加減をしたつもりだが」

威圧感に目をくらまされていたが、よく見ると老人はそれほど大柄ではなかった。身の丈八尺と喧伝《けんでん》される楊行密よりもはるかに小さい。

「俺は、あんたがここを楊行密の店と知ってやったのかと訊いてるんだ」

「知らんな。なにせ淮南には来たばかりだ」

どこの田舎者だ、と楊行密は老人を値踏みする。男の言葉には訛《なま》りがなかった。各地を流れている者によくありがちではあったが、流れものにしては身につけている物が上等だった。

「来たばかりだと？」

「そう。よければこの街のことを色々教えてくれ、若者よ」

その悠揚《ゆうよう》迫らぬ老人の態度に楊行密は引き込まれると同時に、怒りも覚えた。彼は人に評されるごとく、虎のように強く狐のように狡猾であると、自ら思っている。そして秘かに誇っていることがある。狼《おおかみ》のように孤高であると。

便宜上《べんぎじよう》頭を下げても、心は決して誰にも屈《くつ》しない。皇帝が相手だろうと、膝《ひざ》を折らない自信があった。だが、その鋼《はがね》と信じていた己の心が熱した飴《あめ》のように折れ曲がろうとしているのである。

楊行密は目の前の老人よりも、そんな自分に腹を立てた。

彼は身をかがめると、一気に老人へと間合いを詰め、その脇腹に拳《こぶし》を叩きこもうとした。目の前の老いぼれはなすすべもなく床に転がり、痛みに悶絶《もんぜつ》する、はずであった。

だが老人は座ったまままわずかに身を傾けただけである。

(ばかめ。年寄りは俺の速さについてこれまい)

だが次の瞬間、床に転がっていたのは楊行密の方であった。

「舐《な》めやがって!」

楊行密は凶暴な気配を露《あら》わにして、老人に襲い掛かる。

腰に差してある剣は細いが、それでも彼のような武勇の持ち主が持てば必殺の武器となる。怒りを爆発させた楊行密はこれまで何人もの敵と、己《おのれ》を侮《あなど》った者を怒りの渦《うず》の中であの世に送って来た。

刃が肉に突き立つ感覚があり、楊行密はにやりと笑う。

老人の正体を明かし、壊した店を弁償させることよりも、己の中に生まれた感じたことのない怯《おび》えの元凶を叩き潰すことの方が大切だ。

だが楊行密は目の前の老人の姿に驚愕《きょうがく》し、震《ふる》え始めた。老人の分厚い手のひらの先に、刃先が一分の長さだけ突き立っている。血は一滴も流れず、老人が手を軽く振ると、剣は半ばで折れて砕け散った。

「ど、どうなってんだ……」

「なかなかの太刀《たち》筋《すじ》だが、我流で振り回していたせいで粗《あら》が見えるな。雑魚《ざこ》相手にはよく斬れるだろうが、武宮《ぶきゅう》できっちり修行した連中には敵《かな》わないだろう」

老人はゆっくり立ち上がり、楊行密に向き合った。

背丈は楊行密の方が一尺は高い。彼より矮軀《わいく》の老人は、楊行密を見上げた。その表情はごく穏《おだ》やかで、威嚇《いかく》も睥睨《へいげい》もしていない。なのに楊行密の膝はがくがくと震えている。

「怖いか」

と老人は訊く。だが楊行密は絶対に認めたくなかった。

（俺は何も怖くない。この天地に怖がるものなんて何もねえんだ！）

楊行密は剣を放り投げて拳を握ると、老人の鼻目がけて思いっきり叩きつけた。鼻の下にある急所を彼が叩けば、どんな屈強な男ももんどり打って倒れた。

だが、老人は涼しい顔をして立っている。

楊行密は相手の反撃を感じ、崩れた部屋の際まで一足で飛んだ。

「素晴らしいな。相手の殺気を感じる力も高い」

小さかった老人の体が何倍にも膨《ふく》れ上がったように、楊行密には見えた。鼻を砕いたはずの拳に激痛が走る。老人の顔には傷一つついていない。

（なんだよこいつ、化物かい！）

身を翻《ひるがえ》す。先ほどまでの勇猛さをかなぐり捨てて楊行密は逃げかけた。

これは逃げるのではない。楊行密も幼い頃に裏街道を歩き始めた頃から、自分より強い者と何度も戦って来た。一度で勝てなければ二度、三度と当たればいい。自分が殺されないよう守りつつ、相手の弱みを摑《つか》めばいいのだ。虎の強さはその時発揮すればいい。

「げっ」

楊行密はのけぞって足を止めた。背後にいたはずの老人が目の前に立っていたからである。慌てて後ろを振り返ると、そこにも老人がいる。楊行密は生唾《なまつば》を飲み込んだ

が、却《かえ》って開き直り、

「爺さん、あんたがただ者じゃねえことはよおっくわかった。俺をどうするつもりなんだ」

腕を組んで胸を張り、敢《あ》えて堂々と対する。

「縄張りに正面から入り込んで店を壊し、目くらましを俺に仕掛ける。見たところ坊主でも僧侶でもなさそうだが、何者だ」

「ただの老兵よ。次の英雄を探す、かつての英雄だ」

部屋の出口に立っていた影が消えている。楊行密が振り向くと、老人は既に一人に戻って椅子に腰かけている。

「わが名は高千里《せんり》。淮南節度使《わいなんせつどし》を拝命して江陵に来た」

「ほう、その節度使さまが俺のようなやくざ者に何の用で」

楊行密は開き直って落ち着きを取り戻し、敢えて余裕を見せて高駢の向かいに座った。

「英雄を探しに来た」

「英雄？　ああ、みなこの酒楼に来て女と戯《たわむ》れ美酒に溺《おぼ》れているうちに、己が英雄だと歌いだしますな。あなたがここをさらに美しく作り直せば、四方の男たちがやってきて英雄となるでしょうよ」

高駢は首を横に振り、

「わしが探している英雄はただ一人。お前だ」

そう言った。楊行密は鼻で笑い飛ばす。

「言っておきますが、私は宮仕《みやづか》えには興味がないんでね。この江陵の街で一目置かれる顔役となって、大金を稼ぐ。そして隣の州、その隣の州と縄張りを広げていく手だてを立てるので精一杯ですな」

「そうして、どうする？」

「どうするって、大金持ちになってもっと縄張りを広げてやるのさ」

「それから？」

夢を語っているだけなのに、何故か追いつめられているような気がして、楊行密は苛立った。

「節度使さま、何が言いたいので？」

「男たるもの、堂々天下に美名を挙げたいと思わんか。こんな小さな城の刺史《しし》風情《ふぜい》と腹の探り合いをしてお前の器を終わらせるつもりか」

「それこそ余計なお世話ですな。大丈夫《だいじょうぶ》たるもの、己の進む道は己自身で決める。英雄と見込んで下さったのはありがたいが、お断りいたします」

だが老人は落胆《らくたん》した様子を見せない。

「ではその心の内にある滾《たぎ》りはなんだ。わしの力を目《ま》の当たりにした時の恐怖と、抑《おさ》えきれぬ好奇心。己より強い者がいなくなった小さな世界で満たされない思いが、大いに震えていたぞ。まだ見ぬ力、まだ知らぬ世界への心をどうして隠そうとする」

楊行密はぎくりと肩を震わせた。

この老人が己の心を寸分違《たが》わずぴたりと言い当てていたからである。それがまた気に入らないが、同時に高駢への興味がいや増して来たのも事実であった。

「あんたの家来になれというのか」

「家来になるのではない。わしの後を継《つ》げ」

楊行密はげらげらと笑った。

「節度使さまがいきなりやくざの若親分を連れて行って、これが俺の跡継ぎだと言って誰が信用するものですかね」

「わしの家を継げと言っているわけではない。わしの業《ぎょう》を継げと言っている」

その声に、初めて真剣の重みが加わった。だが楊行密は意味がわからず高駢の口元を見つめているのみだ。高駢は卓に肘《ひじ》を置き、身を乗り出した。

「お前に二つの術を見せた。身を鋼よりも硬く、いかなる刀も鏃《やじり》もその肉体を貫くことは出来ぬ。これはわが吐蕃《とばん》の友人が得意としていた技だ。そしてお前の前に現れた二人のわし。これはわしと刎頸《ふんけい》の契《ちぎ》りを交わした上人《しょうにん》が教えてくれた」

そして楊行密に、

「これだけではない。多くの術と智慧《ちえ》を得て、わしはこの年まで数百戦、ひたすら戦い続けてきた」

「何と？」

「それは時に辺境を侵《おか》す蛮夷《ばんい》であったり、妖人に率《ひき》いられた反乱であった。どれほど戦おうと、戦いの種は尽きることなく、わしの手が血に染まらぬ年はなかった。わしは己の持つ力を尽くして、全ての戦いの種を拾い上げ、海にでも捨ててしまいたかった」

だが、と高駢は天を仰《あお》いで慨嘆する。

「間に合わなかった。わしは充分に働いたが、まだ足りぬ。わしは何者を敵に回しても負けぬ。神仙を相手にしようと五分以上に戦えるだけの境地を手に入れた。しかし一つだけ勝てぬ相手がいる」

楊行密は血を吐くような老人の言葉に惹《ひ》き込まれる。

「それは？」

「時間だ。わしが勝てば一つの戦いが終わる。一つの戦いが終われば、一段の時間が過ぎる。一段の時間が積み重なってわしは老いていく。そしてわしは宿願を果たせぬまま、与えられた時を使いきろうとしている」

「節度使さまはご自分の寿命がわかるのですか」

「いつ何時、ということまではわからん。だがお前も命の瀬戸際《せとぎわ》を何度も渡った男ならわかるであろう。死の牙《きば》がそこまで迫っている時の感覚をな」

楊行密も、漠然《ばくぜん》とであるが老人の言っていることがわからないでもない。己の力では覆《くつがえ》せないほどの殺気、罠《わな》、災い全てが放つ禍々《まがまが》しい殺気を、肌が感じ取ることがあった。

「ええ、わかります」

「わしはもうそこから逃げられないだろう。少しでも先延ばしにしようと手を尽くしているがな。命が尽きるのが先か、新たな希望が開けるのが先か……。楊行密、お前にはわしの全てを受け継ぎ、この国を、いや、この天地を救う希望となって欲しいのだ」

「そんな大げさな」

楊行密は鼻で笑おうとして、どうしても笑い飛ばせない。

この老将についていけば、今までの稼業《かぎょう》とは違う新たな地平が広がるのではないか。圧倒的な力、その力がぶつかり合う戦場、遥かに見える天地……。

彼は思わず、老将の前に膝をついていた。

二

それから十年。楊行密は高駢の多くを学びとったが、師であり主君であるはずの男は、すっかり変わってしまった。

(全てはあの妖人のせいだ!)

高駢の前から辞去し、自宅に帰っても怒りは収まらない。高駢が連れてきた呂用之という道士は確かに不可思議《ふかしぎ》な術《じゅつ》を使いこなしていた。手から炎を生み、氷を生み、種を瞬時にして花に変え、雲を呼び、地を裂《さ》いた。

だが力のある者が心正しき者ではないことも、楊行密はよくわかっている。だから呂用之が不要に高駢に接近しないよう巧妙《こうみょう》に妨害していた。にもかかわらず、である。

高駢の方から術士に近づいてしまった。

寿命を延ばし、持てる力を増すという謳《うた》い文句の丹薬を服するようになってから、高駢はみるみる衰え出した。そして戦うことを捨て、祈ることのみで願いをかなえようとし始めた。

始末の悪いことに、高駢は常に薬に酔っているわけではなかった。七割は薬に狂った状態になっていたが、三割は以前の通りなのだ。そして薬に酔っている時には楊行密は高駢に会うことを許されず、酔っていない時は酔っている時の記憶を失っているのが常であった。

「あいつを倒さねば……」

と思わず声に出して慌てて口を押さえる。どこで聞いているかわからない。楊行密も高駢から十年にわたって武、道、両方の術を学んできた男である。

禁呪《きんじゅ》を使うことも結界を張ることも出来たが、相手はその筋の専門家だ。下手な手は打てなかった。高駢は常々楊行密に言っていた。心を許せる多くの友を作れ、と。信義を守り、厚意には必ず報《むく》いよ、と。

それに関しては特に問題はなかった。渡世の義理を破らないことが、楊行密の強さの源《みなもと》の一つであった。

「田頵《でんいん》、陶雅《とうが》、いるか」

独り言のように声を発すると、扉が音もなく開いて二人の男が入ってきた。彼らこそが楊行密がもっとも心を許す親友にして腹心であった。

大柄で虎の腰巻をした男は、淮南で武勇第一と噂される戦士、田頵である。巨大な二叉《ふたまた》の槍《やり》を担《かつ》いでいる。もう一人は鋼《はがね》の棍棒《こんぼう》を持ち、頭を剃《そ》りあげた陶雅だ。彼も田頵に劣らぬ武勇を誇り、楊行密とは兄弟以上の絆で結ばれている。

「あれ、お前たち……」

幼い頃から誰よりも知っている二人の姿を見て、楊行密は思わず首を傾《かし》げた。得体《えたい》の知れない違和感が頭の片隅をよぎる。しかしそんな彼の顔を見て不思議そうな表情を浮かべる二人に、慌てて首を振った。

「考え事か？」

田頵の問いに楊行密は頷《うなず》く。

それだけで田頵と陶雅は部屋の守り神と化す。二人に任せている限り、楊行密は安心して深い思索にこもることが出来る。端坐《たんざ》し、瞑想《めいそう》へと没入する。

楊行密は高駢との修行を通じて、己の中に師を描くことが出来た。

高駢は普段は心の奥底に眠っているが、楊行密が深い瞑想に入っている時だけ心の表面に現れて、彼の悩みや疑問を解きほぐす手伝いをしてくれるのだ。

「高駢さま」

「わしのことで苦労しているようだな。わがことながら困ったことだ」

申し訳なさそうな顔を高駢はする。一方で楊行密は理解している、この主君の姿は己が望む幻《まぼろし》であることをだ。現れる高駢の姿を見て、己の心の流れを見るのもこの瞑想の目的の一つではある。

「いいえ、それは良いのですが、呂用之を除く方法がどうしても見つからず、難渋《なんじゅう》しております。高駢さまに巧《たく》みに取り入り、その心を奪って薬漬けにするなど、見てはおれません」

全くだ、と高駢は頷く。

「わしはそろそろ死なねばならんのかも知れんな」

と呟《つぶや》く高駢を見て楊行密は愕然《がくぜん》とする。この幻は己の心の鏡。つまり俺は、高駢の死を願っているとでもいうのか。楊行密の心は戸惑いによって乱れ、瞑想は破れてしまった。

この時、淮南《わいなん》は苦しんでいた。

もともと豊かな地域であるにもかかわらず、いや、豊かであるからこそ、略奪と苛政の餌食《えじき》となり続けた。ここで節度使が善政をしけばまだ何とかなったかも知れない。

十年前に赴任してきた高駢は最初の三年ほどは、文字通りの善政をしいた。田畑を広げ、桑を植え、蚕《かいこ》を飼わせた。商売を活発にするため市《いち》への税を軽減し、役人の腐敗《ふはい》は容赦なく摘発《てきはつ》した。

農民、商人はようやくまともな節度使が来たと躍《おど》り上がって喜んだものだ。そして元々地肥《こ》えて人多き地域のことである。三年もしないうちに以前の賑《にぎ》わいが戻って来たものだ。

なのに、その幸せはわずか三年で終わった。

「高駢さまも金の重みで心がお潰《つぶ》れなされたわ。あの方も所詮《しょせん》人の子だわ」

と民たちは眉《まゆ》をひそめることとなった。

度重《たびかさ》なる遠征と、時ならぬ貢租《こうそ》の徴収は農民を苦しめ、市にかけられた分限金は高率で商人を痛めつけた。

だが誰も、高駢に逆らうことは出来なかった。

もともと国随一の武勲《ぶくん》を立てた猛将である上に、不平を洩《も》らす者はいつの間にか捕縛され、厳しい拷問《ごうもん》にあわされるのが常であった。人々は高駢に対してだけではなく、互いに疑心暗鬼となり、華やかだった江陵は死の街と化した。

「やるか」

「やろう」

人々は目くばせだけで互いの心を通じさせ、ごく少数の勇気ある者たちが彼らを繫《つな》ぎ合わせていった。

多くの磔柱《はりつけばしら》が江陵城を囲むように林立し、恐怖が街を覆《おお》う。だが人々の怒りを抑《おさ》えつけることはもはや不可能になっていた。

「何とか高駢さまに会わなければ」

江陵の市民の蜂起《ほうき》は、もう避けられない情勢となっていた。楊行密は街の細道まで熟知《じゆくち》しているだけに、その空気を的確に掴んでいた。江陵だけではない。淮南諸州も同時に蜂起するであろうことが、はっきりと分かっていた。

そしてもう一つ、楊行密たちにははっきり分かっていることがある。

(誰かが背後で糸を引いている……)

しかし誰がそうなのか見えてこない。

「おかしいぞ」

楊行密と田頵たちも焦《あせ》りを隠せなかった。

反乱、それも大規模なものとなれば、当然指導者が必要だ。通常、反乱の指導者は捕まらないよう正体をくらましたり、身を隠している。それでも、淮南の裏事情に通じた楊行密とその配下たちにわからないことなどあるはずがなかった。

そしてついに、田頵が決定的な証拠を掴んだ。反乱軍の幹部の一人を捕えて締め上げ、資金と戦術を提供している男を突き止めたのだ。

「やっぱりそうか。もう少し確たる証拠があれば高駢さまの前に引き据《す》えてやれるのに」

「そんな悠長《ゆうちょう》なことをしている場合じゃない」

陶雅は卓を叩いた。

「この反乱、収めるのは簡単だ」

田頵も充血した目で楊行密に迫る。

この七年間、淮南節度使の名前で各州を好き放題荒らして来た人間の正体を、彼らは知っている。蛭《ひる》のように高駢に取り付き、その生き血を吸い続けている道士である。

「呂用之さえ殺せば、高駢さまは元に戻るんだろう」

「俺だってそう信じている！」

だが楊行密ですら、もう観天塔《かんてんとう》に近づくことを許されなかった。高駢と同じく心の奥までがっしりとその爪の下に押さえ込まれた兵たちが、塔の周囲を取り巻いている。彼らには袖の下も脅迫《きょうはく》も一切通じなかった。

「劉威《りゅうい》からの報告は？」

「畢師《ひっし》鐸《たく》が呂用之と組んで良からぬことを企んでいるようだ」

「軍まで握られたか……」

つい最近、河南《かなん》を中心に大乱が起きた。もと塩商人の黄巣《こうそう》という男を中心に、数十万の衆を集めて天下の半ばを陥落《かんらく》させるに至った。だが、王朝の軍も衰えたとはいえ、そう簡単には白旗を上げるわけではない。何度も賊軍に痛撃を与えて、その皮と肉をむしり取っていた。そしてようやく鎮圧《ちんあつ》に成功し、淮南は束《つか》の間《ま》の平穏を取り戻している。

畢師鐸は黄巣軍の司令官の一人であったが、淮南軍に敗《やぶ》れて投降していた。欲に弱い男で、大金で釣りに来た呂用之に簡単に籠絡《ろうらく》されていた。

「あんな野郎に高駢さまを殺させるわけにはいかん」

楊行密は指を嚙《か》む。

「だが畢師鐸のやつ、戦争だけは強いぞ」

「そこが問題だ」

楊行密は天を仰いだ。

黄巣軍にいた畢師鐸は負けたものの、それは高駢が相手だったからである。そして畢師鐸は、己の物欲と金銭欲を満たすこと以外に興味がないことも、余計な詮索《せんさく》を好まない呂用之の目的にぴったりと合致していた。

「俺たちは畢師鐸の強欲をこちらに引っ張るほどは金も宝も持ってない。それにあいつの軍勢を止めるほどの人数もない」

楊行密は高駢に大切にされ、その武術や道術を授けられている。だが、政治の実権と軍権は与えられていなかった。一応、廬州《ろしゅう》の刺史《しし》の地位を与えられているが、廬州の周囲は呂用之の息のかかった者に取り囲まれており、軽々しく動くわけにはいかない。

「呂用之を殺《や》ろう。でないと楊行密さまも俺たちも殺される」

「それでは相手の挑発《ちょうはつ》に乗ることになる」

さすがに楊行密は慎重であった。

「あちらが俺たちを簡単に殺せない程度には、俺たちにも力がある。攻めに転じることこそ出来ないが、盧州の守りは万全だ。呂用之の術も防ぐ分には何とかなっている。だがここで俺たちが一挙に攻めに出れば、あちらは堂々と大義名分を掲げて俺たちを討つだろう。高駢さまの身柄《みがら》はあちらが握《にぎ》っている。薬に酔った高駢さまでも俺のことは別格の扱いをしてくれてはいるようだ。とはいえ、俺が弓を引いたとその目に見れば、呂用之の口車《くちぐるま》に乗ってしまうかも知れん」

「だったら尚更《なおさら》生きるか死ぬかの大ばくちを打つべきだろう。行密、俺がやる。俺はお前のためにだったらこの命をやってもいい」

目に涙を溜《た》めて、楊行密は田頵の意に感謝した。

「だが俺は、お前たちの一人も失くしたくない。ここでお前を一人死なせるようなら、たとえ呂用之を殺したとしても一生後悔するだろう。他にも手段はある。お前たちはまず自分の身を守ることに専念してくれ」

楊行密は田頵たちに警護を頼むと、瞑想へと入った。

(俺が高駢さまに教わったのは、人同士の気の流れを感じ取り、繋ぐ術だった。だっ

たら俺が高駢さまへと己を繋ぎ、目を覚ましてもらうことも出来るはずだ）

これまでしてこなかったのは、主君であり、師である男に対する礼儀である。だがもうそんなことは言っていられない。

己の意識の中へと潜《もぐ》る。

江陵の城が揺れ動いている。ついに民たちが蜂起したらしい。だが楊行密の静まり返った心を揺らすことは出来ない。民たちは闇雲《やみくも》に城内を破壊して回っているようで、楊行密が俯瞰《ふかん》して見れば実に秩序だった動きを示していた。

身をくねらせながら獲物に近付く蛇《へび》のように、彼らは進んで行く。相変わらず、誰が指揮をしているのかはわからない。そして群衆の前に、高駢が鍛《きた》え上げた節度使の軍勢が甲冑《かっちゅう》に身を固めて居並んでいた。

前には槍を構えた歩兵、後列には弓兵が居並んでいる。だがそこにはもう、高駢の気配はなかった。欲にまみれた畢師鐸《ひっしたく》のぎとぎとした、しかし獰猛《どうもう》な気配がその軍勢を統御《とうぎょ》している。

（そういうことか……）

楊行密はうつろな殺意に満ちた軍勢を見て、初めて理解した。

この七年にわたる苛政《かせい》。畢師鐸が手中に落ちるまで高駢に軍を指揮させたこと。そしてやけに統率のとれた暴徒《ぼうと》たち……。

呂用之が淮南という果実を貪《むさぼ》るために、高駢の政《まつりごと》によって豊かになったところを見計らってその心を堕落《だらく》させて民心から引き離してしまった。今や高駢は苛政の象徴となっていた。

(あの道士、それほど高駢さまを貶《おとし》めたいか)

だが楊行密は、そんな自分の心の動きを見ながら、動揺していた。

そしてもう一つの疑問が頭に浮かぶ。では何故、呂用之はこのように迂遠《うえん》な手段を取ったのか。薬で酔わせることに成功した時点で、道士は高駢を殺すことが出来たはずだ。なのにここまで生かした。

(淮南を手に入れるために高駢さまを殺すとしても、何故今なんだ?)

楊行密は己の心がある方向へと導かれていくのを感じた。すぐ傍《そば》に、高駢がいた。だがこれが本当の主君でないことを知っている。彼の中にいる、高駢の幻である。それでも、楊行密には心強かった。

「わが後に続け」

そう言うと、高駢の幻はすいと彼の前に立った。一気に速度が上がり、遠くに微《かす》かな光が見える。木の香に似た、独特の香りがそこから漂ってくる。やがて、楊行密の前に一場の舞台が開幕するように、ある光景が広がった。

祭壇の前に跪《ひざまず》くやせ衰えた老人とその背後に佇立《ちょりつ》する道士だ。

「高駢さまの部屋……あれにあるは呂用之か！」

懸命に泳ぎ着こうとするが、容易には近づいてくれない。主はいつものように祭壇へと向かい、熱心に祈りを捧《ささ》げている。

その後ろから、呂用之がゆっくりと近づいていく。誰も連れてはいないが、その手には奇怪な形をした刃物を握っていた。

いくつもの曲線を組み合わせて作ったような、薄雲に似た刃の形をしている。だがその曲線の一つ一つが白々と光を放ち、どこに触れても人の肉など簡単に切り裂きそうな禍々《まがまが》しさが放射されていた。それはまさに、呂用之の放つ気配と同じだった。

祭壇の香炉からは、いつもとは違う青い煙が揺らぎ出ている。呂用之が後ろに凶器を持って立っているというのに、高駢は気付いた様子もない。楊行密は叫び声を上げて危機を知らせようとするが、声は届かない。

しかし、である。

呂用之がゆっくりとその刃物を振りかざした時、高駢はくるりと体を回して道士に相対《あいたい》した。焦った表情を一瞬浮かべた呂用之だったが、悪びれず刃物を手に持って隠そうともしない。

「正気が戻っているのですか」

呂用之は口元に薄い笑みを浮かべてそう訊いた。そのこめかみに汗が浮いている。

楊行密はいつもにやにやと冷たい薄笑いの道士が焦っていることに気付いた。

(何か予想外のことが起きているのか)

楊行密は呼吸することも忘れて二人を見つめていたため、息苦しくて胸に手を当てた。

「わしが正気だと、何か不都合なことがあるのかな」

その言葉は低く重く、薬に酔ったものではない。楊行密が敬愛してやまない、武にも術にも長《た》けた英雄の声であった。

「老いぼれ、これまでこのぼくを騙《だま》していたのか」

呂用之の口調が汚くなる。

(本性を現しやがった)

と楊行密は歯がみする。

「騙してなどいない」

高駢は悲しげな表情を浮かべて俯《うつむ》いた。

「わしはお前のくれた薬に溺《おぼ》れ、言葉に惑《まど》い、己を失っていた。国が乱れ、民が怒り、江陵の城にも危機が迫っておる。それは全てわしの責任だ」

「そ、そうですよ。淮南の広大な地域を任されていながら、あなたは民も兵も捨ててしまった。全てあなたの責任ですよ」

何を言ってやがる、と楊行密は激昂《げっこう》する。

高駢は確かに神仙の道に溺れたかもしれない。だがそこにつけこんだのは呂用之だ。民から搾《しぼ》り取り、兵をほしいままに動かし、淮南を混乱に陥《おとしい》れたのは貴様だろう！

だが彼の叫びが呂用之の耳に届いている様子はなかった。

「高駢さま、あなたはその責を取らねばなりません」

ほう、と高駢は眉《まゆ》を開いた。

「どうすればわしはこの罪から解き放たれるのかな」

「それはですな、あなたの魂魄《こんぱく》についた穢《けが》れを、この刃で斬《き》り放つのです」

（その誘いに乗ってはだめだ！）

楊行密はふと隣を見た。すると、彼の心の中にいた高駢は特に慌てた様子もなく、じっと二人のやり取りを見ている。我に返った楊行密は、頬を叩いて己を落ち着かせた。

（俺は高駢さまを信じている。何か考えがあって、呂用之と対峙《たいじ》していることをどこかで理解しているんだ）

そう思うと急に心強くなる。そして楊行密の心を裏付けるように、高駢の表情には恐れも焦りも全く浮かんでいなかった。

「そうです。私に全てを委《ゆだ》ねて下されば、あなたは望んでいた長寿も力も、全てを手に入れることが出来るのですよ」

「そしてお前は、わしの中にある何かを手に入れる。時の分岐点《ぶんき》すら意のままに操る〝歪《ゆが》み〟の力だ。そうしてお前は何を支配しようと言うのだ」

「何のことでしょうか」

呂用之はすっかり余裕を取り戻し、とぼける。

「お前はこの天地に存在する者が絶対に操れない、あるものをわしの中に見出した。だがお前の力では、若く力溢《あふ》れた頃のわしに手を出すことは出来なかった。だからわしの衰えを待った」

高駢は立ち上がり、呂用之に一歩近づいた。押されたように道士が下がる。

「わしが生きれば、わが内にある〝歪み〟の成長を促《うなが》すことが出来る。そうなれば、お前は時の分岐点をさらに操れると考えた。内にあるものが育った頃を見計《みはか》らって、淮南に混乱を引き起こしたのだ」

楊行密は驚愕《きょうがく》していた。高駢は薬に酔わされていただけではない。

「そしてお前も、人が決して手に入れることが出来ない力を握っている。それはごくわずかでも、人の命運をたやすく変えてしまう恐ろしいものだ」

「穢れを、斬り放つ？」

呂用之の少女のような面相《めんそう》が、凶悪な色に覆われて行くのを楊行密は驚きをもって見ていた。

「お前が持っていては多くの人が迷惑する。今すぐ〝時〟の力を手放すのだ」

何のことだ、と楊行密は高駢を見つめるが、老将は歩みを止めず呂用之に近づき続けていた。

「だからどうだと言うのです。万が一、高駢さまの仰《おつしや》ることが事実であったとしても、史書にはあなたの政がよろしきを得ず、淮南は荒廃したと記されるでしょうな」

じりじりと後退しつつ、それでも言葉にはなお嘲《あざけ》りが含まれていた。

「そうであろう」

高駢は逆らわずに頷《うなず》く。

「だが史書にどう記されようと、最早《もはや》どうでも良いことだ。悪逆非道《あくぎやくひどう》の節度使として国を滅ぼした一人に列せられることくらい、覚悟の上だ。だがわしは、務めを果たさねばならぬ」

「ええ、あなたは務めを果たさねばならぬ。私に〝器〟を渡すという務めを、私が持つ小さな〝時〟の力を大きく育てる魂《たましい》の器をね！」

呂用之が刀を振りかぶり、一気に斬り下ろした。

「ああ！」

思わず楊行密は叫び声を上げる。何と言うことか、高駢は呂用之の刃を避《よ》けなかった。その肩口に刃が喰い込み、高駢の体はほぼ両断された。だが不思議なことに鮮血は噴《ふ》き出ず、高駢は断末魔《だんまつま》の叫びを上げることもない。

切り口を見て、楊行密は目を瞠《みは》った。

(何だあれは……)

何かがくるくると回っている。白く、淡い光を放っているそれをよく見ると、不思議な形をしていた。温暖な淮南でずっと暮らしていた彼はそれが何かしばらく分からなかったが、ようやくそれが雪の結晶に似ていることに思い当たった。ほんの一寸の大きさである。

「おお、これこそ私が求めていた……」

呂用之が手を伸ばした。高駢は抗《あらが》う様子も見せない。だがその時、楊行密の隣にいた幻影の高駢が叫んだ。

「行け！」

それは部下に突撃を命じる将軍の凜とした声であった。楊行密は身を躍《おど》らせて、二人のいる部屋へと飛び込む。呂用之は突如《とつじょ》姿を現した楊行密の姿を見るや、雪形をかざして呪《まじない》を唱え出す。

「はは！　私はついに時を歪める力を手に入れた。お前たちを〝始原の一点〟に飛ばしてやるから覚悟しろ！」

雪形が高速で回り出し、その風音が部屋を崩壊させていく。楊行密は驚きつつ、雪形から流れ出る何かが、部屋を構成する全てを元あった姿に戻していることに気付いた。

梁《はり》は木に、剣は玄《くろ》き岩に、壁は砂へとかえっていく。

「時はお前ごときが操ってよいものではない」

体を斬り割られたはずの高駢が立ち上がり、呂用之へと近づく。回転する雪形をもてあそぶ道士は不敵な笑みを浮かべ、老将を差し招く。

「老いぼれた体にはもう飽きたでしょう？　悩みも苦しみもない、全ての始まりへとあなたから送ってあげますよ。そして私とわが君が創り上げる新たな帝国の一助となるがいい」

雪形が速度を上げ、高駢の肉体へと突き立つ。

だが表情を変えないまま、高駢は進み続けた。

「な、何故姿を変えない……」

焦ったように呂用之は力を込めて印を結び続ける。

「変えないのではない。この一瞬にもわしは姿を変え、時の中を流れ続けている。たとえ悔《く》いが残ろうとも、巻き戻してやり直して良いことなど何もないのだ」

「ばかめ！　それは力を持たぬ者の繰《く》り言《ごと》よ。力を得れば、時すら操れるのだ。そしてよりよき天地を創り上げるのは天上でふんぞり返っている神仙などではない。人界の聖帝なのだ」

「いかに人界の皇帝でも、触れてはならぬものがある」

「貴様のように力を持たぬ者が言っても説得力がないんだよ」

呂用之の顔は怒りと蔑《さげす》みにどす黒く変色していた。高駢はあくまでも静かに、説得を続けている。

「では共に考えるのだ。我らにはそれだけの力がある。いますぐに時を操ろうなどという考えを捨てるのだ！」

「この力を以《も》って、我らは新たな歴史を始めるのだ。恐れ戦《おのの》いて見ているがいい！」

差し出された高駢の手を拒《こば》み、雪形を懐《ふところ》にねじ込んだ呂用之は宙に裂《さ》け目を開くとその中に飛び込み、姿を消した。高駢はがくりと膝《ひざ》をつき、肩で息をしている。

「大丈夫ですか、高駢さま！」

楊行密が慌《あわ》てて駆け寄り、主を助け起こす。だが抱き起こして彼は目を疑った。胸のあたりまであった切り傷が跡形もなくなっていたからである。

「慌てるでない。呂用之が斬ったのはわしの道体、つまりは心の体だ。残念ながら呂用之は捕《とら》えられなかったようだがな。しかし今は奴を追うことよりも大切なことがある。
高駢が大きく声を張る。空翼《くうよく》！」
「見つけた」
高駢の傍らに一人の少女が姿を現し、静かな声で塔の外を指さした。楊行密が知らない少女である。どこから姿を現したのかもわからなかったが、その少女が彼に一台の車を追うよう命じた。少女の指す方を見ると、一台の車が城内の喧《けん》
騒《そう》を縫《ぬ》って城の上空へと飛び出ようとしている。
「あいつを捕まえればいいんだな！」
と弓を携えて駆け出そうとする楊行密を、高駢が呼びとめた。そして、誰かを呼
ぶ。すると、祭壇の背後から、塔の下で待機しているはずの田頵と陶雅が現れた。だ
がその格好が、楊行密の見覚えのある姿とは違っている。
田頵は雪豹の腰巻に牦《ヤク》牛の皮衣、二叉の槍、そして陶雅は坊主頭に僧衣、そして手
には錫《しゃく》杖《じょう》を握っている。
「お前ら、なんて格好してやがるんだ。ていうか、お前ら誰だ」
楊行密の中の違和感が大きくなって弾《はじ》ける。幼馴染《おさななじみ》だと思っていた腹心たちのはず
が、そうではなくなっていた。
「悪いな、楊行密さん。ちょっとあんたの親友の位置を貸してもらった。俺の名は吐

蕃の狩人バソン。そこの千里に頼まれてちょっと芝居をしてたんだ」

田額に化けていた男が申し訳なさそうに頭を掻《か》く。続いて僧形となった陶雅が、元嵩山《すうざん》の武僧絶海《ぜっかい》と名乗る。楊行密は呆気《あっけ》にとられて立ちすくむしかない。

「どういうことだ？」

「説明は後だ。なあ時輪《じりん》くんよ」

そう言って少女の方を振り向く。いつしか高駢、バソン、絶海の三人が少女を取り囲む形となった。

「何を言っている。千里、早く時輪を追わないと、また逃げられてしまう。時の足跡はもうこれで最後」

空翼は焦りを露《あら》わに高駢に詰めよっている。その高駢の姿がみるみる小さくなり、五歳児ほどの姿になった。楊行密は思わず瞼《まぶた》をこする。

「確かに、ぼくたちが使ったのは最後の時の足跡だ。無数に残る時の足跡のうち、こうやって別の時空に干渉出来るほどの力を持ったものは少ないだろう。だからこそ、ぼくたちは機会を失うわけにはいかない」

絶海が空翼の肩を摑み、

「時輪」

と呼びかけた。呼ばれた空翼は不思議そうな表情を浮かべた。

「何寝ぼけたことを言っている。私は空翼だ」

「あなたと空翼は生まれこそ別であったものの、永久とも言える時間を二人で過ごしてきました。二つは分かれることを望んでいながら、それはやはり、不可能なことだったのです。表面上、何者かにその絆《きずな》が切り離されたように見えても、離れきることが出来ない。あなた方を分かったのは、確かに凄《すさ》まじい力の持ち主であったでしょうが、その刃が切り離したのは、天地の母たる西王母《せいおうぼ》の中に生まれた揺らぎ。揺らぎが歪みを生み、本来無色である時空の中に、〝自我〟というべきものが現れました。別の自我を持ったのに根元は繋がったまま、永劫《えいごう》の時を過ごした。それを嫌ったあなたたちは、呂用之の力を使って絆を完全に切り離そうとした」

　そして千里が続ける。

「どこにでもあって、誰にも触れることの出来ないもの。それが時と空だ。時や空が歪めば、人の営みは壊されて、めちゃくちゃになる。もし時の歪みが人の内にあるならば、その人はやはり影響を受けるだろう。ぼくは齢《よわい》二十二にもなり、武の力も上がっているというのに、いつまで経っても子供の姿から変わらなかった。五嶽真形図《ごがくしんぎょうず》の〝器〟となる魂魄《こんぱく》の一部がぼくの肉体を取り巻く時を歪めていたんだ」

　呂用之はその歪みを見て器の存在に気付き、己の欲を満たすために使おうとしていた。

「ぼくは五嶽真形図の一件で図の〝器〟が自分の中にあることはわかっていたけど、それをどのように使うのかは知らなかった。だからこの時代の呂用之を敢えて泳がせていた。ぼくの中にある〝器〟に時にまつわる使い道があるとなれば、時輪に近づくこともきっと出来るはずだからね」

そして、呂用之の企み通り、千里の中にある器は育った。

「かつて趙帰真《ちょうきしん》はぼくに教えてくれた。時の後をまっすぐに追っても追いつけない。歪みがあるからこそ、追いつくことが出来ると。ぼくは気付いた。この育たない体、内外の歪みの原因になっていたのは、器の持つ巨大な力だ。それがぼくの内外の平衡《へいこう》をいびつにしていた」

千里はついにその力に気付き、時輪へと追いついていた。

「そしてぼくは器の使い方を一つ思いついた。時輪は空翼と惹《ひ》き合い、弾《はじ》き合う性質を持つ。ぼくの中にある〝器〟に空翼を隠し、全てを忘れたふりをして、時輪が近づいてくるのを待ったんだ」

そして、この時軸での高駢の命がいよいよ尽きようとする頃、その果実を得に時輪はやってきた。

「ぼくと空翼は相当に時輪を追いつめていた。時がどこでも流れるのと同じように、空も偏在《へんざい》する。時輪が逃げて自由を楽しみ続けるには、呂用之の持つ時の欠片《かけら》を育て、新たな〝始原の一点〟へと時を逆流させ、新たな時空を創らせることが一番だと考えたんだ」

呂用之の企みに乗って、器を奪いに来るはずだ、というのが千里と空翼が出した結論だった。

「私が偽者《にせもの》だとして、本物の空翼はどこにいるんだ？　お前の中にいるとでも言うのか」

「そうだ！」

千里から千里とは違う声が飛び出した。その輪郭《りんかく》がぼやけ、やがて二つに分かれる。ぼやけた二つの立ち姿のうち一つは再び千里に、そしてもう一つは本物の空翼となる。

千里たちが取り囲んでいた少女がいきなり姿を変えた。

先ほど上空に逃げたはずの車がそこにあった。上には白い衣を着た少年が乗り、三つ頭の巨大な犬が咆哮《ほうこう》をあげて周囲を威嚇している。

「出やがったな！」

バソンが舌なめずりして槍を一度頭上で回す。絶海は随心棍《ずいしんこん》を大剣に変えて身構えた。千里だけは麻姑《まこ》の弓を引こうとして悪戦苦闘し、やがて玄冥《げんめい》の剣を抜く。

「俺は〝時〟そのもの。全てを見、全てを内に秘めている。お前たちが武をもって俺を倒そうと言うのであれば、その武で相手をしてやろう」

時輪は手のひらをバソンに向ける。

岩塊《がんかい》が現れ、乱舞しながら襲い掛かる。

「こんなもの！」

槍を逆に持つと、石突で突き壊す。千里と絶海は巧みな体捌《たいさば》きで岩を避けつつ間合いを詰めようと図る。次に尖《とが》った石の嵐が三人を襲った。千里は先頭に立って次々に叩き落とし、バソンが跳躍して時輪に槍を振り下ろす。

激しい金属音がして、その穂先は食い止められた。少年の右手には青銅色に光る剣が握られている。

「莫邪《ばくや》の剣。古《いにしえ》の名剣の切れ味を見よ！」

時輪とバソンは数十合《ごう》斬り結び、優劣は見えない。そして時輪の左手にはもう一本の剣が姿を現す。

「あれは莫邪と対《つい》をなす干将《かんしょう》の剣か！」

絶海と千里も応援に入る。四本の剣と一本の槍が目まぐるしく攻守所を変え、たちまち二本の剣は弾き飛ばされた。だが時輪は観念するどころか、今度は鉄色の大剣を出す。

「次は太阿《たいあ》の剣だ。受けきれるかな？」

余裕を見せて再び攻勢に出る。絶海の随心棍が真正面から受け止める。その打撃の激しさに、絶海は思わずよろめいた。

「古代越《えつ》国の名剣、何故時輪が持っている」

「だから言っただろ？　俺は時そのものなんだ。全てを見て、知っている」

太阿の剣を額《ひたい》の前につけ、心気を凝《こ》らす。

「あれは……」

絶海はその刀身から立ち上る黄龍《こうりゅう》の姿に言葉を奪われた。

「ぼくがやる！」

千里は玄冥から授《さず》かった剣を頭上に掲げ、気合を発した。刀身に巻きついた蛇が青龍となって太阿の黄龍とぶつかり合う。炎と吹雪《ふぶき》が両者を取り巻いて一寸先も見えない。

千里はその中で時輪の姿を感じ取ると、一直線に突きこんだ。

手ごたえがあり、太阿の剣が弾き飛ばされる。

「いま少し新しくないと手ごたえがないか」

そう言いつつ、時輪は二振りの剣を再び握る。干将、莫邪の青銅色でも太阿の鉄色でもない。鋼《はがね》の白き光を放つ一目で名刀とわかる輝きだ。

「青釭《せいこう》、倚天《いてん》はこれまでのようにはいかないぞ！」

向かってくる時輪の姿が三つに分かれる。

「時は分かれる。無限の姿を持つのだ」

三人の時輪が得意げに振るう双剣が放つ白き光は、触れるものを全て両断する。江陵の城はその光を受けて櫓《やぐら》と城壁が崩壊し始めた。

「武器が新しくなるたびに強くなるってか！」

さすがのバソンが斬り立てられ始めた。だが、三人で戦うことにかけては千里たちの方が上だ。千里は自分の敵の前から姿をくらましバソンの掩護《えんご》に回ると、たちまち青釭の剣を叩き落とした。慌てた時輪の左腕も叩き、倚天も地に落とさせる。

「くそ！」

口惜しげに叫んだ時輪が、

「もう手加減してやらないぞ！」

と空の一点に腕を潜《もぐ》り込ませる。そしてたてつづけに三つの武器を取り出した。それを見てさすがの千里たちも啞然《あぜん》とする。時輪が取り出したのは、玄冥の剣、二叉槍、そして随心棍であった。

「お前ら、自分の得物《えもの》で死ぬがいいよ。己自身と戦っても勝ちはないと知れ！」

時輪は千里たちそれぞれの技を複写したように、攻防全てに対応する。百合《ごう》を超え、二百合となっても時輪に付け入る隙は見られない。絶倫《ぜつりん》の体力を誇る千里たちにも疲れが見え始めた。

「どうした。お前たちの学んだ武、鍛えた技は全て俺の知るところ。どれだけもがこうと勝つことなど出来ん」

勝ちを確信したように、時輪は哄笑《こうしよう》する。

崩れた塔の一隅《いちぐう》へと追いつめられた三人は顔を見合わせる。

「確かに時の中で起きていることを全部知ってるってのは厄介《やっかい》だな」

バソンは額に玉の汗を浮かべていた。珍しいことだ。もちろん絶海と千里は既に満身汗にまみれている。

「どうすれば……」

絶海は己の技の鍛錬《たんれん》が時の悠久さに比すれば一瞬に過ぎないことを思い知る。

三人は何度も時輪に突撃し、その度《たび》に己の得物にはじき返される。それは見ず知らずの敵に撃退されるよりも、彼らの精神を削《けず》り取った。

「まずいなぁ」

バソンが見せたことのないような弱気な表情を浮かべた。

「どんな技も通じやしねえ」

千里はじっと考え込み、四人の激突を眺《なが》めている空翼に視線を送った。気付いた空翼はゆっくりと指を上げ、自分の胸の辺りを指す。

「どういうことだ」

絶海とバソンが時輪と斬り結んでいる間、彼は考え続けていた。空翼は己を指差した。空翼とは結局、何だったのか。

仲間二人の戦いぶりには、やはり優劣があった。絶海はやや押され、バソンはやや押している。その差はどこにあるのか。

(空……)

考えながら戦っているように見える絶海には戦いの中でほんのわずかではあるが逡《しゅん》巡《じゅん》が生まれる。だがバソンは違う。思うがまま感じるがままの槍さばきで、時輪の経験と予測すら上回る動きを見せるのだ。

千里は心を鎮《しず》め、師の言葉を思い出す。

麻姑は言っていた。

『引こうとして引くにあらず。射ようとして射るにあらず。戦いにあって戦わず。勝利の中にあって勝たず。……心、水の静かなること敗北の中にあって敗《やぶ》れず。心、鏡の如《ごと》くあれば、いかなる敵を前にしても恐れることはない』

それはつまり、心を空《くう》にすることではないか。

時輪の中には全てがある。では全てを上回る境地は何か。

「無」

である。

千里の心に無の絶対境《ぜったいきょう》が広がっていく。何もなく、透明な空翼の内側が初めて自明のものとして心へと重なっていく。触れていないのに、触れている。空翼が言っていた、いつも傍《そば》にいるという言葉が、初めて実感をもって千里を包んだ。

剣を抜く。

玄冥の中に渦巻《うずま》く憎悪と怒りと悲しみが、そこに籠《こ》められていた。だがそれだけではない。彼の複雑な千里への想い。殺したいと思う程の憎しみ以上の、好奇心ともいえる興味が含まれていた。

(ぼくも同じだよ……)

兄さん、と自然にくちびるが動く。剣が一度大きく拍動した。兄が手を取ってくれているように体が軽い。千里は何も見ず、何も聞かず、そして何を倒そうともせず、その流れに従っていた。

目の前に驚きに満ちた時輪の表情が見える。千里が剣を一閃《いっせん》させると、三人に分かれてバソンたちを攻め立てていた時輪の得物はみな砕けて土へと還《かえ》った。

恐怖におののいた時輪は三つ頭の犬の車を駆《か》って塔の天井を突き破り、逃げ去ろうとする。

「逃がさない」

絶海が随心棍を一振りすると、それは巨大な筒となった。バソンがその先を肩に担《かつ》ぎ、狙いを定める。気合いをかけると轟音《ごうおん》と共に何かが飛び出し、時輪の車を包み込む。車の周囲がぐにゃりと歪み、時の車を砕《くだ》こうとする。

「昔ぼくとバソンを捕まえようとした法具だ。空翼の力で細工してあるから時輪もそう簡単には逃げられないぞ」

だが車を引く犬の牙がその網《あみ》を噛《か》み破っていく。どれだけ追おうと、その距離は遠ざかっていく。瞬《まばた》きの間に広がる距離が不自然であった。

「空翼！　時の狭間《はざま》に逃れようとする奴を止めてくれ！」

「もうやってる」

空翼は羽を広げ、時輪の向かう方向へと見えない壁を次々に築いてその行く手を阻む。

「俺は自由でいたいんだ！　一方にだけ流れるなんてまっぴらだ！」

初めて時輪が叫《さけ》んだ。

「勘違《かんちが》いするな」

そこで空翼が口を開いた。

「自由があってよいものとだめなものがこの世界には存在する。私たちがそう」

その声は冷たく、厳しい。

「そんなこと知らねえよ。大体、追いかけっこするのにこんな手の込んだことをする必要ないだろ」

時輪は頰《ほお》を膨《ふく》らませて空翼を睨《にら》みつけた。

「手の込んだことをしないと、お前を捕まえられない」

「じゃあ捕まえるなよ」

時輪は犬に鞭《むち》をあてて走らせようとするが、犬は空翼の姿に萎縮《いしゅく》したように耳を垂らして地に伏せて腰を上げない。

「時輪、聴け。お前がこうやって時の足跡をまき散らすことで、天地はめちゃくちゃだ」

「面白いだろ？」

「そう思っているのはお前だけ」

時輪はふんと鼻で笑い、

「面白がっているやつもいるさ。先ほどの道士も、俺の足跡をこのじじいから手に入れてご満悦《まんえつ》だろうよ」

と胸を張った。

「それに俺たちを繋いでいるものを切ってくれた男も、めちゃくちゃになった方が楽しいって言ってたぞ」

そこで絶海が言葉を挟む。

「時輪さんと空翼さんの絆を断ち切ったのは、あの呂用之《りょようし》なんですか」

時輪は首を振った。

「あいつじゃない。あの道士は高駢の中から時の足跡を手に入れて、どこか違う時軸に飛んだはずだ。もうこの時軸上に呂用之の気配はない。それでほとんどの力を使い果たすはずだけどな」

「ほとんど力を失った時の足跡を手に入れてどうしようっての？」

バソンは首を捻《ひね》った。

「ほんの少し時を操れるようになる。いや、時を操ることが出来たような気になる、と言った方が正しいかな。術者の周囲に流れる時間をほんの一瞬、止められるようになるんだ。呂用之のような男にとっては充分なんだろ」

まるで他人ごとのように軽い口調だ。

「お前、天地に厄介《やっかい》ばかりかけやがって何とも思わないのか」

千里は苛立ち、時輪に詰め寄る。

「何かを思う？　別に」

時輪は千里が何を苛立っているのか理解できず、ただ見返していた。

「空翼だって何とか言ってやれよ」

「どうして？」

と空翼も首を傾《かし》げる。

「私が人のなすことに感情を持つことはない。互いを慈《いつく》しみ合う姿も、憎み合う姿も、どれも時と空の中にあること自体が全てであり、その善悪など私たちには関係がない。善悪のような揺らぎやすい観念を時と空が持てば、それこそ天地は大混乱に陥《おちい》る。それはおそらく、時輪があちこちを走り回るのとは比較にならないほどの混乱を世にもたらすだろう」

「そ、そうだった」

「だがこの事態は修正されなければならない。混乱が広がるか収まるかの境目であることを忘れるな」

千里はつい空翼を人の心を持った少女と思ってしまう。

「時輪をこのままにしておくわけにはいかない」

空翼は網に搦《から》め捕られた少年に近づいていく。

「これは危険な兆候《ちょうこう》。何も思わず、何も感じないはずの私たちに心が芽生《めば》え、嫌悪の気持ちを互いに抱き、人の間に存在して喜怒哀楽《きどあいらく》を抱く」

時輪は犬の頭をはたくが、寝たふりをされたままである。彼は車から降り、網の破れ目から外に逃れ出ようとした。そんな時輪の背中に、糸のようなものが貼りつく。

空翼の体から無数の絹糸に似た美しい細い糸の束《たば》が放たれる。振り返った時輪の顔には、恐怖がこびりついていた。

「感情を持って何が悪い。時は誰の上にも等しいが、人はそれぞれで違うではないか。無為《むい》な百年もあれば、有為《ゆうい》な一瞬もある。だったら時そのものである俺が、その心の思うがままにふるまって何が悪いのだ」

時輪は懸命に弁じる。だが空翼は穏《おだ》やかな口調で、

「私はここしばらく人の間にいて、その心の動きを間近で見た。ある者は荒ぶる心のまま、ある者は静かな境地を目指してそれぞれに暮らしている。その中にはもちろん、有為な時間も無為な時間もある。だがそれは、私たちが全てのものを等しく包んでいるからこそ価値があるもの」

と論《さと》した。

「そんなことは俺の知ったことじゃない!」

時輪の駄々《だだ》をこねる姿を見て、千里たちは顔を見合わせた。

「お前たち人間に俺の気持ちがわかるか? 何かただ一つのために、永遠を過ごさなきゃならんことを知った俺の気持ちが。時がどこにでもある? どこにでもいてやるよ。誰の上にも時間ってものを流してやる。だから俺の好きにもさせろってんだ。なあ、頼む。俺を逃がしてくれ。そうしたらお前たちには永遠の時間をやろう」

千里は絶海が思わず生唾《なまつば》を飲み込んだのを横目で見た。時輪はまずバソンに声をかける。

「お前には若くてかわいい奥さんがいるだろう」

「よく知ってるな。確かにピキは若くてかわいいぞ」

バソンは嬉しそうに鼻の穴を広げた。

「だが人は年をとれば容色《ようしょく》を失う。高原の乾いた風ときつい日差しが、あの娘の顔に皺《しわ》を刻み、身を削っていく。俺は時を駆けまわって知った。男の多くは、甘く柔らかい若い女を好むってな。俺のしもべとなれば、いつまでも若い妻をその傍《かたわ》らにおいておけるのだ」

「くそくらえだ」

バソンはきっぱりと拒絶した。

「俺はピキがばあさんになろうが大好きでいるぜ。だってその時は俺だってじじいじゃねえかよ」

らちが明かないと見た時輪は絶海へと顔を向ける。

「お前、強くなりたいんだってな」

「ええ、その頂《いただき》へ至る道を探しています」

「修行には何が必要だ」

「それは……鍛錬《たんれん》と長い時間です」

時輪はにやりと笑う。それをやろう、と持ちかけた。

「お前だけが、思いのままに鍛錬を積み、これまで勝てなかった相手にも勝てるまで己の力を高めることが出来る。そして俺の力を使えば、どれほど速い拳《こぶし》であろうと、どれほど強い力であろうと、無に等しくなるのだぞ」

そして最後に、時輪は千里へと視線を向けた。

「俺はお前の中にある時の歪みを知っている。変わったやつだ。俺の知らないところで、時の足跡を魂魄《こんぱく》の中に持っていたとは。その足跡は呂用之が持って行った。だからお前の肉体は時の流れに乗って徐々に育って行くはずだ」

「本当かよ」

「因によって果が生まれる。いまお前が年に合わぬ肉体であった因が無くなったのだ。これからは育つ肉体を楽しむがよい」

千里は拳を握りしめ、やったと快哉《かいさい》を叫んだ。

「だが肉体が育ち、年相応になったら人間というものはあることをする」

と言ったものだから千里は拳を握ったまま時輪を見上げる。

「男と女は想いを交わし、対となるようだな」

「それが、どうかしたか」

「お前はもうそういう相手を見つけてもいい年齢だ」

「だからそれがどうしたんだよ」

千里は隣に立つ空翼の視線を感じて、顔が熱くなる。空翼に見つめられるたびに、血が上っていく自分に戸惑いと怒りを覚えていた。

「俺が自由だということは、俺を縛《しば》りつけようとする奴も自由でいられるってことだ。時と空が一つになったら、もう離れることは出来ない。お前が一緒にいたいと思っている奴とは、永遠にお別れだ」

千里は顔を真っ赤にしながら、

「何を言ってるかわからん！」

と叫んだ。だがわからないふりをしているのは千里だけのようで、バソンも絶海も照れ臭いような気の毒なような顔をして千里を眺めていた。

「ばればれだから、隠さなくていいぜ」

バソンがぽんぽんと千里の頭を叩く。

三人は互いの顔色をうかがった。時輪は自信満々に車の上であぐらをかき、空翼は時輪が逃げて行かないよう糸を搦《から》めてはいるものの、一体化するかどうか決めあぐねているようであった。

「お、お前らまさか時輪を逃そうなんて思ってないだろうな」

千里は二人に指を突きつけて詰問した。バソンと絶海は顔を見合わせる。

「そりゃおまえだろ」

「何でだよ！」

「目がばっしゃばしゃ泳いでるっつうの」

真っ赤なままの千里の額《ひたい》を、バソンはこつんと指で弾《はじ》いた。

「ピキが若くて可愛いままならそんなありがたいことはないさ。だけどさ、村の仲間はやっぱり年いっちゃうんだろ。もし村の仲間まで若いままに保てるとしても、俺たちの村と付き合いのある全員を今のまま置いとけるわけじゃないなら一緒だよ。死ぬ時は死んだ方がいいんだ。仲間が死ぬのをいつまでも見送り続けるなんて辛《つら》いだけなんだぜ。ピキにそんなことさせられるかっての」

高原の狩人は冷静だった。

「高原は豊かなだけじゃない。今の苦しみが時の流れに乗ってどこかへ行ってしまえばいいと思っている連中だっているんだ。俺が時を操る力を持ったところで、この頭じゃこんがらがっちまってどうにも出来ないよ」

坊さんはどうだい、とバソンは絶海に話をふった。

「正直、魅力的な提案だと思います」

バソンはおいおい、と顔をしかめる。

「私はこのままでは、一生あなたに追いつけないかもしれない。千里さまの持つ爆発的な力も手に入れられないかもしれない。しかし無限の時間と鍛錬があれば、追いつける」

「別においらは坊さんよりすげえわけじゃねえぜ」

とバソンは頭をかく。絶海はそれが気づかいだ、と感じた。感謝と共に、苛立ちに似た感情が浮かび上がって来るのを抑えつける。

「しかし私一人がそのような鍛錬の時を得て、そして誰にも負けない強さを手に入れたとして、それは本当の強さでしょうか。天分は確かにみな違うかもしれない。ですが同じ時の中で、己を鍛《きた》える機会は平等に与えられているはず。天分が足りないのであれば、人に倍する鍛錬をすればいい。そうして摑んだものこそ、真の強さではないでしょうか」

千里は明らかに迷っていた。そして迷っている自分をどうすることも出来ないでいるように絶海には見えた。

「なぁ千里」

バソンが慎重に声をかける。

「気持ちはわかる」

「誰のだよ」

「お前のに決まってるだろ」

「一緒にすんな」

「千里さま」

絶海は千里の中の揺れが大きくなっていることを感じ取っていた。大きすぎる心の揺れは、時として極端な、結果を省《かえり》みない結論を導き出すことがある。

「ぼくは……」

千里は間を置いて、三度繰り返した。そして懐《ふところ》から小さな弓を取り出し、矢を番《つが》えて引き絞《しぼ》る。これまで千里が四苦八苦しても、びくともしなかった弓だ。

「大きくなっている」

その弦《ゆみ》が引かれるにつれて、弓も大きく変化し始めていた。

「千里の心に迷いがなくなったってことだな」

「どう思います？」

「人の心中は坊さんの方が得意だろ」

「それが、わからないのです」

混乱し、濁《にご》っていた千里の魂魄がふいに澄《す》み渡ったことだけはわかった。だが澄み渡り過ぎて、どちらを向いているのかがわからない。

(千里さまの魂魄は時折このような姿を見せる)

共工《きょうこう》と対峙している時もそうだった。あの時、絶海は千里は共工を打ち倒すものと考えていたが、千里の選んだ結論はもといた場所に押し戻すことであった。

（今回はどうする……）

もし時輪を撃って空翼を助けるのであれば、その支援に回ればよい。だが時輪を解き放つ方へと動いた場合、絶海はバソンと力を合わせて千里の動きを抑えなければならない。

既にバソンはそのために気合いを溜《た》めつつあった。

（合わせるぞ）

絶海はバソンと繋ぐのに一瞬のためらいを覚えた。

バソンの内側はいつも透《す》き通《とお》って爽《さわ》やかだった。自分が誰かより劣っているとか、考えたことも妬《ねた》んだこともない碧玉《へきぎょく》のような魂魄だった。繋がるたびに、絶海は己の小ささを思い知らされる。

「坊さん」

澄んでまっすぐな瞳が自分を捉えているのを感じる。こういう男だからこそ、天は無二の強さを与え、一途《いちず》に想ってくれる妻を与えた。それに比べて自分はどうだ。半端な強さこそあるが、大切にしてくれる人間もいない。

そこに一瞬の隙《すき》が出来た。

「私はっ!」

「ためらうな!」

空気が瞬時に張り詰め、千里の傍らに何かが突き立った。

「この雪形……」

驚く絶海とバソンの前で急激に大きくなり、一丈ほどになった雪形は中央から割れ、門のように開く。そこを蹴り破って出てきたのは玄冥《げんめい》であった。

「こういうこともあろうかと、父からの一枚を俺が持っていたことが幸いしたな」

言うなり千里の頬を一つ張った。

彼は玄冥を見上げた。千里によく似た、しかし大人びた顔が厳しい表情で見つめている。強い光を放つ瞳が、双子の弟に語りかけていた。

(なすべきことをせよ)

はっと目を見開いた千里は、時輪に向けてたて続けに射た。そして空翼に、捕《つか》まえろと叫ぶ。

麻姑の弓がたちまち時輪を射抜き、その動きを封じ、空翼は大きく糸の翼を広げると、その中に時輪を包み込んだ。

拒《こば》む時輪と諭《さと》す空翼の声が一つとなり、そして影もまた一つとなっていく。

玄冥は怒りに満ちた表情で千里を睨《にら》みつけた。

「まったく、生き物ですらないものに懸想《けそう》して判断を誤りそうになるなど、愚《おろ》かにもほどがある。少しは成長したと思っていたが、貴様のような奴が双子の兄弟かと思うと情けない。己の魂魄を取り出して洗いたい気分だ」

軽蔑《けいべつ》しきった冷たい声だ。さらに罵《のの》ろうとした玄冥をバソンが止める。

「そこまでにしてやってくれよ」

「何だ貴様。こいつのせいで天地が狂うことになったかもしれないのがわからないのか！」

「わかっている。わかった上で頼んでいるんだよ」

「何故怒らない！」

玄冥はバソンと絶海が怒りを見せていないことに怒っていた。

「皆が迷っていたんだ。空翼も時輪も、俺も絶海も、そして千里も。時は誰のものでもない。その力は無限で俺たちを惑《まど》わせる。だからこそ、誰のものでもあってはならないんだよ」

へたり込んでいる千里に肩を貸して、バソンは立たせてやった。

「ぼくは時輪が許せなかった」

呻《うめ》くように言う。

「空翼がどんな気持ちで追っていたかも知らずに、自分の力を弄《もてあそ》んで、ぼくたちの気持ちまで弄ぼうとした。あんな奴、絶対に許せない」

縛めのなくなった時輪と一騎《いっき》打ちがしたかった、と千里は呟《つぶや》いた。

「そんなことしてどうすんだよ」

呆《あき》れかえるバソンから千里は照れ臭そうに顔を背けた。

空翼は既に姿を消していた。千里は止めようと口を開きかけて、止《や》めた。繭《まゆ》の向こうには二つの影がおぼろげに揺れている。二つの影が重なって一つとなる。千里はじっとその様《さま》を見つめていた。

「お別れはしなくていいのか」

「何でだよ」

バソンに言い返す千里の声は小さい。

「思い残すことのないように、言葉をかけてこい」

「いらないって」

バソンはえりがみを摑んで、無理やり近くへ連れて行こうとした。

「こういう時に意地を張ると、後で悔《く》やむんだ」

だが千里はバソンの手をするりとかわした。

「空翼は言ってた。どこにでもいるって。さっきお前たちが時輪と戦っている時も感じることが出来た。だったら今でもすぐ近くにいるってことだろ」

「まあ理屈ではそうなるけどさ」

「あいつはそうしなきゃならないことがあって、ぼくにもある。だから別に一緒になりたいとかそんなんじゃ……」

そこまで言って、千里の顔が不意に歪んだ。

時輪と空翼を包み込んだ繭《まゆ》はゆっくりと数回拍動《はくどう》し、やがて動きを止める。繭が開いて、何かがゆっくりと姿を現した。人の姿もしていない。それにはもう、時輪と空翼の面影はない。顔もなく、衣をつけているようにも見えないのに、鳳凰《ほうおう》のように絢爛《けんらん》として、龍のように威厳に満ちた不思議な〝何か〟だった。

「あれが時と空の正体なのか」

絶海は二度と目に出来ないであろう存在を心に焼きつけておこうと目を凝らす。千里もバソンも、そして玄冥ですらその姿を仰《あお》いでしばらく身じろぎもしなかった。

「千里」

微《かす》かな空翼の声がして、千里は駆け寄る。

「空翼？」

「我は時と空を司《つかさど》るもの。無色不偏《むしよくふへん》、何も思わず、何も感じず、互いが創りだす無限の空、無限の時の中にただ存在していた。だが一瞬の間、我は思うこと感じることを許され、自由を謳歌《おうか》した」

輝く球体は見る者の前で無限に色を変えつつ、千里に語りかけている。

「我の中に生きる者と接したこと、全て忘却《ぼうきやく》の彼方に遠ざかり、再びただ存在する時空となってお前たちと共にあるだろう。しかし……」

千里には、その声が一瞬詰まったように思えた。だがすぐにそれは平静さを取り戻し、淡々《たんたん》と言葉を継ぐ。

「千里、お前が私に向けてくれた感情は、不愉快《ふゆかい》ではなかった。許されざることかも知れないが、我らが色を持った償《つぐな》いに、時輪が生んでしまった歪みを正していこう」

千里は涙をぬぐって頷く。満足そうに一際強い光を放った時空は、元ある場所へと帰って行く。天地へと溶け、一体となっていったのだ。

「俺たちも帰ろう」

玄冥が促した。彼が通って来た時の門がまだ開いている。千里たちはぐったりと肩を落とし、その後に続こうとした。

「待ってくれよ！」

それまで事の成り行きを呆然《ぼうぜん》と見ていた楊行密《ようこうみつ》が一行に呼び掛けた。

「あんたら、一体誰なんだ？」

千里は楊行密の前に進み出る。

「ぼくの名は高千里」

改めて名乗った。

「そんなばかなことがあるか！」

「そう思うのは無理もない」

千里はこれまでの経緯をかいつまんで話した。その声を聞いているうちに、楊行密は少年の瞳の強さと全身から噴《ふ》き上がるような気配に奇妙な懐《なつ》かしさを感じる。

「確かに高駢さまに気配が似ているが……」

楊行密が知り合った時、既に高駢は老境に入っていた。

「わからないけど、あんたらの言う通り、あんたらが昔から来て、なんだその、あたりをほっつき歩いていた時とこの空を追い掛けてきた、と」

「追いつくだけでは足りない。捕《とら》えなければならない。それにはぼくの力だけでは足りなかった。だからバソンと絶海にもお前の腹心に化けてもらったんだ」

途端《とたん》に楊行密は落ち着かなくなる。

「じゃあ俺が仲間と頼ってきた田頵《でんいん》や陶雅《とうが》は、幻だったたってことか」

「そうはならない」

楊行密の言葉を玄冥が遮《さえぎ》った。

「田頵と陶雅、というお前の親友は無事だ。知り合いの道士が保護している。空翼という娘は空を操る。その空のひだに彼らをかくまっていた。お前はこいつらと十年間付き合った記憶を持っているかもしれないが、その大半はこの時軸を生きていた千里とのものだし、田顗と陶雅も記憶の中の顔がすげ変わっているだけで、問題はない」

「道士？」

呂用之を常々見ているだけに、楊行密はいやな顔をした。

「道士にも色々いる。第一、放っておけば呂用之の毒牙《どくが》にかかってしまうところだった。この二人に代わりにいてもらったから、何とか無事で済んだんだ。許して欲しい」

バソンは楊行密に近づき、肩を抱いた。

「おいらはお前といて楽しかったぜ。千里もお前くらい付き合いやすかったら良かったのに、って思ったよ。お前の仲間を思う気持ちの強さ、不思議と人を惹きつける気配、それがあればきっと、この乱れた世の中を変えることができる」

「あんたたち、この先何が起こるのかわかるのか」

「わからない。時の流れは一本ではない。時の輪は空の間で無限に走る。人が頷くか拒むかで未来は変わる。道端の石で転ぶことによって、何かが大きく変わることだってある」

楊行密は体を震《ふる》わせる。

絶海ははじめ彼が安堵《あんど》しているのかと思ったが、その気配が怒りに満ちていることに気付いた。

「高駢さま！　あんたのせいで、どれだけ多くの人間が苦しんだかわかっているのか！　淮南の豊かな地が、あんたが道士の策に乗ったせいで乱れに乱れたんだ！」

楊行密の激しい言葉に、千里は申し訳なさそうに俯《うつむ》く。

「この時軸でのぼくは本来、既に死んでいた。死に瀕《ひん》した老いたぼく自身は、過去からきたぼくに後のことを託《たく》した。死んだ己の魂魄に入ることで、呂用之を欺《あざむ》いて機会を待ったんだ。君には本当に迷惑をかけた。すまない」

千里が深々と頭を下げた。

「全ての責任は、ぼくたち過去に生きた者全てがこのような道を選んでしまったことにある。ぼくは時輪と空翼を知ることによって、未来が無数に分かれていることを知った。今ある状況は、その全ての要素に因がある。ぼくたちはあまり幸せでない一つの未来を見てしまった。見てしまったこともまた、一つの因となるだろう。だから、ぼくは違う未来の姿を、過去から歩み直してみたい」

「じゃあ俺は、高駢さまとは会えないのか」

「もう会ってるじゃないか」

千里は微笑《ほほえ》んだ。

「君と出会って、共に大きな志《こころざし》を抱いて歩んだ時間が消えるわけじゃない。君はこの時軸で、天下のために頑張ってほしい」

行くぞ、とバソンが促《うなが》した。

千里は手を振り、この時軸でもっとも信を置いた武将に別れを告げた。楊行密はこの後、人並み外れた魅力をもって淮南に勢威をはり、唐王朝が滅んだ後に訪れる大動乱時代、五代十国の中で大きな位置を占めるに至った。

終

時の扉をくぐり終えて麻姑山《まこさん》に帰って来た千里は、道連れの姿を見て驚いた。バソンと玄冥《げんめい》は、再び青年の姿に戻っていたからである。バソンは何度か拳《こぶし》を握《にぎ》ったり開いたりして、

「どうもまた元に戻っちまったみたいだ」

と不満そうである。

「もめ事に巻き込まれる度《たび》に力がついたり戻ったりすると鍛錬《たんれん》する気がなくなっちまう」

「いいだろ。時輪《じりん》の車の上でつけた力なんてずるしたようなもんじゃんか」

千里が口を挟む。

「ずるじゃねえよ。おいらは確かに、あの薄暗い中で九年修行したんだ」

「八年だろ」

「どっちでもいいって。あーあ」

一行は、麻姑が蓬萊山《ほうらいさん》から帰って来るのを待っている。バソンは行儀《ぎょうぎ》悪く、仙人の応接間に寝転がって嘆息《たんそく》した。下に敷いてある毛氈《もうせん》が心地よさそうだ。

「消えた力はまたつければいい。一度ついたということは、少なくともそこまではたどり着けるということだ」

玄冥は瞑目《めいもく》したまま言う。

「うそつけ。がっくりしてるくせに」

「してない」

「いやしてる」

バソンがからかう。この狩人は相手が共工《きょうこう》側の王子だろうが関係なくおちょくり続けた。玄冥は片目を開けて小さく笑ったのみだ。

「私からすれば、お二人の力が元に戻ってほっとしましたよ」

「これ以上差が広がると心が折れるだろうからな」

玄冥の言葉にむっとした絶海《ぜっかい》であったがそれは事実であった。

「ええ、ここから追いつき、必ず皆さまを上回って見せます」

そう言いつつ、絶海は千里がしょんぼりと俯《うつむ》いているのが気になった。

「あんまり構ってやるなよ」

声をかけようとした絶海をバソンが止める。

「ふられた男は慰《なぐさ》めるもんじゃない。放っておいて自分で立ち上がって来れないようじゃ、次の一歩は踏み出せないんだ」

「そんなこと言って、バソンさんはふられたことあるんですか」

バソンは何故か胸を張って、あるぜ、と頷《うなず》いた。

「ピキなんて最初冷たくてさ、ひどかったんだぜ」

延々とふられても諦《あきら》めない不屈の恋愛思い出話を続けるバソンを放って、絶海は千里に近づく。

「大丈夫ですか」

「うん」

「その、残念でしたね」

と声をかけて絶海は後悔した。色恋を知らない自分が失恋の痛手を慰めることなど出来るはずはないのだ。だがその気まずさを打ち消すように、千里の方が口を開いた。

「ずっと考えてるんだ」

結局誰が時輪と空翼《くうよく》を繋《つな》いでいる絆を切り離したのか。

「ぼくの魂魄《こんぱく》にある〝器〟を盗もうとし、肉体に潜《ひそ》んでいた時の足跡を持ち去った呂《りょ》用之《ようし》って道士は、何を企《たくら》んでいるんだ？」

「さあ、それは……」

そこに優雅な羽音が聞こえてきた。

「麻姑さまだ」

千里が立ち上がり、バソンを蹴り起こす。

巨大な雲雀《ひばり》から麗《うるわ》しき女性へと姿を変えた仙人は、一同が揃《そろ》っているのを見て、安《あん》堵《ど》したような表情を浮かべた。千里が初めてみる穏《おだ》やかな顔である。

「よくぞ無事に帰って来たものだ」

竦斯《しょうし》によると、麻姑山をはじめ各地で起こっていた時の乱れは収まったらしい。若き者も老いた者も、それぞれがたどってきた時軸の上へと戻された。

「時輪と空翼が一つになったことで、全ての秩序が取り戻されたのだ」

しかし、と麻姑はすらりとした首筋に手を当て、表情を一段険《けわ》しくした。

「この混乱の中で、本来の時の流れから外れたままの者がいる」

「どういうことです？」

「簡単に言えば、死んでいるはずの者が、生き返ってどこかにいるということだ」

仙界と神界はこの混乱を収拾するため、鬼籍《きせき》、つまり天地が開いて以来の死者の点検を始めた。だがそこにあるはずの名前が、いくつか消えていたのだという。

「でもそういうのって、神仙の力を使えば簡単に連れ戻せるんじゃないんですか」

「相手が普通の人間であればな。しかし相手も我らと同等以上の力を持っていたとしたらどうする。我らもよほど性根《しょうこん》を据《す》えていかんと」

面倒ばかり起きる、と麻姑は頭を抱えた。

「何だか困っているようだが、俺はそろそろ帰るぞ」

玄冥は立ち上がる。

「羽眠《うみん》から連絡があり、父上も元の力を取り戻したそうだ。もうこちらに用はない」

「何だよ、帰っちまうのか」

正直すぎるほどに悲しげな顔を作ってバソンは別れを惜《お》しんだ。絶海も、あれだけ恐ろしかった異界の若者が、以前ほどは遠い存在でないことを感じていた。

「勘違いするな」

玄冥は険しい表情を作る。

「わが父の言葉を忘れたのではあるまい。何度でも甦《よみがえ》って、この天地を手中に収めるとな。次に会う時は決着をつけてやる。せいぜい修練に励んでいるがいい」

そう言い残して姿を消した。絶海は悲しげに首を振り、バソンもどこかがっかりしたように首を傾げている。千里はぼんやりと、玄冥が消えた辺りを眺《なが》めていた。

「死んだ者がこの世をうろついて、何が起きるのでしょうか」

気を取り直した絶海が麻姑に訊ねた。

「それがわからぬ。いま鬼籍から消えた者を照合して、何か答えが導き出せないか調査中だ。何かことが起これば、各地にある武宮が前線の砦《とりで》となる。鍛錬を厳しくせねばならんな」

それを聞いて千里はうへえ、と顔をしかめた。

「何が起こるかわかんねえけど、何かあったら呼んでくれや。おいらも高原に帰るよ。ピキに元気な顔を見せてやらなくちゃな」

バソンは気楽に槍を振り、山を下っていく。

「絶海はどうする。お前さえよければこの山で修行していってもよいぞ」

「ありがとうございます」

絶海は丁重《ていちょう》に礼を述べながらも、麻姑山にとどまるつもりはなかった。同じことをしていても、千里とバソンには勝てない。己に合った道は、やはり己で見つけなければならない。

「そうか。お前が目指す場所にいつかたどり着けるよう祈っているぞ」

特に引き止めることなく、麻姑は絶海を送り出した。そして麻姑は、こっそり部屋から出ようとしていた千里の首をわしづかみにし、

「さあ失恋少年、修行の続きをしようか」

と牙《きば》を光らせて微笑《ほほえ》んだ。

解説

小谷真理（SF・ファンタジー評論家）

本書の主人公の千里は、人と女怪の間に生まれた子供で、その精神性はともかく、身体の成長が五歳ほどで止まっている。なぜかというと、天地を自由に再構築できる「五嶽真形図《ごがくしんぎょうず》」なるものが古代において仙界から地上にもたらされ、これを受け止めるためにこの世に生を受けた、いわば特別な人物だからだ。つまり、天下の秘宝を受け止めるために、体内に歪《ゆが》みを持たざるをえなかったのである。

世界を自由自在にコントロールするお宝と、選ばれし運命の子！　とくれば、これはまさしく正統的な異世界ファンタジー。ど真ん中の直球な感じだが、舞台は、まったくの架空の準世界ではなく、中国は唐末期。世界史のなかの中国史で習った歴史世界が、怪奇幻想、異形《いぎょう》の顔を与えられていることに、興奮を覚える。

はたして、第一巻では、「五嶽真形図」が、崑崙《こんろん》の女神・西王母《せいおうぼ》から、漢の武帝《ぶてい》に与えられ、それが喪《うしな》われてから千年たつ、という気宇《きう》壮大ないきさつが語られたり、千里の祖父や父が謎の怪物軍団を鎮圧《ちんあつ》したり、と、史実と幻想が絶妙に入り混じる伝奇的風景が、壮大に繰り広げられた。

著者は、二〇〇六年に『僕僕先生』という中国を舞台にしたファンタジーで、第十八回日本ファンタジーノベル大賞を受賞した逸材《いつざい》だ。

『僕僕先生』のほうは、ファンタジーとしては新機軸というか、ちょっとした変わり種だった。といっても、もともと日本ファンタジーノベル大賞自体が、かなり実験的で野心的な作品が多く、幻想文学全体の可能性をめいっぱい拡張していくようなところがあった。同賞は、八〇年代末のファンタジーブーム、つまりトールキン『指輪物語』の異世界ファンタジーやその影響を大きく受けたロール・プレイング・ゲームが爆発的な人気を獲得した頃に創設されたけれど、受賞作には伝統的な異世界ファンタジーにとどまらない作品が続出していたのである。

その中のひとつ、『僕僕先生』は、唐を舞台に、おっとりしすぎている坊ちゃん育ちの主人公が、(叩き上げのような)父親の命令で仙人修行に赴《おもむ》くも、その仙人が萌え系というか、一人称「ボク」語りの、超かわいい美少女だったりする、なんとも飄々《ひょうひょう》としたお中華ファンタジーだった。キャラ設定はライトノベルふう、けれど主人公は、昔でいうところのモラトリアム青年、今ふうにいうならニートといった風《ふ》情《ぜい》。そんな彼が、美少女の姿をとりながら実は本格的な仙人である「僕僕」と交わす対話からは、青春期にありがちな「停滞」のメンタリティのうちにも、中国文学の素養が透けてみえる。こんなにもりだくさんに詰め込むというウルトラC級のことをやっているのに、ぎくしゃくしたところがまるでない。さりげなく、ほのぼのとした筆致そのものに凄《すご》みがあった。

しかも、著者は軽妙洒脱《しやだつ》な持ち味ばかりの作家ではない。唐末期という歴史世界に、西欧産異世界ファンタジーの要素を換骨奪胎《かんこつだったい》して入れ込んだ本書が、それを物語っている。案外体育会系だったのか、と思えるような活劇シーンも、迫力満点なのだから。

第一巻にいきさつは詳しいが、千里は、もともと特別な子として生を受けながら、スムーズにお宝と接近遭遇させてもらえるような案配には、もちろんならなかった。第二巻では、さすがに母親が人外だけあって、そんじょそこらの人では太刀打ちできないほど強いため、非常に高慢になってしまい、結局、麻姑《まこ》仙女のもとに預けられてビシバシ鍛《きた》えられることになる。

そう。『僕僕先生』にもちょい役で登場していたスーパー仙女が、ここでは艶《あで》やかでさばけたお姉様教育係として、粋な姿で登場している。やっぱり麻姑さまは、こうでなくては！

そして、どうもわんぱく坊主の千里には、女難の相がある。千里をこの世につかわした西王母は、天地創造の女神。生みの母親は、上半身は人、下半身は猛禽《もうきん》という異類。教育係は美貌《びぼう》でサディスティックな麻姑仙女、とくると、では初恋の彼女はどうなのだろう、と好奇心がわくわけで、現れた少女の正体は、並大抵ではなかった……のだが……まあそのへんは、読んでのお楽しみ。

本書では、五歳の体から成長しない千里が、いっとき体の時間を解きはなたれて、自分自身の未来、つまり大人の身体で登場する場面がある。歪みをもたない千里って、つまりは歴史上の人物であり、実はこんな男だったのか、と話の流れに感心しながらも、彼の身体に刻印された時間の概念については、考えさせられた。

なかでも、時空間がそのまま男女の姿に転化したかのように、時間の化身が少年・時輪として、空間の化身が少女・空翼の姿で登場しているところは、見逃せない。この時間と空間を、少年と少女の神話的な姿で登場させているのは、興味深いところだ。というのも、この部分は、東洋思想以上に、西洋二元論のほうを彷彿《ほうふつ》とさせるからだ。

西洋産の異世界ファンタジーには、白と黒のハッキリした二元論がよく登場する。光と闇、善と悪といった要素がその代表格だ。世界はふたつの構成要素に分けられて、片方が片方の上位に君臨する。そのような構造が神話的な対立として、物語の背景に関わっていたりする。西洋世界観の強迫観念《オブセッション》ともいうべき二項対立のなかに、時間と空間という要素も含まれている。そして、そこに、少年・少女ならぬ、男性・女性といった性差論を導入すると、空間は女性的なもの、時間を男性的なものという前提が見えてくる。これはなぜだろうか。

西洋の世界観では、歴史（history）とは、彼の物語（his story）だという大前提がある。その「彼」とは、救世主イエス・キリストその人を指し、ゆえに歴史とは、彼（救世主）の生誕をもって始まる。歴史とはこうして時間の始点を定められることによって始まるのだ。ゆえに、時間は直線的かつ唯一のものであり、男性的なものという前提になる。そして、茫漠《ぼうばく》とした空間が、時間という男性性によってコントロールされるところから、空間性は女性的なものと関連づけられている（まあ、「未開の地」のことを「処女地」とする言い方も、旧《ふる》い時代にあったから、空間性を女性的なものとする考え方は、なんとなく想像がつく）。

そう考えると、時輪と空翼は、実は西洋的にロジカルに、男子と女子の姿になっているな、と理解される。こうした時空間の分離が、西洋的な自我（意識）の発生に関係する、と考えるならば、この分離された時間と空間に千里がからんでいく、というプロットは、千里自身が西洋の二元論と格闘する話のように思えてならなかったのだ。

そういえば、千里の運命は、いつでも異質なふたつの要素の狭間《はざま》におかれていた。父は人、母は人外。心は大人なのに、身体は幼児。双子の兄弟とは、生と死に引き裂《さ》かれている、といった具合に。

でも、だからこそ、千里はヒーローなのではなかろうか。ふたつの要素に切り分けられることによって成立している世界では、ヒーローは、両方の世界観を超越する存在になる。多くは両方の資質を併《あわ》せ持つことになるからだ。

それは、千里の冒険に、アジア的な中間性や多元性、ひいては道教的な要素が重ね合わされていることにも関係があるのではないか。もともと、本書は、唐時代に大きく花開いた道教思想をベースに、それをファンタスティックに描くところに魅力があった。

古代アジアの大陸での三大宗教といえば、仏教・儒教・道教が思い浮かぶ。インドを発祥とする仏教や、孔子の教えを継承する儒教は、我が国にも伝播《でんぱ》しよく知られているけれども、表立ったところで道教自体はよく知られていない。日本の歴史の水面下で、道教的な文化が、ファンタジーの源流と深く関わっているな、ということに気がつき始めるのは八〇年代もすぎてから。これは実はアメリカ経由で入って来たものではないかと思う。

英米のファンタジーの世界では、六〇年代後半の世界的革命闘争の時代から七〇年代にかけて、中国ブームとともにタオイズム（道教）を取り入れた作品が書かれたことがあった。アーシュラ・K・ル＝グウィンの『ゲド戦記』が、その代表格だ。ル＝グウィンは、父母がアメリカ先住民の研究で知られる文化人類学者と作家であったこともあり、西洋二元論では説明しきれない世界観や、西洋の父権性を克服する考え方を探求していた。それを、タオイズムに見いだそうとして作品を書いていた時期があったのである。同じ流れは同時代の作家で易経《えききょう》に凝《こ》っていたフィリップ・K・ディックにも見られる。本物性と偽物性の狭間で、世界そのものが混濁《こんだく》してしまうような奇妙な宇宙観を、彼は生涯にわたって書き続けた。

中国産アメリカ西海岸経由のタオイズムが輸入されるのと連動するように、日本でもこれが大きな潮流になっていったのは、八〇年代以降、歴史から隠れた地下水脈が再発見されるかのように、荒俣宏や夢枕獏らによって、陰陽師や風水や修験道を素材にしたファンタジーが盛んに書かれるようになって以来のことである。

こんなふうに歴史的な流れを振り返ってみると、二十一世紀のゼロ年代末から始まった本シリーズは、どうなのだろう？

〈千里伝〉が画期的なのは、日本の歴史上、水面下に押しとどめられてきたように思える道教の諸事を国内の舞台のみで探究するのではなく、ルーツである中国を舞台に展開していること。これが原点回帰にして、まるで盲点を一気に照らし出すような衝撃をもたらした。しかも、道教が息づき、大きく花開いていた唐にスポットをあてている。神仙と怪物と人が混在する、この異形の唐のおもしろいことといったら！　千里は、たしかに、幻想の唐へと、わたしたちを導く神話的ヒーローなのである。

本書は二〇一〇年一〇月、小社より単行本として刊行されました。

|著者|仁木英之　1973年、大阪府生まれ。信州大学人文学部卒業。2006年『夕陽《せきよう》の梨―五代英雄伝』（学習研究社）で第12回学研歴史群像大賞最優秀賞、『僕僕先生』（新潮文庫）で第18回日本ファンタジーノベル大賞を受賞。近著に『黄泉坂《よみざか》案内人』『海遊記―義浄西征伝』『魔神航路』『鋼の魂―僕僕先生』など。

時輪《じりん》の轍《わだち》　千里伝《せんりでん》

仁木英之《にきひでゆき》

講談社文庫

定価はカバーに
表示してあります

2012年7月13日第1刷発行

発行者――鈴木　哲
発行所――株式会社　講談社
東京都文京区音羽2-12-21　〒112-8001
電話　出版部（03）5395-3510
　　　販売部（03）5395-5817
　　　業務部（03）5395-3615

デザイン―菊地信義
本文データ制作―講談社デジタル製作部
印刷―――豊国印刷株式会社
製本―――株式会社大進堂

Printed in Japan

ISBN978-4-06-277271-6

講談社文庫刊行の辞

二十一世紀の到来を目睫に望みながら、われわれはいま、人類史上かつて例を見ない巨大な転換期をむかえようとしている。

世界も、日本も、激動の予兆に対する期待とおののきを内に蔵して、未知の時代に歩み入ろうとしている。このときにあたり、創業の人野間清治の「ナショナル・エデュケイター」への志を現代に甦らせようと意図して、われわれはここに古今の文芸作品はいうまでもなく、ひろく人文・社会・自然の諸科学から東西の名著を網羅する、新しい綜合文庫の発刊を決意した。

激動の転換期はまた断絶の時代である。われわれは戦後二十五年間の出版文化のありかたへの深い反省をこめて、この断絶の時代にあえて人間的な持続を求めようとする。いたずらに浮薄な商業主義のあだ花を追い求めることなく、長期にわたって良書に生命をあたえようとつとめるところにしか、今後の出版文化の真の繁栄はあり得ないと信じるからである。

同時にわれわれはこの綜合文庫の刊行を通じて、人文・社会・自然の諸科学が、結局人間の学にほかならないことを立証しようと願っている。かつて知識とは、「汝自身を知る」ことにつきていた。現代社会の瑣末な情報の氾濫のなかから、力強い知識の源泉を掘り起し、技術文明のただなかに、生きた人間の姿を復活させること。それこそわれわれの切なる希求である。

われわれは権威に盲従せず、俗流に媚びることなく、渾然一体となって日本の「草の根」をかたちづくる若く新しい世代の人々に、心をこめてこの新しい綜合文庫をおくり届けたい。それは知識の泉であるとともに感受性のふるさとであり、もっとも有機的に組織され、社会に開かれた万人のための大学をめざしている。大方の支援と協力を衷心より切望してやまない。

一九七一年七月

野間省一